Beltz & Gelberg Taschenbuch 651

Tonke Dragt, geboren 1930 in Batavia (dem heutigen Djakarta) in Indonesien. Dort verbrachte sie den größten Teil ihrer Kindheit. Während des Zweiten Weltkriegs wurde sie mit ihren Angehörigen in einem japanischen Gefangenenlager interniert; es war die Zeit zwischen ihrem zwölften und fünfzehnten Lebensjahr. *»Ständig eingeschlossen hinter Stacheldraht; Hunger und Elend, wohin man nur sah – und das gerade in diesem Alter. Es war dieselbe Altersgruppe, für die ich nun schreibe. Uns war dort alles verwehrt, und so erfand ich in meiner Phantasie Geschichten, die in weiter Ferne spielen – Geschichten voller Abenteuer und ohne Stacheldraht.«* Nach dem Krieg kam Tonke Dragt nach Holland. Sie machte Abitur, besuchte anschließend die Akademie für Bildende Künste in Den Haag und war als Zeichenlehrerin an verschiedenen Schulen tätig. Heute lebt sie als freie Schriftstellerin in Den Haag. Sie hat zahlreiche Bücher geschrieben; bei Beltz & Gelberg sind bisher erschienen: *Der Brief für den König*, *Der Wilde Wald*, *Das Geheimnis des siebten Weges* (als 13-teilige Fernsehserie verfilmt), *Die Türme des Februar*, *Der Goldschmied und der Dieb* sowie *Das unheimliche Fenster*.

Tonke Dragt

Die Türme des Februar

Ein (zurzeit noch)
anonymes Tagebuch, mit
Anmerkungen und Fußnoten
von Tonke Dragt

Aus dem Niederländischen
von Liesel Linn

BELTZ
& Gelberg

www.beltz.de
Beltz & Gelberg Taschenbuch 651
Einmalige Sonderausgabe

Die niederländische Originalausgabe erschien u.d.T.
De Torens van Februari bei Uitgeverij Leopold, Amsterdam

Aus dem Niederländischen von Liesel Linn
Neue Rechtschreibung
Zeichnung auf Seite 149 von Christel Sarg
nach einer Vorlage von Tonke Dragt
Einbandgestaltung: Max Bartholl
Einbandbild: Dieter Wiesmüller
Gesamtherstellung: Druckhaus Beltz, Hemsbach
Printed in Germany
ISBN 3 407 78651 4

Inhalt

Vorwort

Die Original-Tagebuchaufzeichnungen stehen in einem kleinen, dicken Notizbuch (mit marmoriertem festen Pappumschlag und Leinenrücken); das Format beträgt 10 × 16,5 cm. Es enthält 120 Blätter, also 240 eng beschriebene Seiten. Außerdem sind noch einige Zeitungsausschnitte sowie 16 lose beschriebene Blätter hinzugefügt.

Das Büchlein selbst ist verschmutzt und sieht ziemlich mitgenommen aus; zum Beispiel sind zwölf Blätter herausgerissen und später wieder hineingeklebt worden.

Das Manuskript umfasst also insgesamt 272 Seiten, von denen einige nur mit Mühe zu entziffern sind. Außerdem vermute ich, dass ein paar lose Blätter weggekommen sind. Trotzdem ist das Ganze eine zusammenhängende Geschichte – eine recht merkwürdige Geschichte, die tatsächlich geschehen ist.

Sie ist größtenteils von ein und derselben Person aufgezeichnet worden; das Buch enthält jedoch auch Passagen, die von anderen geschrieben worden sind (dies geht auch aus dem Text selbst hervor).

Ich habe dem Bericht nichts hinzugefügt, sondern lediglich dafür Sorge getragen, dass er lesbar und übersichtlich wurde.

Sogar die Einteilung stammt vom Verfasser selbst; ich

habe mir allerdings erlaubt, die vier Teile mit Titeln zu versehen.
Hier und da sind einzelne Sätze – aus welchen Gründen auch immer – nicht vollendet worden; diese abgebrochenen Sätze habe ich mit einem Gedankenstrich gekennzeichnet.
Unlesbare Stellen oder durchgestrichene Sätze sind von mir mit »xxx« versehen worden. Allerdings habe ich das nur dort getan, wo es mir für den Leser wichtig erschien. Die Fußnoten verweisen ebenfalls auf solche Stellen; mir ist jedoch bekannt, dass viele Leser Fußnoten prinzipiell ignorieren. Noch ein weiterer Hinweis bezüglich der *Fußnoten: Sie stammen von mir – es sei denn, etwas anderes ist ausdrücklich vermerkt.*
Eine ausführliche Stellungnahme zu meiner Bearbeitung findet man im Nachwort. Es hat jedoch keinen Sinn, dieses Nachwort zu lesen, bevor man die folgende Erzählung nicht kennt:

DIE TÜRME DES FEBRUAR

Tonke Dragt

*Motto**

And now, if e'er by chance I put
  my fingers into glue,
Or madly squeeze a righthand foot
  into a lefthand shoe,
Or if I drop upon my toe
  a very heavy weight,
I weep, for it reminds me so
of that old man I used to know –
Whose hair was whiter than the snow …

LEWIS CARROLL

Tauch ich einmal – nur aus Versehn –
Die Finger in den Leim,
Und würge ich die rechten Zehn
In meinen linken Schuh hinein,
Fällt mir ein schwerer Gegenstand,
Den Fuß verletzend, aus der Hand,
Dann tut das Herz mir plötzlich weh,
Weil ich ihn wieder vor mir seh –
Den alten Mann mit Haar wie Schnee …

* Diese Verse wurden 1967 von dem anonymen Verfasser den Tagebuchnotizen beigefügt.

Erster Teil

Wer bin ich?

30. Februar bis 23. März, ohne Jahreszahl

30. Februar

Januar, Februar, März, April, Mai, Juni, Juli, August, September, Oktober, November, Dezember

Er sagte: »Schreib alles auf. Alles. Von Anfang an.«
Ich starrte auf das weiße Blatt, das vor mir lag, und kaute an meinem Schreibzeug herum.
»Mach ein Tagebuch daraus«, sagte der alte Mann. »Schreib auf, was du erlebt hast, was du gerade denkst und früher gedacht hast, und auch das, was du geträumt und phantasiert hast.«
Diese Worte habe ich schon einmal gehört; wenn ich nur wüsste, wann und in welchem Zusammenhang?
»Welcher Tag ist heute?«, fragte ich.
Er gab keine Antwort darauf. Ich fragte ihn noch einmal.
»Der 30. Februar«, sagte er.
Ich schrieb es auf (siehe oben). Und dann las ich, was ich geschrieben hatte. Ich las es und ich erinnerte mich an etwas. Ich schrieb noch etwas auf, unter den Tag (es heißt Datum, sagte er); ich schrieb zwei Reihen voll.
Der alte Mann sieht mich an. Er hat sehr borstige, weiße Augenbrauen. In seinem Gesicht lese ich eine Frage.
»Der Februar ist ein Monat«, sage ich. »Das Jahr hat zwölf Monate. Ich kenne sie alle. Ich habe sie aufgeschrieben.«
Er nickte und lachte. »Fabelhaft«, sagte er. »Siehst du nun, mein Junge, dass es hilft? Dies weißt du nun wieder. Jetzt kannst du mit deinem Tagebuch anfangen.«

Doch ich warte noch ein wenig. Ich beginne, die leeren Seiten zu zählen. Wie viele Tage hat ein Monat?
Der alte Mann will es mir nicht sagen. »Denk lieber nur an heute. Schreib auf, was du heute erlebt hast.«
Nun gut, ich werde es versuchen. Und ich fange auf einer neuen Seite damit an.

So beginnt es (heute, am 30. Februar)

Plötzlich sah ich das Meer.
Über dem Wasser hingen dunkle Wolken; sie zogen landwärts und über dem Horizont bildete sich ein heller Streifen. Die See war silbergrau und ruhig. Vor mir lag ein breiter Strand.
Es war also gerade Ebbe. Ebbe, sagte ich, und es klang wie ein neues Wort, das ich gerade kennen gelernt hatte. Mir war kalt. Die See rauschte leise; ich roch die salzige Luft und wusste trotzdem nicht sicher, ob dies nun wirklich die See war. Meer und Strand. Muscheln. Fußspuren im Sand. Ich schaute, ich horchte, ich überlegte.
»Wie bin ich hierher gekommen? Was soll ich hier eigentlich? Meine Füße tun mir weh. *Und ich weiß nicht mehr, wer ich bin.*«
Ich bekam einen Schrecken; irgendwie schaltete ich nicht richtig.
Doch plötzlich erinnerte ich mich an alles, nur sehr undeutlich und verworren. Es ist mir unmöglich, das aufzuschreiben.

Der alte Mann sagt, dass ich es trotzdem versuchen soll. Ich habe ihm davon erzählt und nun wird er mir helfen.

Ich sah noch einmal das Meer. Diesmal stand ich dicht vor den Wellen und es war dämmerig. Irgendjemand schrie mir etwas ins Ohr. Es war etwas Wichtiges; ich glaube, ich hätte darauf antworten müssen. (Der alte Mann erkundigte sich, *wer* es denn gewesen sei und was er mir zugerufen habe – aber ich weiß es nicht mehr, wirklich nicht. Vielleicht war ich es selbst, der gerufen hat. Ach nein, ich habe es ja nicht einmal verstanden!)
Dann begann es zu sausen und zu brausen; die See wurde wild und die Welt drehte sich wie wahnsinnig um mich herum. Ich bekam Angst, dass ich ertrinken könnte; ich wandte mich um und lief davon. Ich wollte rennen, aber ich konnte nur mit Mühe vorwärts kommen. Vor mir sah ich Hügel liegen.
Endlich blieb ich am Fuß der Hügel stehen, vor einem schmalen Sandweg, der in vielen Windungen nach oben führte. Ich blickte zurück. Die See war silbergrau und spiegelglatt; sie lag in düsterem Tageslicht. In der Ferne sah ich ein Schiff.
Ich schaute noch einmal hin: wieder ein wildes Wellenspiel, Dämmerung und kein Schiff am Horizont.
Wahrscheinlich war nie ein Schiff da, dachte ich. Was mach ich hier überhaupt? Ich muss wieder zur See zurück.
Doch dann sah ich das Schiff von neuem. Das merkwürdigste Schiff, das ich je gesehen habe. Das einzige Schiff, das ich je gesehen habe. Nun traute ich mich nicht mehr

zurück zum Strand; ich kletterte die Hügel hinauf. Ein breiter, befestigter Weg führte geradewegs nach oben. Ich stieg ein Stückchen empor und sah mich dann wieder um. Kein Schiff weit und breit.
Habe ich den Verstand verloren?, dachte ich. Ich muss zurück. Oder weg. Aber wohin?
Ich stieg langsam weiter. Meine Angst nahm allmählich ab, und als ich ganz oben angekommen war, blickte ich noch einmal zurück. Das Schiff war wieder da; jetzt war es sogar ein Stück näher gekommen. *Schiff, See, Strand* ... Es gab also doch Dinge, die ich noch wusste. Das Schiff verflüchtigte sich nicht. Sollte ich ihm zuwinken? Ich fühlte mich sehr allein.
Der Weg ging weiter; er führte in eine Talmulde, stieg dann wieder an und schlängelte sich zwischen sandigen Hügeln dahin. Ein Hügel folgte dem anderen und alle waren mit struppigem Gras bewachsen. Hier und da gab es auch ein paar stachelige Sträucher. Kein Mensch war zu sehen.
»Ich bin ein Mensch, und ich wische mir übers Gesicht, das nass ist von Schweiß. Und doch ist mir kalt. *Ich weiß nicht, wer ich bin – mein Kopf ist wie ausgehöhlt.*«
Ich schaute über die verlassenen Hügel, auf die geheimnisvolle See und zu den grauen Wolken empor.
»Hinter den Wolken scheint die Sonne – also ist es Tag. Eben jedoch war es noch Nacht, oder vielmehr Dämmerung ...«
Ich schloss meine Augen und öffnete sie wieder. Ich betrachtete meine Hände; sie waren jung und stark. Ich steckte sie in meine Hosentaschen, kehrte der See den

Rücken und lief langsam den Pfad hinunter. Erst nach einer Weile drang es in mein Bewusstsein durch, dass wieder kein Schiff da gewesen war, als ich mich das letzte Mal umgedreht hatte. »Kein Schiff«, murmelte ich und dann nannte ich Namen: »See, Luft, Strand, Dünen.« Wieder etwas Neues, das ich wusste: Ich ging durch die *Dünen*.
Ich fing an, laut aufzuzählen: »Januar, Februar, März April ...« Ich wiederholte die Worte noch einmal und wusste plötzlich, dass es sich nicht um Zahlen handelte. »*Januar, Februar* ... Ich bin also doch nicht durchgedreht, denn zählen, das kann ich: eins, zwei, drei, vier!«
Aber was bedeuten diese Worte, woher kamen sie? »*März, April!*«, rief ich den Dünen um mich herum zu.
»Lass das lieber – deine Erinnerungen werden von selbst zurückkommen, wenn du nur die Ruhe behältst. Mach dir keine Sorgen.«
Aber gerade das war sehr schwierig. Die Dünen um mich herum bewirkten eher das Gegenteil: Sie machten mich richtig kribbelig. Manchmal schienen sie ganz normal, ja, beinahe vertraut. Doch ab und zu veränderten sie sich; vor allem die Stellen, die ich nicht so genau ins Auge fasste. Dort schossen Sträucher aus dem Boden hervor, die wilde, stachelige Wälder bildeten; gefährliche Pfade schlängelten sich in alle Richtungen und verschwanden dann in dunklen Höhlen, die gähnend zwischen den Hügeln lagen. Der Weg, den ich bisher fest und hart unter meinen Schuhsohlen gespürt hatte, ging jetzt in lockeren Sand über, in dem man nur müh-

sam vorwärts kam. Nur das Meer, das hinter mir lag, rauschte eintönig weiter.
»Dies ist ein Weg, der durch die Dünen führt«, sagte ich zu mir selbst. »Ich bin hier schon öfter gegangen: ein ordentlich angelegter, befestigter Weg, an dem ein Zaun entlangläuft … ja, denkst du! Hier gibt es weit und breit keinen Zaun und der Weg ist auch nichts weiter als eine Sandspur in der Wüste.«
Mir wurde ganz schlecht. Ich weiß nicht mehr genau, was ich tat. Ich stolperte immer weiter, mit hämmerndem Kopf und schmerzenden Füßen. Über mir wurde der Himmel pechschwarz; ich glaube, es donnerte und blitzte. Ich fiel in Löcher hinein und kroch Hügel empor, die plötzlich in Bewegung geraten waren. Auf einmal konnte ich nicht mehr und ich ertrank in der Finsternis, im Getöse von Wind und Meer.

Ich beginne noch einmal von vorne

Plötzlich sah ich die See. Darüber dunkle Wolken – nur am Horizont ein heller Streifen. Es war Ebbe.
»Wer bin ich? Wie bin ich hierher gekommen, was tue ich hier? Meine Füße tun mir weh.«
Ich versuchte, mich an irgendetwas zu erinnern, doch davon wurde alles nur noch verworrener.
Über den Sand liefen Fußspuren; sie begannen am Rand des Wassers und führten auf mich zu. Diese Spuren waren irgendwie merkwürdig. In der Ferne sah ich auch das Schiff, das geheimnisvolle Schiff. (Aber geheimnis-

voll ist eigentlich alles hier und vielleicht handelt es sich gerade deshalb um ein ganz gewöhnliches Schiff.)
Ich betrachtete eine Zeit lang die Fußspuren. *Es waren meine eigenen Fußabdrücke!* Sie führen von der See aus auf mich zu. Andere Spuren waren nicht zu sehen.
Das ist tatsächlich seltsam. Ich kann doch nicht aus dem Meer gekommen sein? Meine Sachen waren trocken – abgesehen vom untersten Rand der Hosenbeine. Auch meine Schuhe waren nur ein wenig feucht. Ach ja, *meine Schuhe!* Ich hatte sie verkehrt herum an. Das heißt, der rechte Schuh saß am linken Fuß und der linke Schuh am rechten. Ich setzte mich hin, um sie auszuziehen. Da merkte ich, dass auch meine Hände schmerzten: Meine Finger waren voller Blut, ich hatte mich geschnitten.
Was könnte man daraus schließen? Aus den Spuren im Sand und der Tatsache, dass meine Schuhe vertauscht waren? Man konnte das übrigens auch an den Fußabdrücken erkennen. (Wie die Schnittwunden an meinen Fingern entstanden waren, entdeckte ich kurze Zeit später.) Ich zog die Schuhe aus und dann richtig herum wieder an. Ich starrte auf den verlassenen Strand mit den Fußspuren, auf die bleierne, ruhige See, auf das Schiff in der Ferne. (Es verschwand nun nicht mehr.)
Ob ich wohl mit diesem Schiff gekommen bin?
Ganz in meiner Nähe begann ein schmaler Pfad, der aufwärts in die Dünen führte. Ich hatte den Eindruck, dass auch dort im Sand meine Fußspuren zu sehen waren – ja, natürlich …
Dann betrachtete ich mich selbst, soweit dies möglich war. »Ein Junge beziehungsweise ein Jugendlicher in

schmutzigen, zerknitterten Sachen, die nicht einmal richtig passen ...« Ich erhob mich, weil ich ein dringendes Bedürfnis spürte; ich ging ein Stückchen über den Strand und trat dabei ein paar Mal in meine eigenen Fußabdrücke. Ich traute mich aber nicht, ganz bis zum Rand des Wassers zu gehen.

Dann lief ich zu den Dünen zurück, setzte mich wieder hin und überlegte. Ich fühlte mich so, als ob ich allerhand mitgemacht hätte, aber ich kam nicht darauf, was das hätte sein können. Es war schrecklich! Ich hatte das Gefühl, irgendwie zurückschalten zu müssen – doch es gelang mir nicht. Ich betastete mein Gesicht.

»Sind meine Augen hell oder dunkel? Wie alt bin ich wohl?« Ich trug am rechten Handgelenk eine Armbanduhr; sie war stehen geblieben und begann auch dann nicht wieder zu ticken, als ich sie mit steifen Fingern aufzog. »Das ist bestimmt nicht meine eigene Uhr.«

Die Zeiger standen – und stehen noch – auf kurz nach halb fünf. Ich überlegte, wie spät es jetzt sein mochte. »Viel später.« – Wieso wusste ich das? Es war Tag und der Himmel bewölkt. Ich steckte die Hände in die Taschen meines Anoraks. Das hätte ich sofort tun sollen: nachsehen, was ich bei mir hatte. Das Erste, was ich fand, war ein zerbeultes Päckchen. Den Inhalt konnte ich sofort beim Namen nennen: Es war Brot. Ich aß ein wenig davon, das tat mir gut. Außerdem entdeckte ich die Scherben eines kleinen, zerbrochenen Spiegels – daran also hatte ich mich geschnitten. Was aber hatte der Spiegel in meiner Tasche zu bedeuten? Ich versuchte, mich darin zu betrachten; ich sah jedoch immer nur die

Bruchstücke eines Gesichts, das ich nicht kannte: immer wieder diese ängstlichen Augen. Schließlich warf ich die Scherben weg. Danach sah ich mir alle Gegenstände an, die ich sonst noch bei mir hatte: einen rechteckigen Lappen, an dem ich mir die Finger abwischte und mit dem ich mir die Nase putzte. Fünf oder sechs blinkende Scheiben, von denen ich nicht wusste, wozu sie dienten. (Inzwischen weiß ich es wieder; der alte Mann hat es mir gesagt und da fiel es mir wieder ein: Geld, Münzen.) Außerdem fand ich eine Taschenlampe (kaputt), ein Klappmesser, einen Gegenstand zum Schreiben (Stift) und ein kleines Buch. Ein Notizbuch.
Es ist dieses Buch, in das ich nun schreibe. Ich wusste sofort, was es war, und sagte es vor Freude laut vor mich hin. Ich schlug es auf, um meinen Namen zu finden. Zuerst sah ich nur leere Seiten, aber ganz hinten waren einige Blätter beschrieben. Ich versuchte sie zu lesen und glaubte erst, dass ich das Buch vielleicht falsch herum hielt, so dass es auf dem Kopf stand. Als ich es jedoch umgedreht hatte, blieb das Geschriebene genauso unlesbar wie zuvor. Dann entdeckte ich auf der letzten Seite fünf Buchstaben: TIW .HT. Und darunter ein Gekrakel, aus dem ich noch immer nicht schlau geworden bin. Auf der vorletzten Seite steht ein Wort, das ich zwar lesen und auch aussprechen kann, das aber keinerlei Sinn ergibt. Ich habe es genau nachgemalt:

MOiXA

Die letzten zwölf Blätter in diesem Buch sind voll beschrieben, aber ich kann nichts davon lesen (außer den paar Buchstaben oder Worten). 24 Seiten (ich habe sie gezählt) in einer sonderbaren, rätselhaften Schrift. Als ich sie zum ersten Mal sah, dachte ich schon, ich könnte nicht mehr lesen. Inzwischen weiß ich, dass ich es doch noch kann; ich habe nämlich alles noch einmal durchgelesen, was ich selbst geschrieben habe.
Hintendrin befindet sich auch eine Zeichnung – mit Kreisen, Linien und Pfeilen. Kann es sein, dass ich so eine ähnliche Zeichnung schon einmal gesehen habe? Ich weiß es nicht. Das Wort MOIXA steht auch noch einmal daneben.
Wer hat die Blätter hinten in diesem Büchlein beschrieben? Ob es überhaupt mir gehört?
Eine ganze Stunde lang habe ich geschrieben, aber klüger bin ich dadurch nicht geworden. Wer bin ich? Was tue ich hier im Februar? Wie komme ich an dieses Buch? Was bedeutet MOIXA? Der alte Mann weiß es auch nicht. Er möchte, dass ich weiterschreibe, aber ich habe keine Lust mehr.
»Ich kann es ja für dich tun«, sagte er, »erzähle es einfach, diktiere es mir.« Aber dann schreibe ich doch lieber selbst, denn jetzt kommt das Allerwichtigste.

(Es handelt sich immer noch um Dinge, die heute passierten:)
Ich steckte das kleine Buch wieder in meine Tasche und ging den Sandweg hinauf, der in die Dünen führte. Ich wiederholte noch einmal alle Worte, deren Bedeutung

ich kannte: »See, Strand, Fußspuren, Dünen, See …« Die See war wichtig, dachte ich. (See … Schiff.)
In den Dünen war es still. Sie waren dicht bewachsen, aber ziemlich farblos: viel hohes Gras, das gelblich-graugrün aussah, und auch Sträucher. Die meisten Zweige waren fast kahl oder trugen nur ganz kleine, blasse Blätter. – Kein Wunder, sagt der alte Mann, so ist es nun mal im Februar. – Zuerst hinaufklettern, dann wieder herunterlaufen … Es gab noch mehr Wege als diesen einen; ich bog nach rechts ab und begann erneut emporzuklimmen. Und da sah ich sie.
Eigentlich hätte ich nur zwei Sätze aufzuschreiben brauchen:

1. Ich sah die See.
2. Ich sah die Türme.

Ja, ich sah die Türme – weit weg und doch nicht allzu weit entfernt. Zwei hohe Türme, der eine ein wenig näher als der andere. Große, rechteckige Steinblöcke, graugelb, fast leuchtend vor dem düsteren Himmel.
Gebäude, die regelmäßig und streng wirkten, von oben bis unten mit Fensterreihen versehen – jedes Fenster ein hohles Auge, das zu mir herüberschaute und mich doch nicht sah. Sie überragten die Dünenkette; vielleicht standen sie auch mitten in den Dünen.
Ich kenne diese Türme, ja, ich kenne sie. Ich bin ganz sicher, dass ich etwas mit ihnen zu tun habe.
Ich hielt den Atem an. Wenn ich mäuschenstill stehen blieb, würde es mir schon einfallen, aber es glückte mir nicht, den Atem lange genug anzuhalten – und was mir

zuerst bekannt schien, wurde wieder unbekannt. Nur ein einziges Wort kam mir in den Sinn – ein Wort, das zu den Türmen gehörte: Februar.
Auch jetzt noch habe ich das Gefühl, dass es so ist, wenn ich auch den Grund nicht weiß. Nun ja, augenblicklich ist Februar (falls Februar tatsächlich ein Monat ist; manchmal habe ich den Eindruck, dass es ein ganz schreckliches Wort ist).
Darum gebe ich meiner Geschichte einen Titel, den ich mir eben überlegt habe:

Die Türme des Februar

Jetzt mache ich Schluss mit dem Schreiben. Der alte Mann stellt mir Fragen, und er möchte, dass ich weiter alles aufschreibe. Alles – und ich weiß doch nichts! Soll er doch selbst erst mal erzählen, denn er ist schließlich der Turmwächter. Ich weiß nicht mal, wie er heißt. Und doch: Er ist nett zu mir und ich bin sehr müde.

Was heute sonst noch geschah, hat der alte Mann für mich aufgeschrieben; sein Name ist

Avla*.

* Von hier an folgen einige Seiten in einer anderen Handschrift, in der des »alten Mannes«: Avla.

(Das Datum bleibt weiterhin der 30. Februar und der Wochentag ist Samstag.)

Ich fasste einen Entschluss: Ich wollte zu den Türmen gehen. Und das tat ich auch. Ich konnte nicht schnurstracks auf sie zugehen; die Wege machten so viele Biegungen und manchmal gab es überhaupt keine Wege. Ab und zu sah ich die See und das Schiff. Immer wieder verlor ich die Türme für kurze Zeit aus den Augen und war erleichtert, wenn ich sie wieder sah. Trotzdem – ich ging nicht sehr gerne dorthin, mir fiel nur nichts Besseres ein. Vögel flogen über mich hinweg; das Rauschen der See war ständig zu hören. Dann erschrak ich vor einem kleinen Tier, das plötzlich aufsprang und davonhuschte, oder auch vor dem Rascheln des Windes im Gras. Immer wieder schaute ich mich um, ob ich nicht irgendwo einen anderen Menschen sah. Aber niemand war da. Türme werden aber doch von Menschen gebaut, dachte ich.

Der Himmel wurde immer dunkler, obwohl es noch nicht Abend war. Ganz plötzlich jedoch brach die Sonne durch die Wolken, dort hinten über dem Meer. Und die Türme des Februar glänzten in einem so unheimlichen Licht, dass mich die Angst packte.

Wäre es nicht besser, vor ihnen wegzulaufen? Vielleicht bin ich schon auf der Flucht!

Ach nein, ich bin doch von der See her gekommen. Mit dem Schiff. Da waren doch die Fußspuren auf dem Strand! Ohne Schiff wäre es ja gar nicht möglich gewesen, trocken an Land zu kommen …

Aber wie es auch gewesen sein mochte – ich ging weiter. Ich musste das Risiko auf mich nehmen. Ich musste zu den Türmen, denn sie waren die einzigen Dinge, die mir bekannt vorkamen. Und wenn sie auch noch so gefährlich waren! Ich zog meine Schuhe und Strümpfe aus und lief auf bloßen Füßen weiter – immer wieder auf eine Düne hinauf und auf der anderen Seite wieder herunter. Bis ich auf einmal Stimmen hörte.
Ich stieß auf einen schönen, breiten Weg, und dort gingen Leute, in Richtung auf die See zu. Ich hielt es für besser, mich nicht sehen zu lassen, und so versteckte ich mich hinter einem Strauch. Menschen! Eigenartig aussehende, bunt gekleidete Menschen. Sie blieben stehen und sprachen leise miteinander; ich konnte sie nicht verstehen. Sie zeigten auf irgendetwas mit den Händen – erst zur See hinüber und dann auf die Türme. Sie würden mich bestimmt jeden Moment entdecken … Aber sie sahen mich nicht, sie achteten gar nicht auf mich.
Nachdem sie verschwunden waren, ging ich ebenfalls über den breiten Weg. Zurück zur See wollte ich nicht. So ging ich in die entgegengesetzte Richtung; von den Türmen sah ich nur noch den oberen Teil. Ich musste versuchen, irgendwo nach rechts abzubiegen, um dorthin zu gelangen.
Der Weg war von dornigen Pflanzen und stacheligen Sträuchern umgeben; nach einer Weile jedoch kam ich an einen Pfad, der seitlich abbog. Dort stand ein Schild – das erste Schild, das ich hier sah. Es war dunkelgrün gestrichen und es stand nichts darauf außer einer feuerroten Zickzack-Zeichnung:

2

Ich sah sie mir an und fuhr erschreckt zusammen, weil plötzlich das Bellen eines Hundes durch die Dünen schallte. Da war er auch schon! Er kam herangeschossen und sprang an mir hoch. Es war ein freundlicher Hund mit matt glänzendem, rotbraunem Fell und langen Schlappohren. Ich begriff sofort, dass er mit mir spielen wollte; er war so lieb, dass ich vor Freude fast zu weinen anfing. Zum Glück tat ich es dann doch nicht, denn jetzt tauchte auch der Herr des Hundes auf und beobachtete unser Spiel. Ich wäre am liebsten fortgelaufen, aber der Hund hatte sich gerade einen meiner Schuhe geschnappt, und so musste ich warten, bis ich ihn wiederhatte. Und als mir der Hund meinen Schuh zurückgegeben hatte, wollte er mich nicht gehen lassen; er jagte jaulend zwischen mir und seinem Herrchen hin und her. Der Mann war ganz in Braun und Grün gekleidet; er trug einen drolligen Hut über dem gebräunten Gesicht. Seine Augen waren hellblau und von lauter kleinen Fältchen umgeben; sie blickten mich sehr forschend an. Ich hatte keine Angst vor dem Mann, aber ich fühlte mich doch ein wenig unsicher. »Gehst du mit uns zum Strand?«, fragte er.

Ich sagte ihm, dass ich in die andere Richtung müsse, und überlegte, ob er mich wohl kennen könne. Er verhielt sich so, als ob dies nicht der Fall sei – aber ganz sicher bin ich mir auch jetzt noch nicht. Er plauderte weiter, über das Wetter und dergleichen, während ich

die ganze Zeit überlegte: Wie werde ich ihn nur los? Schließlich sagte ich: »Ich muss jetzt gehen, sonst komme ich zu spät.«
Und da fragte er: »Du bist hier fremd, nicht wahr?«
Ich murmelte so etwas wie: »Ach nein – das heißt, nur ein wenig«, und dann sagte ich, dass ich eine Verabredung hätte. Der Hund sprang wieder an mir hoch.
»Hör jetzt auf, Téja«, sagte der Mann, und dann zu mir gewandt: »Ich würde mir an deiner Stelle nicht gerade diesen Weg aussuchen«, er zeigte auf den Pfad, in den ich eigentlich abzweigen wollte, »das Schild steht nicht umsonst da ...« Er redete noch weiter, aber ich verstand nicht, was er meinte. (Vielleicht habe ich auch nicht richtig zugehört.) »... nicht direkt verboten, aber für manche Leute gefährlich«, sagte er und dann schlug er mir noch vor: »Du kannst gerne mal zu uns in die Stadt kommen, dann trinken wir ein Gläschen zusammen. Ich wohne ...« Ja, er nannte mir seine Adresse; aber wie sehr ich mir auch den Kopf zerbreche, sie fällt mir nicht mehr ein.
(Werde ich morgen alles vergessen haben, was ich heute erlebt habe? Es ist doch gut, alles aufzuschreiben.)
Endlich ging der Mann weiter und der Hund folgte ihm. Erst nach einer Weile merkte ich, dass mir eine Socke fehlte; die hatte natürlich der Hund entführt.
Erst hatte ich nicht den Mut, den Pfad mit dem Schild zu betreten, darum ging ich geradeaus – ganz langsam, während ich mich immer wieder umschaute, bis ich den Hund und den Mann nicht mehr sah. Dann rannte ich zurück und bog doch in den gefährlichen Weg ein. Weshalb

eigentlich gefährlich? In meinen Gedanken schaltete es auf einmal und dann tauchte so ein komischer Satz auf: »Es ist untersagt, Pflanzen und Blumen zu pflücken oder auszureißen.« Aber das hatte ich nun wirklich nicht vor! Außerdem: Warum sollte so etwas je verboten werden?
Der Weg war schmal und von dunklen Nadelgehölzen umsäumt. Es war sehr still dort, nur in den Baumwipfeln rauschte und raschelte es. Ich zog meine eine Socke und die Schuhe wieder an und ging weiter. Der Weg führte nun bergab, so dass ich die Türme nicht mehr sah; ich nahm jedoch an, dass die Richtung stimmte. Über mir klarte der Himmel ein wenig auf und ab und zu kam die Sonne hervor. Auf dem Boden entdeckte ich runde, gelbe Blümchen und blau-weiße, sternförmige Glöckchen. Und doch schien mir der Weg irgendwie nicht geheuer; immer wieder nahm ich mir vor: »Noch bis zur nächsten Biegung – dann kehre ich um.« Ich hatte noch immer keine Ahnung, wer ich war, und der Fuß, an dem die Socke fehlte, tat mir weh.
Schließlich kam ich zu einem umgestürzten Baum und daneben stand ein kleines Gebäude: niedrig, grau und fensterlos. Auf der Tür aus Metall war wieder das rote Zickzack-Zeichen zu sehen. Dieses Zeichen sieht aus wie ein Blitz, und ich vermute, dass es »Lebensgefahr« bedeutet: »Pass auf, verboten – mach, dass du wegkommst!«
Die Luft dort war drückend und schwer. Ich hatte das Gefühl, dass sie auf mir lastete, und ich konnte kaum Atem holen. Ob dies wohl der Mittelpunkt allen Übels ist?, überlegte ich. Auf keinen Fall darf ich hier irgend-

etwas anfassen. Dieses Häuschen ohne Fenster gehört nicht hierher; es ist sicher aus der Luft gefallen und hat den Baum umgeworfen. Und wenn ich nicht zu den Türmen müsste, würde ich nicht daran vorbeigehen. Die Türme müssen nun ganz in der Nähe sein, aber ich sehe sie nicht – wo sind sie nur …

Kein Mensch war weit und breit zu sehen, und doch hatte ich das Gefühl, von etwas oder irgendjemandem beobachtet zu werden. Aber dicht neben dem Häuschen blühten wunderschöne Blumen mit großen, runden Blüten – rot, rotbraun und goldgelb; sie sahen wie Kokarden aus. Auf einmal hatte ich den Mut, mich der Gefahr auszusetzen; ich pflückte eine der Blumen und lief dann schnell weiter. – Es ist diese Blume hier, die jetzt in einem Glas vor mir auf dem Tisch steht. Ist es möglich, dass solche Blumen im Februar blühen?

Ich hatte das fensterlose Haus mit der Zickzack-Zeichnung hinter mir gelassen; der Pfad wurde zu einem normalen Weg. Er machte eine Kurve und da sah ich die Türme wieder vor mir. Sie standen links von mir; rechts jedoch entdeckte ich zwischen zwei Bäumen hindurch einen schwarzen Schatten, hoch oben auf einer Düne … nein, es war kein Schatten – es war ein Mann und er blickte in meine Richtung. War es der Besitzer des Hundes? Ich weiß es nicht, denn schon verschwand er wieder. Ich begann zu rennen, auf die Türme zu.

Der Weg endete schließlich; auf der landzugewandten Seite der Dünenkette befand sich eine freie Fläche und dort standen die Türme und warteten auf mich – der erste ganz in der Nähe, der zweite ein Stückchen weiter

weg. Die Türme, die ich kenne. Weil ich auf einmal richtig schalte. (Vielleicht!) Ich weiß noch genau, wie sie aussehen – muss ich sie beschreiben?
Ich fange mit dem ersten Turm an. Wenn man von den Dünen herkommt, über den unheimlichen Pfad, sieht man zwei Seiten des rechteckigen Blocks – ja, die Türme sind nichts anderes als furchtbar hohe, wuchtige Blöcke; kaum zu glauben, dass so etwas je gebaut worden ist. – Die Schmalseite ist eine blinde Wand aus grauem Stein, von gelben Streifen unterbrochen. An der Breitseite sind lange Reihen Fenster angebracht; ab und zu ein paar Türen dazwischen, die auf Galerien mit gelben Metallgittern führen. Von den oberen Etagen aus müsste man das Meer sehen können.
Ich habe ganz nah davor gestanden und mir ist schwindelig geworden, als ich nach oben schaute. All die waagerechten Fensterreihen, all die aufeinander gestapelten Türen und Galerien! Jede Etage sieht haargenau so aus wie die andere; nur ein paar Fensterscheiben sind zerbrochen. Insgesamt gibt es zwölf Etagen. Die unterste, direkt über dem Boden, zähle ich nicht mit; sie ist grau und glatt und hat nur wenige, ganz kleine Fenster. An der Breitseite springt ein Stück vor; dort befinden sich der Eingang und das Treppenhaus. Und ganz links außen windet sich eine hohe Spirale aus Metall von unten nach oben – »die Wendeltreppe«, sagt der Turmwächter.
Der zweite Turm gleicht dem ersten wie ein Ei dem anderen; beide sind rechteckig und streng in ihrer Art. Wenn man jedoch nach oben schaut, beginnen sie sich zu bewegen; sie neigen sich nach vorn, auf einen zu, und

weiter oben werden die Fenster und Türen immer kleiner. Vielleicht bilde ich mir das auch nur ein. Ebenso ist es vielleicht nur Einbildung, dass ich sie zu kennen glaube, denn sie sind leer und unbewohnt – ja, sie waren noch nie bewohnt (sagt der Turmwächter). Eigentlich hätte ich mir das auch gar nicht vorstellen können, dass jemand dort wohnen würde. Und trotzdem ... Wozu stehen sie sonst da, zu was sind sie nutze?

»Du musst dich daran erinnern ...«

»Aber es gelingt mir nicht ...«

»Es ist jetzt dunkel draußen; möchtest du hinausgehen und sie dir noch mal ansehen? Deine Februartürme ...«

»Nein, es regnet draußen, ich möchte lieber schlafen gehen.«

»Dann also gute Nacht. Morgen, wenn du wach wirst, weißt du vielleicht mehr.«*

31. Februar (Sonntag)

O nein – ich weiß zwar alles von gestern, aber ein Vorgestern gibt es noch immer nicht. Herr Avla hat mir gesagt, dass ich in seiner Hütte bleiben müsse, bis die Leute weg sind. Sonntags kommt normalerweise niemand hierher, nur zufällig heute; es ist nämlich ein Schiff angekommen, und die Matrosen möchten gerne die Türme besichtigen, weil sie heute Nachmittag schon

* Hier endet die andere Handschrift. Vom 31. Februar an schreibt der Verfasser wieder selbst.

wieder ablegen und erst nach längerer Zeit zurückkehren werden. So wird Herr Avla ausnahmsweise die Führung übernehmen; aber er sagt, dass ich besser nicht mitgehen solle. Warum eigentlich nicht? Ich möchte die Matrosen gerne einmal sehen. – Heute Nachmittag will mich der Turmaufseher dann allein rumführen.
Draußen ist es kühl und grau, aber der Regen hat aufgehört. Herr Avla hat einen Topf mit Suppe auf den Herd gestellt; ich soll ab und zu einmal umrühren, während er weg ist.
Jetzt schreibe ich zuerst auf, was gestern noch alles passierte:

Fortsetzung des Berichtes vom 30. Februar: Wie ich die Türme erreichte und den Turmwächter kennen lernte.

Er hat mir seinen Namen aufgeschrieben: Avla.
Als ich gestern hier ankam, fand ich die Türme noch merkwürdiger als jetzt; ich konnte mir einfach nicht vorstellen, dass irgendjemand sie irgendwann gebaut hat. Hoffentlich werde ich nachher erfahren, wer sie errichtet hat, und wann das war und zu welchem Zweck. Heute machen sie einen ziemlich neuen Eindruck, während sie gestern uralt zu sein schienen. Trotzdem sahen sie nicht wie Ruinen aus. Seltsam.
Das Wort »Ruine« ist auch seltsam; es fiel mir plötzlich ein. Nein, diese Türme sind keine Ruinen.
Zwischen den Dünen und den Türmen liegt ein unebenes Stückchen Land, das mit Sand und Gras bedeckt ist. Dort blieb ich stehen und starrte nach oben. Da sah ich

plötzlich Leute auf einer der Galerien – ganz hoch oben. Ich war überrascht, denn mit Menschen hatte ich dort nicht gerechnet. Nur einen Augenblick lang waren sie zu sehen; dann verschwanden sie in einer Tür. Erst jetzt schaute ich mir meine unmittelbare Umgebung an und entdeckte ganz in der Nähe eine Hütte.

Die Türme sind starr und hoch und rechteckig. Die Hütte ist aus Holz; sie ist klein und krumm – ich meine schief, ein bisschen verfallen und unregelmäßig. Fenster und Türen waren geschlossen, aber ich hätte gerne angeklopft.

Wieder sah ich Menschen in dem vorderen Turm. Diesmal gingen sie eine andere Galerie entlang. Immer wieder verschwanden sie (im Treppenhaus, wie mir später klar wurde) und kamen später auf einer darunter liegenden Galerie wieder zum Vorschein. Ich verstand nicht, warum. Und ich wusste auch nicht, was ich tun sollte: warten, bis die Leute unten angelangt waren, oder lieber weglaufen, bevor es so weit war? Es war auch möglich, an der Hütte anzuklopfen. Oder sollte ich flüchten, zurück in die Dünen? Aber meine Füße taten zu weh, um noch lange und weit zu laufen. Und mein Kopf war ganz benommen – also musste ich bleiben, wo ich nun einmal war.

Nach einer Weile sah ich, dass die Leute aus dem Turm herauskamen, und zwar durch eine Drehtür – nein, durch mehrere Glastüren, wie ich sie noch nie gesehen hatte. Eine Person fiel mir sofort auf: ein alter Mann mit sehr wuscheligem und weißem Haar. Er gestikulierte mit den Armen und wies mit den Fingern nach oben; er sprach zu den anderen Leuten, aber ich konnte nicht hören, was er sagte. Die Menschen liefen hinter ihm her. Sie sahen mich nicht. Schließlich verschwanden sie durch ein Tor, das links vom vorderen Turm aufs freie Feld hinausführt. (Das Tor steht da ganz allein; es gibt hier weder einen Zaun noch eine Mauer.) Der alte Mann mit den weißen Haaren blieb allein zurück; er sah den Leuten nach, bis sie verschwunden waren, wandte sich dann um und ging auf die Hütte zu, wo er ohne anzuklopfen eintrat. Bevor er hineinging, schaute er in meine Richtung und sah mich da stehen. Aber er sagte nichts.

Eine Weile später hörte ich Stimmen. Neue Leute waren angekommen; sie standen vor dem Tor und zeigten auf die Türme. Der alte Mann kam wieder heraus, lief auf die Menschen zu und nahm sie mit. Sie verschwanden durch die Drehtüren in dem Turm, der am nächsten lag. Ich musste lange warten, bis sie auf der ersten Galerie auftauchten. Ob sie wohl bis ganz oben steigen?, überlegte ich. Aber ich hatte keine Lust, darauf zu warten und mir den Kopf zu zerbrechen, was die Leute wohl in dem Turm machten. Mir schien, dass ich nicht länger hier herumstehen konnte, und so ging ich langsam auf die Hütte zu. Vom Himmel fielen die ersten Regentropfen. Ich fror und war müde und hungrig; ich wollte irgendwo unterkriechen, warm und geborgen sein.

Warum hatte der alte Mann mich nicht hereingeholt? Er hatte mich doch gesehen!

Ich stand vor der Türe und streckte schon meine Hand aus. Aber wer weiß, ob ich nicht gerade hier gefährdet

sein würde … und so ließ ich meine Hand wieder fallen. Doch da öffnete sich plötzlich die Tür und vor mir stand der alte Mann mit dem weißen, wilden Haarschopf. Ich fiel vor Schreck beinahe in Ohnmacht, denn ich hatte doch gedacht, dass er mit den Leuten im Turm war.
(Gerade jetzt fällt mir etwas ein: Gibt es vielleicht mehrere Turmwächter? Einen im Turm und einen in der Hütte? Aber wo ist dann der zweite geblieben?)
»Was wollen Sie hier?«, fragte der alte Mann. Wahrscheinlich hatte er sich genauso erschreckt wie ich. Warum sollte er sonst »Sie« zu mir sagen?
Ich sagte: »Nichts«, und das stimmte sogar. Er sah mich an, strich sich mit der Hand über den Kopf, zupfte an seinen Haaren und sagte: »So, so.« Dann ging er wieder hinein und zog die Tür ganz leise hinter sich zu.
Die Tropfen wurden größer und fielen nun wie ein dichter Vorhang nieder. Und doch schien in der Ferne weiter die Sonne – aber auch ganz nah, direkt über den Dünen. Ich ging um die Hütte herum und blieb dann wieder unter einem Dachvorsprung stehen. Auf diese Art und Weise war ich zwar vor dem Regen geschützt, aber sonst fiel mir absolut nichts ein. Alles war nass und schimmernd grau; der vordere Turm wurde allmählich durchsichtig und der rückwärtige war in Nebel gehüllt. Endlich überlegte ich mir etwas: Ich würde so lange warten, bis die Türme ganz verschwunden wären. Aber vielleicht würde das sehr lange dauern …
Da klapperte und knarrte es plötzlich und dann stand der alte Mann neben mir. »Was tun Sie hier?«, erkundigte er sich noch einmal.

»Ich stelle mich vor dem Regen unter.«

Er räusperte sich und seufzte; er schaute mich beunruhigt an. »Möchten Sie die Türme besichtigen?«

»O nein, nein«, sagte ich und im selben Augenblick tat es mir schon wieder Leid. »Das heißt, eigentlich doch – aber nicht jetzt sofort …« Ich blickte wieder zu den Türmen hinüber. Nein, sie würden nicht verschwinden. Sie waren echt; es gab sie in Wirklichkeit, aus hartem Stein und Beton gebaut.

»Sieh mich mal an!«, sagte der alte Mann. Ich tat es und er fragte: »Wer bist du?«

Ich antwortete spontan: »Das weiß ich nicht.«

Da schrak er wirklich zusammen. Er packte mich am Arm, und ich fühlte, dass seine Hand zitterte. Er zog mich hinter sich her nach drinnen; und so gelangte ich in die Hütte, in der ich nun sitze und schreibe.

Es ist hier warm und gemütlich. An der Wand steht ein Bett, mit Decken beladen, und unten auf dem Boden liegt ein Schlafsack; es gibt noch einen Herd mit einer Pfanne darauf sowie allerhand andere Sachen: weitere Pfannen und Töpfe, eine tickende Uhr, einen Eimer, Tassen, eine Kiste, einen Tisch, zwei Stühle und eine Lampe. »Wer bist du?«, fragte der alte Mann noch einmal.

»Ich weiß es nicht!«, rief ich und fing an zu weinen.

Er sagte: »Komm, sei still«, und ließ mich auf seinem Bett niedersitzen. Er war sehr nett zu mir; er gab mir zu essen und zu trinken und frische Sachen zum Anziehen. Dann hörten wir draußen Stimmen.

»Du hast dein Gedächtnis verloren«, flüsterte er. »Sag

nichts, frag nichts und denk nicht nach, bevor ich zurück bin. Leg dich hin. Versuch zu schlafen.«

Er deckte mich zu und verließ die Hütte. Ich wollte eigentlich nicht schlafen, tat es dann aber doch. Erst durch den alten Mann wurde ich wieder wach. Er war in die Hütte zurückgekommen und kramte in der Kiste herum; er nahm Papiere heraus und Hefte und Notizbücher, die so aussahen wie meines. Er blickte kurz zu mir herüber und zwinkerte mir freundlich zu. »Schlaf ruhig weiter, mein Junge.« Dann setzte er sich an den Tisch und begann zu lesen; nach einer Weile machte er die Lampe an und las weiter. Ich lag da und beobachtete ihn; allmählich fühlte ich, dass mein Kopf wieder besser schaltete. Er hatte es wohl gemerkt, denn er legte seine Bücher und Papiere weg und sagte: »Steh nur auf – ich zeige dir, wo die Toilette ist und wo du dich waschen kannst. Ich werde uns inzwischen Abendessen machen. Weißt du noch immer nicht, wer du bist?«

Ich wusste es noch immer nicht. »Dann musst du mir gleich alles erzählen, was du sonst weißt«, sagte er.

»Wissen *Sie* denn nicht, wer ich bin?«, fragte ich.

»Nein – aber ich wäre froh, wenn ich es wüsste!«, sagte er. »Und du, kennst du mich auch nicht?«

»Das ist doch völlig unmöglich! Wer sind Sie denn? Wohnen Sie in den Türmen?«

»Nein, in den Türmen wohnt überhaupt niemand. Es gibt eine Unmenge Zimmer da drinnen; man kann sie über die Galerien erreichen. Diese Galerien sind durch Treppen miteinander verbunden … Hast du denn noch nie davon gehört?«

»Ich habe so ein Gefühl, als ob ich eigentlich mehr darüber wissen müsste – aber ich kann mich nicht daran erinnern …«
Er seufzte. »Hunderte von Zimmern, aber sie stehen alle leer. Kein Mensch wohnt in den Türmen; sie sind einfach nur eine Sehenswürdigkeit.«
»Und weshalb?«
»Das ist eine Frage, die du dir sparen kannst – du hast sie doch eben selbst sehenswert gefunden! Die Leute kommen von überall her, um sie zu besichtigen. Weil sie so außergewöhnlich sind. Aber sie dürfen nicht alleine hinein: Der Turmwächter veranstaltet Führungen. Und dieser Turmwächter, das bin ich.«
»Wohnen Sie hier? In dieser Hütte?«
Er schaute umher und nickte.
Ich fragte ihn noch weiter über die Türme aus, aber sehr viel schien er nicht zu wissen. Oder wich er meinen Fragen aus? Er gab mir auf alles nur sehr spärliche Antworten; er sagte, dass ich mich dann umso eher selbst erinnern würde. Trotzdem ist er bereit, mir die Türme zu zeigen – gleich wenn die Matrosen weg sind. Vielleicht erfahre ich dann mehr.
Jetzt will ich aber zuerst den Bericht von gestern zu Ende schreiben; wenn Herr Avla zurückkommt, möchte ich damit fertig sein.
Ich saß hier auf dem Bett und erzählte ihm alles. Ich zeigte ihm auch dieses Büchlein, mit den beschriebenen Blättern hintendrin, und ich fragte ihn, was das Wort MOIXA bedeutet. Er wusste es nicht. Doch nach dem Essen sagte er: »Warum solltest du dieses Buch nicht

benutzen? Die meisten Blätter sind noch leer. Schreib auf, was du erlebt hast. Das wenigstens kannst du dann nicht mehr vergessen. Und möglicherweise tauchen dann auch andere Erinnerungen wieder auf. Das eine bringt das andere mit sich.«

»Ich weiß ja nicht mal, ob ich schreiben kann!«

»Selbstverständlich kannst du das. Mit dem Schreiben ist es wie mit dem Schwimmen; das verlernt man nie. Versuch es – es gibt keine bessere Methode, um die Gedanken zu ordnen.« Wieder schaute er mich lange an, der alte Turmwächter. »Vielleicht kann ich dir helfen, wenn ich deine Geschichte gelesen habe.«

Falls ich es überhaupt selber lesen kann, dachte ich. Aber ich holte doch meinen Stift aus der Hosentasche und schlug das Büchlein auf. Er sagte: »Schreib alles auf. Alles. Von Anfang an.«

Und so habe ich es getan.

Übrigens schreibt er selbst auch. Letzte Nacht schlief ich im Schlafsack auf der Erde und er wollte im Bett schlafen. Das tat er aber dann doch nicht. Ab und zu wurde ich wach; beim ersten Mal war mir sehr warm und ich schnappte nach Luft, doch dann sah ich ihn glücklicherweise. Er saß am Tisch unter der Lampe und schrieb.

Jedes Mal, wenn ich erwachte, saß er dort; manchmal schrieb er, manchmal las er. Einmal hatte er auch mein Büchlein zur Hand genommen. »Ich lese, was du geschrieben hast«, sagte er zu mir.

»Stimmt nicht«, flüsterte ich, »Sie haben hintendrin gelesen.«

»Ja – natürlich werfe ich auch einen Blick auf die letzten Seiten. Ich versuche, deine Rätsel zu lösen.«
Ich schlief wieder ein, aber bis heute Morgen hatte Herr Avla nicht ein einziges Rätsel gelöst. Er saß noch immer am Tisch und sah sehr müde aus. Er betrachtete sich in einem Spiegel und zog Grimassen. Als er merkte, dass ich ihn beobachtete, legte er schnell den Spiegel und alle seine Papiere in die Kiste zurück und schloss sie ab. Kurz darauf entdeckten wir, dass er auch mein Tagebuch eingeschlossen hatte. Er gab es mir sofort zurück; aber es gefällt mir trotzdem nicht, dass er alles lesen will, was ich schreibe. Schließlich ist es *mein* Tagebuch (außer den letzten 24 Seiten natürlich).
Ich bat ihn, ob ich einmal in seinen Spiegel schauen dürfe.
»Warum?«, fragte er. (Er hatte die Kiste gerade wieder abgeschlossen.)
»Ich möchte wissen, ob ich mich selbst erkenne.«
»Im Spiegel sieht man sich nur so, wie einen die anderen sehen. Und um dich zu erkennen, brauchst du ihn bestimmt nicht. Oder bist du so eitel?«
Aber nach einer Weile gab er mir den Spiegel dann doch. Es war deprimierend, hineinzuschauen; ich erkannte mich überhaupt nicht! Je länger ich mich ansah, desto fremder wurde mir mein Spiegelbild. Da schaute ich mir lieber das Bild des Turmwächters an, der hinter mir stand und mich anblickte ... *er* kam mir bekannter vor.
»Wie alt werde ich wohl sein?«, dachte ich laut. »18?«
Ich gab ihm den Spiegel zurück.

»O nein«, meinte er, »14, glaube ich.«
Das schien mir nicht ganz zu stimmen; aber ich konnte mich nicht noch mal betrachten, weil er den Spiegel schon wieder in die Kiste gelegt hatte.
»Einigen wir uns auf 16«, sagte er, »die goldene Mitte. Auf jeden Fall bist du jung.« Er seufzte. »Vielleicht ist man so jung oder so alt, wie man sich fühlt.«
Ich würde jetzt gerne den Spiegel noch mal haben. Irgendetwas ist mit ihm, was ich –*
Ich höre Stimmen; die Matrosen haben den Turm besichtigt und kommen gerade heraus. Jetzt gehe auch ich dorthin.

Später (immer noch 31. Februar)

Ich hörte Herrn Avla und die Matrosen zurückkommen und ging nach draußen, obwohl ich es eigentlich nicht sollte. Sie befanden sich auf dem Weg zum Tor; aber als sie mich sahen, blieben sie stehen und schauten zu mir herüber. Auch ich blickte zu ihnen hin. Es waren ganz normale Matrosen – das nehme ich jedenfalls an: Sie machten den Eindruck, als fänden sie sich selbst nicht ungewöhnlich. Was sie von mir hielten, weiß ich nicht; sie starrten mich regelrecht an (nur einer der Männer machte eine Ausnahme; er schaute dauernd zu den Türmen hinüber – manchmal mit beiden Augen, manchmal mit einem zugekniffenen Auge). Ich hatte das Gefühl,

* abgebrochener Satz

dass ich etwas sagen müsse: »Wie klein wir doch im Vergleich zu den Türmen sind, nicht wahr?«
Sie machten ernste Gesichter und nickten. Herr Avla sagte: »Das ist Tim, mein Neffe.« Wieder nickten die Matrosen. Mir verschlug es die Sprache. Tim?, überlegte ich. Heiße ich denn Tim? Oder hat er sich das nur so ausgedacht?
Herr Avla redete weiter, laut und hastig: »Sie müssen jetzt gehen, sonst verpassen Sie Ihr Schiff.«
Schiff.
»Liegt Ihr Schiff in dieser Richtung?«, fragte ich und zeigte zu den Dünen hinüber. »Ich meine, draußen auf See?«
Einer der Matrosen lachte. »Ja, natürlich. Jedes Schiff liegt auf See.«
»Woher kommen Sie?«
»Daher, wo wir auch wieder hinfahren.« Der Seemann lachte erneut, sogar seine Augen lachten mit. Er war groß und ziemlich dick. (Hätte ich ihn kennen müssen?) »Wir fahren nach Atlantis«, sagte er, »und zwar über Engelland. Möchtest du vielleicht mitkommen?«
Ich trat einen Schritt zurück. In Gedanken sah ich plötzlich meine Fußabdrücke auf dem Strand und das Schiff, das draußen auf der bleiernen See wartete. »Nein«, flüsterte ich. »Sie kommen mir bekannt vor«, log ich. »Sind wir uns vielleicht schon mal begegnet?«
Wieder lachte der große Matrose, aber diesmal lachten seine Augen nicht mit. Herr Avla schien entweder böse zu sein oder erschrocken (ich weiß es nicht).
»Nein, mein Lieber«, sagte der Seemann, »ich kenne

dich nicht und du kennst mich auch nicht. Einen Kerl wie mich kann man doch unmöglich vergessen!«

»Ich hab ja nur Spaß gemacht«, stotterte ich. »Ich dachte, dass …«

»Sag, würdest du jetzt endlich mal nach unserer Suppe sehen?«, sagte Herr Avla streng. »Sonst brennt sie noch an.«

Ich lief zur Hütte zurück; als ich mich noch einmal kurz umblickte, sah ich, dass die Matrosen weggingen.

Schiff, Strand, Fußabdrücke, Schuhe, See, Engelland, Atlantis. Alle diese Worte kamen mir bekannt vor. Wenn es mir nur gelänge, sie alle in einem einzigen Satz miteinander zu verbinden, sie richtig hintereinander zu schalten – in einem Satz, der für mich von Bedeutung wäre!

Ich spreche darüber mit Herrn Avla, der sich mir gegenüber an den Tisch gesetzt hat. Er wühlt sein Haar durcheinander und scheint immer noch ein bisschen böse zu sein.

»Tu mir bitte den Gefallen und sprich nicht noch mal mit fremden Leuten!«

Quatsch – hier ist schließlich alles und jeder fremd, auch Sie, Herr A.!

»Warum haben Sie mich vorhin Tim genannt?«, fragte ich.

»Ich musste doch irgendetwas sagen. Ich muss dich ja auch anreden können und deshalb habe ich mir einen Namen ausgedacht.«

»Ich heiße also in Wirklichkeit gar nicht so?«

»Wir wissen doch nicht, wie du heißt! Tim ist einfach ein

Behelfsname. Du kannst dir genauso gut einen anderen aussuchen.«
»Ach was, sagen Sie zu mir, was Sie wollen.«
»Tim«, sagte Herr Avla. »Oder fällt dir etwas Besseres ein?« Er trommelte mit den Fingern auf dem Tisch. »Möchtest du vielleicht lieber Tom heißen?«
»Nein, Tim ist schon in Ordnung.«
Herr Avla hackte jedoch weiter auf diesem Thema herum. »Tom ist auch nicht schlecht. Weißt du, *ich* heiße nämlich Tom.«
»Ich dachte, Sie heißen Avla?«
»Das ist mein Familienname. Mein eigener Name, mein Vorname ist Tom, beziehungsweise Thomas.«
Hat hier jeder zwei Namen?
»Dann möchte ich Tim heißen«, sagte ich. »Ich will auch meinen eigenen Namen haben, für mich ganz allein.« (Aber es *ist* ja nicht mein eigener Name!)
Herr Avla machte ein betrübtes Gesicht. »Ich will Sie nicht kränken«, begann ich; aber da tat er schon wieder, als ob er lachte, und sagte: »Ach Tim, der Unterschied liegt schließlich nur in einem einzigen Vokal …«
TIM TOM TUM TUM. Jeder Name klingt verrückt, wenn man ihn mehrere Male hintereinander ausspricht. Heute heiße ich jedenfalls Tim. Mit einem T. Komisch, das T ist auch der erste von ein paar Buchstaben, die ich hinten in meinem Heft entziffern kann. Zufall?
Vielleicht bin ich nicht 16, nicht 14, nicht 18, sondern einfach ein »*T*eenager«! Nein, ich bin nichts – ein Niemand.
Ich habe ein T auf das Tablett gemalt. Herr A. macht

ein unbewegliches Gesicht und sagt, dass wir jetzt die Türme besichtigen werden. Ich xxx* … schreibe noch ein Wort auf, bevor ich mein Büchlein einstecke. Ganz allein für mich persönlich. *Misstrauen.*

Später

Als wir nach draußen kamen, brach die Sonne durch die Wolken. Wir gingen zum ersten Turm. »Wenn man diesen gesehen hat, kennt man auch den anderen«, sagte Herr Avla. Er hatte plötzlich eine ganz andere Stimme und war ein echter Turmwächter. »Wir müssen hier durch diese Drehtüren; warte, ich gehe vor.«
Aber ich wollte zuerst einmal außen um den Turm herumlaufen. Wie ich schon schrieb, gibt es zwölf Etagen, die auf einem Fundament ruhen (das heißt Parterre, sagt der Turmwächter). Dort unten hat die Eingangsseite kaum Türen und auch nur wenige Fenster.
Auf einmal blieb ich wie angewurzelt stehen. Da war eine geschlossene graue Tür, auf der zwei Blitze aufgemalt waren, sowie einige halb weggekratzte Zeichen. Das sah so aus:

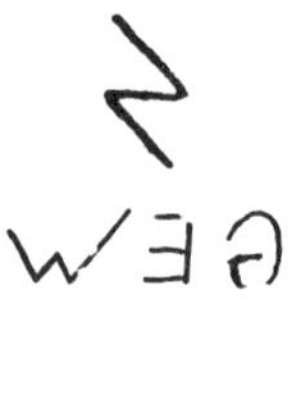

* durchgestrichene Sätze

Der Turmwächter wusste jedoch nicht, was sie bedeuten; außerdem ist diese Tür abgeschlossen und es gibt keinen Schlüssel dazu.
Ich dachte immer noch darüber nach, als wir schon die andere Breitseite erreicht hatten.
Dort ist im Parterre eine Tür neben der anderen – und zwar sehr große Türen, wie Schcunentore (sagt der Turmwächter). Darüber wieder eine Unmenge Fenster und Türen. Hier gibt es keine Galerien, sondern stattdessen ganz viele kleine Plattformen mit Gittern drum herum. Sie sehen wie Käfige aus, sind aber nach oben offen. All das ist entsetzlich gleichförmig.
Ich stellte fest, dass wir nun ganz nah an den anderen Turm herangekommen waren; er gleicht tatsächlich haargenau dem ersten. Zwischen den beiden Türmen liegen verstreut graue Ziegelsteine; einige sind entzweigegangen und es wachsen Pflanzen aus den Rissen und Sprüngen.
Es war sehr still und ich hörte das Rauschen des Meeres hinter den Dünen.
»Wie lange stehen diese Türme schon hier?«, flüsterte ich.
»Das kann ich dir nicht sagen. Länger oder kürzer. Eine solche Zeit lässt sich nicht messen.«
Ich schaute auf meine kaputte Armbanduhr. »Wie kommt es, dass Sie das nicht wissen? Sie sind doch der Turmwächter.«
»Der Turmwächter – ja, allerdings. Ein Wächter. Ich bewache sie.«
»Und warum müssen sie bewacht werden?«

»Weil sie so selten sind. Es gibt schließlich nur zwei davon.«

»Zwei auf der ganzen Welt?«

»Das nimmt man zumindest an«, sagte Herr Avla. »Geh weiter.«

Ich blickte nach oben: Fenster, Fenster und Käfige. Eine Welt für sich – eine rätselhafte Welt. Falls ich die Türme kenne, warum kennt mich der Turmwächter dann nicht?

»Wie lange sind Sie schon Turmwächter?«, fragte ich.

Herr Avla überlegte, bevor er mir antwortete; ich begann zu frieren, da wir im Schatten des Turmes standen.

»Vier Jahre lang«, sagte er, »und nochmals vier Jahre; das sind zusammen acht Jahre.«

»Stimmt das?«

»Ich bewache die Türme; das ist meine Pflicht, hörst du – und ich führe die Leute hindurch, die sie besichtigen wollen. Ich nehme sie mit nach oben und erzähle ihnen …«

»Und mir erzählen Sie nichts!«

»Ich habe dich in mein Haus aufgenommen wie … wie einen Sohn oder wie einen Neffen. Ich habe dir zu essen gegeben und ein Bett, und …«

Herr Avla schaute sich um; er legte seine Hand mit festem Druck auf meine Schulter. Ich ging weiter mit, um den ganzen Turm herum, an der zweiten Breitseite entlang, an der die freie Eisentreppe klebte – wie eine Spirale von unten nach oben.

»Diese Treppe hier ist vermutlich eine Ersatztreppe«, sagte der Turmwächter, »für den Fall, dass die große

Treppe, die wir gleich hinaufgehen werden, unbenutzbar ist.«

»Und wann kommt das vor?«

»Woher soll ich das wissen?«

»Sie sind doch der Turmwächter!«

»Nun hör mir mal gut zu, junger Mann – ich meine Tim; es gibt etwa hundert Theorien über diese Türme: zu was sie gedient haben könnten und warum sie hier stehen. Das ist Sache der Wissenschaftler. Ich bin nur ein einfacher Wachmann. Das Einzige, was man mit absoluter Sicherheit weiß, ist die Tatsache, dass es Bauwerke sind.«

»Das müssen aber Schlaumeier sein, diese Wissenschaftler«, sagte ich. »Die Türme sind also gebaut worden!«

»Ich behaupte nicht, dass sie gebaut worden sind, sondern dass es sich um Bauwerke handelt.«

Inzwischen waren wir wieder vor dem großen Portal gelandet, wo wir durch die vier gläsernen Drehtüren gehen mussten. Doch plötzlich hatte ich nicht den Mut dazu.

»Nun stell dich bloß nicht so kindisch an, Tim«, sagte Herr Avla ärgerlich. »Schließlich gehe ich jeden Tag – außer sonntags und montags vormittags – hier herein. Wir steigen die erste Treppe hinauf, um auf die erste Galerie zu gelangen; dann nehmen wir die zweite Treppe zur zweiten Galerie …«

»Und dann die dritte und die vierte und die fünfte Treppe«, flüsterte ich. »Warum? Wozu? Und was geschieht,

wenn man oben angelangt ist? Stellen Sie sich vor, ich würde hinunterstürzen!«
»Überall sind Mauerbrüstungen, Tim.«
»Ich heiße nicht Tim. Ich weiß, dass ich nicht so heiße. Und ich weiß auch, dass ich diesen Turm kenne …«
Herr Avla hielt mich am Nacken fest, während er mir mit der anderen Hand den Mund zuhielt. Ich befreite mich aus seinem Griff. »Wer sind Sie? Sie kennen mich doch!«
»Nein, ich kenne dich nicht. Denn wenn du mich nicht kennst, kenne ich dich auch nicht«, flüsterte er. »Und jetzt sei still und komm mit. Denn in einem Punkt hattest du Recht: Es war gefährlich, hierher zu kommen, zu den Türmen. Obwohl du andererseits nichts Besseres hättest tun können.«
Allmählich ließ der Schreck, der mich gepackt hatte, nach. »Warum glauben Sie das?«
»Weil ich derjenige bin, der dir helfen kann. Ich bin dein Freund.«
Da habe ich den alten Mann noch einmal genau angesehen und sein Gesicht kam mir plötzlich irgendwie bekannt vor. Er machte einen müden Eindruck – voller Sorgen, aber nicht ängstlich. Ich war mir nicht im Klaren, ob ich ihm vertrauen sollte oder nicht. Aber ich hatte nun keine Angst mehr vor ihm. Und so folgte ich ihm durch die Drehtüren. Wir hätten von draußen gleich wieder hinausgehen können, oder er nach drinnen und ich nach draußen, oder er nach draußen und ich nach drinnen – aber Herr Avla sorgte dafür, dass wir tatsächlich beide in den Turm hineinkamen.

Hinter den Türen lag eine Halle, deren Fußboden mit schwarzen und graugrünen Fliesen belegt war; dann entdeckte ich eine Wand, in der lauter geheimnisvolle Kästchen saßen. Jedes Kästchen hatte eine kleine Tür mit einem Schlitz; aber sie waren alle abgeschlossen. Gegenüber der Treppe war noch eine weitere Tür, sehr groß, aus Metall und ebenfalls verschlossen; mitten darin befand sich jedoch ein rundes Glasfenster.
Als ich durch das Guckloch schaute, sah ich einen viereckigen, kleinen, dunklen Raum: drei fensterlose Wände im Dämmerlicht sowie Fußboden und Decke. Sonst nichts.
»Auf jeder Etage befindet sich solch eine Tür«, sagte der Turmwächter. Seine Stimme klang überraschend hart; sie schallte laut durch das Treppenhaus. »Allesamt verschlossen und auch nicht zu öffnen – was übrigens ein Glück ist, wie du gleich sehen wirst.«
»Vielleicht Gefängniszellen?«, fragte ich.
»Nur eine einzige Zelle, falls du Recht haben solltest. Eine Zelle mit einer ganzen Reihe von Türen.«
»Wie bitte?«, begann ich zu fragen, aber er wartete nicht länger, sondern ging die Treppe hinauf.
Wir stiegen zusammen empor: sieben Stufen, eine Kehrtwendung und wieder Stufen. Auch dort eine Halle, aber kleiner als unten.
»Jetzt sind wir auf der ersten Etage«, sagte der Turmwächter. »Siehst du, hier ist auch wieder so eine verschlossene Tür mit einem Guckloch. Die Glastüren links und rechts führen hinaus auf die erste Galerie. Und jede Galerie ...«

Ich ging jedoch zuerst zu der Zellentür hinüber und schaute durch das Fensterchen. Drei fensterlose Wände im Dämmerlicht – eine vor mir und je eine rechts und links. Kein Fußboden. Keine Decke.

»Weshalb ist hier kein Zimmer?«, flüsterte ich. Wenn man sich vorstellt, dass man die Türe öffnen könnte und hineingehen würde … Die Füße würden ins Leere treten und man würde tief hinabstürzen.

Beruhigend legte mir Herr Avla seine Hand auf die Schulter. »Man hat festgestellt«, sagte er, »dass durch das ganze Gebäude ein Schacht verläuft, von unten nach oben. Auf jeder Etage befindet sich eine Tür zu diesem Schacht. Außerdem gibt es *einen* kleinen Raum, so eine Art Schachtel, die an Kabeln befestigt ist …«

Ich hatte den Eindruck, die Kabel zu sehen, die ziemlich dick und schwarz von oben, aus dem Nichts, hinunterführten – möglicherweise zu dem Boden des kleinen Zimmers im Parterre.

»Wahrscheinlich gehörte einmal ein Mechanismus dazu, mit dessen Hilfe der kleine Raum nach oben und unten bewegt werden konnte – von einer Etage zur anderen. Einige Wissenschaftler haben tatsächlich an eine bewegliche Gefängniszelle gedacht, während viele andere dies für unwahrscheinlich hielten.« Herr Avla unterbrach seinen Besichtigungskommentar und fragte leise: »Erinnerst du dich an nichts?«

»Nein.«

»Du sagtest aber doch, dass du die beiden Türme kennst … Na ja. Dann wollen wir mal nach draußen auf die Galerie gehen.«

Der Turmwächter öffnete eine der Glastüren, und dann ging ich mit ihm die Galerie entlang, so wie ich es bei den anderen Leuten beobachtet hatte. Dort mündeten eine Menge Türen; durch die Fenster blickte ich in leere Zimmer.
»Können wir da hinein?«
»Natürlich. Aber viel gibt's da nicht zu sehen.«
»Ich möchte aber trotzdem hinein.«
»Ja, gleich.« Herr Avla schaute sich um; dann lehnte er sich über die Brüstung und blickte hinunter auf sein Haus. »Komm, stell dich einmal neben mich, Tim.«
Ich tat, was er sagte. Vielleicht, so dachte ich im Stillen, heiße ich doch Tim?
»Hier kann uns niemand hören«, sagte Herr Avla. »Ich habe dir einen Namen gegeben und du bist allen anderen Leuten gegenüber mein Neffe aus Engelland – merk dir das bitte. Denn es gibt da etwas, worüber du Bescheid wissen musst: Es ist hier streng verboten, kein Erinnerungsvermögen zu haben. Hast du mich verstanden?«
Nein, ich verstand es nicht.
»Wer sein Gedächtnis verliert, ist in Gefahr; er wird verfolgt und gefangen genommen.«
Ich schaute zu Herrn Avlas Hütte hinüber und wünschte, ich wäre schon wieder dort anstatt hier auf der zugigen Galerie. In Gedanken sah ich mich in der Zelle, die innerhalb des Schachtes auf- und niederschwebte (es stimmt, dass der Schacht bis zur zwölften Etage durchgeht). *Verfolgt und gefangen.* »Und warum?«
»Du bist etwas Einmaliges – und darum werden sie es dir übel nehmen, dass du vergessen hast, wer du bist.«

Ich dachte darüber nach.
»Aber nun tu mir bitte den Gefallen, nicht daraus zu schließen, dass du etwas Besonderes bist«, sagte Herr Avla. »Jeder Mensch ist einmalig, ich geradeso gut wie du. Niemand darf seinen Namen und seine Erinnerungen vergessen; das ist ein ernstes Vergehen. Aber hab keine Angst. Du hast ja nun einen Namen, und deine Erinnerungen denken wir uns schon aus, bis deine eigenen zurückkehren.«
»Weshalb helfen Sie mir eigentlich?«
»Weil ich gerne Gesetze umgehe. Oder vielmehr, ich versuche zu zeigen, dass diese Gesetze nicht richtig sind. So bin ich nun einmal. Das steht fest – so fest wie ein Haus.«
»Wie welches Haus? Das da«, ich zeigte hinunter auf die windschiefe Hütte, »oder dieses hier?«
»Hör mal, mein Junge, glaubst du allen Ernstes, was du da sagst? Ein Haus? Das hier? Dieser Turm? Mit fast tausend Zimmern? Meinst du das tatsächlich? Dass ich nicht lache.« Aber er lachte trotzdem, wenn auch ein wenig kichernd und unnatürlich.
Ich wusste nicht, ob ich in sein Gelächter einstimmen sollte oder nicht. Es war ja auch ein verrückter Einfall von mir gewesen. Obwohl … Schließlich könnten eine Menge Menschen in solch einem Turm mit tausend Zimmern wohnen. Sehr viele Leute, zu viele Leute. Außerdem würden sich ihre Behausungen sehr ähnlich sehen … Unheimlich, sich das vorzustellen.
»Aber diese Türme sind doch zu irgendeinem Zweck gebaut worden?«, sagte ich und Herr Avla wurde sofort

wieder ernst. Er blickte mich von der Seite an; er schaute … irgendwie hinterlistig. »Erzählen Sie doch endlich etwas darüber!«
Er blickte auf und wurde wieder zum Turmwächter. »Ich habe dir doch schon gesagt«, begann er wichtigtuerisch, »dass es niemanden gibt, der es mit Sicherheit weiß. Einige Leute zweifeln sogar daran, ob sie überhaupt je gebaut worden sind. Aber darüber wird nicht diskutiert. Eine derartige Theorie jagt einem entweder Angst ein oder ist unglaubwürdig. Lass uns also davon ausgehen, dass die beiden Türme hier stehen, dass sie fest und solide sind und infolgedessen betreten und besichtigt werden können. Du kannst ruhig an der Brüstung rütteln – nur nicht zu fest, bitte –, du kannst mit dem Fuß aufstampfen oder gegen eine der Türen bollern. Alles fest und solide! Na ja, es gibt ein paar zerbrochene Scheiben; aber Glas ist eben zerbrechlich, und zwar überall. Komm, lass uns ins Treppenhaus zurückkehren und weiter hinaufsteigen, zur zweiten Etage. Jeder Stock sieht aus wie alle anderen, aber je höher man kommt, desto schöner wird die Aussicht …«
Während wir hinaufstiegen, sprach er ständig weiter – langatmig und doch nichts sagend; es klang ungefähr so: »Wenn man davon ausgeht, dass dieser Turm hier steht, darf man annehmen, dass er irgendwann einmal gebaut worden ist – dass er irgendeinem Zweck dient oder diente, dass er eine Bestimmung hat, einen gewissen Sinn. Aber welche Bestimmung und welchen Sinn? Darüber existieren viele verschiedene Theorien. Du bist unvoreingenommen; du könntest dir ohne weiteres eine

eigene Theorie zurechtlegen, wie du ja vorhin schon versucht hast.«
Ich sagte jedoch nichts und stellte auch keine Fragen mehr. Ich weiß immer noch nicht recht, was ich von ihm halten soll: Weiß er viel weniger, als er zugibt, oder viel mehr?
Auch auf der zweiten Etage schaute ich durch das Guckloch in der Stahltüre in den gemauerten Schacht hinein; ebenso auf der dritten, vierten und fünften Etage. Jedes Mal gingen wir die Galerien entlang und stellten fest, dass unten alles immer kleiner wurde. Im Turm selbst blieb jedoch alles gleich.
Ich warf auch immer wieder mal einen Blick in die leeren Zimmer; neben jeder Tür befindet sich ein Raum, in dem eine Art steinerner Tisch steht, mit einer Aushöhlung darin und einem Wasserhahn darüber. (Aber Wasser gebe es hier nicht, sagte der Turmwächter.) Wenn ich wollte, dürfte ich hineingehen (einige Türen standen offen und viele Fenster waren kaputt), aber erst auf dem Rückweg; denn zuerst sollte ich oben auf der höchsten Etage stehen.
Ich vergaß, weiter zu zählen; jede Halle und jede Treppe war ein wenig dunkler als die vorherigen und der Schacht hinter den verschlossenen Türen wurde schwarz und fast unsichtbar. Herr Avla stieg immer langsamer. Bong, bong klangen seine Schritte auf den steinernen Treppenstufen; ab und zu blieb er stehen, um nach Luft zu japsen – aber er wollte mich nicht allein weitergehen lassen.
Und dann waren wir endlich zwölf Etagen hoch. Die

Türme des Februar, zwölf Monate in einem Jahr – ob das etwas miteinander zu tun hat?
Auf der zwölften Galerie wehte ein kalter Wind, aber man hatte einen weiten Blick, endlos weit, über die Dünenkette hinweg auf das Meer.
Sind die Türme wohl dazu gebaut, um eine solche Aussicht zu haben? Aber weshalb dann all die Zimmer? Vielleicht damit möglichst viele Menschen so weit sehen können?
Zuerst schaute ich zur See hinüber und da sah ich wieder das Schiff. Es fuhr weg von hier, zurück nach Engelland.
»Guck mal nach unten«, sagte Herr Avla. »Alles wirkt klein und bedeutungslos. Das winzige Dach dort ist mein Haus und da drüben, auf einem der Dünenpfade, gehen Leute spazieren; sie sehen wie Ameisen aus, wie Strichmännchen. Hoffentlich sind sie nicht auf dem Weg zu uns! Sieh nur, da ist auch der kleine See in den Dünen; da wandern wir bestimmt einmal hin. Es gibt dort Enten, auch wenn man sie jetzt nicht sehen kann. Und in Kürze kommen auch die Schwäne zurück.«
Aber ich schaute nur dem Schiff nach, das von dannen fuhr; es tat mir Leid, dass ich nicht mitgefahren war – denn plötzlich hörte ich tief in meinem Innern ein Lied singen:

Zogen einst fünf wilde Schwäne,
Schwäne leuchtend weiß und schön.
Sing, sing, was geschah?
Keiner ward mehr gesehn …

Keiner ward mehr gesehn … Das Lied machte mich sehr traurig … *Nun werde ich auch die Matrosen nie wieder sehen – und sie wissen bestimmt, wie ich richtig heiße. Denn ich heiße nicht Tim; Tim ist nur ein ausgedachter Name und besteht eigentlich gar nicht. Ich hätte mit ihnen fahren sollen, auf ihrem Schiff, aber jetzt ist es zu spät. Keiner ward mehr gesehn …*
Herr Avla fragte mich irgendetwas; ich hatte keine Lust, ihm zuzuhören, aber ich wollte auch nicht, dass er meine Gedanken erriet. So blickte ich also nach unten und sah, wie die Wand des Turmes schräg unter mir davonlief; ich wurde ganz schwindelig. Da rieb ich mir die Augen und schaute wieder in die Ferne, aber nicht zum Schiff hinüber. Plötzlich entdeckte ich, rechts von mir, eine *Stadt.* Ich sah Häuser, eine Menge heller, niedriger Häuser zwischen lauter Grün. Und einen weiteren Turm, dicht an der See, einen ganz andersartigen als die Türme des Februar: sehr schlank und mit einem Licht in der oberen Spitze. Herr Avla hat mir erzählt, dass es ein Leuchtturm ist, der den Schiffen den Weg weist; aber ich will nun nichts mehr von Schiffen schreiben.
Vielleicht stamme ich aus dieser Stadt; es war mir ja sofort klar, dass es sich um eine Stadt handelt. Dort muss ich also auch einmal hin.
Noch ein letztes Mal habe ich zur See hinübergeschaut; das Schiff war nun zu einem kleinen Punkt geworden.
Anschließend gingen wir wieder hinunter, eine Etage nach der anderen. Und ich dachte bei mir, wie leer und tot doch dieser Turm ist – und dann versuchte ich mir vorzustellen, wie es sein würde, wenn hier Menschen

wohnen würden. Der Turm als eine Art Stadt ... Wie lebhaft ginge es dann zu auf den Galerien!
Man muss sich nur einmal vorstellen, dass man auf der zwölften Etage wohnen würde und plötzlich Lust auf einen kleinen Spaziergang hätte; oder man hätte unten etwas liegen lassen: marsch, alle Treppen hinunter und danach wieder hinauf ... Da kommt mir ein anderer Gedanke: Die Zelle im Schacht – wäre das nicht ein geeignetes Hilfsmittel zum Auf- und Abwärtsfahren? Andererseits: Würde sich überhaupt jemand da hineintrauen?
Der Turmwächter hat mich gefragt, ob ich noch in irgendeinen Raum möchte, aber ich hatte keine Lust mehr dazu. Die leeren, leblosen Zimmer reizten mich nicht – Zimmer, in denen noch nie ein Mensch geschlafen oder gelacht hatte.
Als wir dann wieder draußen standen, dachte ich, was ich auch jetzt wieder denke, wenn ich einen Blick durch das Fenster der Hütte werfe: Türme, Treppen, Tempel. Sind diese Türme vielleicht *Tempel?* Tempel, der Gefahr geweiht und den Blitzen, unterteilt in leere Kästchen – wie auch das leere Gefühl in meinem Kopf.

Abends

Herr A. möchte, dass ich mit dem Schreiben aufhöre und mit ihm zu Abend esse. Er macht Spiegeleier. Außerdem möchte er alles lesen, was ich mir heute zurechtgedacht habe; aber ich sage Nein, *Nein.* Das ist *mein*

Tagebuch; ich schreibe es für mich selbst (ich bin ja schließlich einmalig), und was ich denke, geht niemand etwas an. Morgen gehe ich noch einmal in einen der Türme (und zwar allein, wenn ich den Mut dazu aufbringe!).

Als wir heute Mittag herauskamen und zurück zur Hütte gingen, bellte plötzlich ein Hund; es klang fröhlich und wohl bekannt.

Herr Avla brummelte etwas vor sich hin, während er zu dem Tor hinüberging, durch das immer die Leute kommen, die die Türme besichtigen wollen. Ja, da stand er, der rotbraune Hund von … war das eigentlich erst gestern?

Ich erkannte ihn sofort und er mich auch, denn er lief mit fröhlichem Schwanzwedeln auf mich zu. Herr Avla wehrte ihn jedoch mit heftigen Armbewegungen ab und rief: »Kusch, kusch!«

»Ach nein, bitte, jagen Sie ihn nicht weg«, sagte ich. »Es ist ein braver Hund; ich kenne ihn, oder vielmehr sie … Téja!«, rief ich leise.

»Kusch, ab mit dir!«, rief Herr Avla erbost. Und dann fragte er mich: »Seit wann kennst du dieses Biest? Zu wem gehört es?«

Der Hund hatte sich erschreckt; er lief ein Stück zurück, drehte sich dann aber nach mir um und wedelte vorsichtig mit dem Schwanz.

»Man kann hier niemandem vertrauen«, flüsterte Herr Avla. »Weg mit dir, hau ab«, rief er erneut. Er stampfte mit dem Fuß auf und da lief der Hund weg – den Schwanz zwischen die Beine geklemmt.

»Das war der Hund, der meine Socke hat«, sagte ich, traurig und wütend zugleich.
»Unsinn – deine Socke habe ich nicht gesehen; die bist du los. Und du hast schließlich neue von mir bekommen – also besteht absolut kein Grund zum Heulen.«
»Ich heule ja gar nicht!«
»Weißt du, warum der Hund hergekommen ist? Einfach nur so? Oder ob man ihn geschickt hat? Du sagst doch, gestern sei ein Mann dabei gewesen, oben in den Dünen?«
»Ja«, sagte ich und schaute mich um. War irgendwo jemand, der uns auflauerte? Der Hund war verschwunden und ich sah keine Menschenseele.
»Dieser Mann kann durchaus gefährlich sein«, sagte Herr Avla.
»Weshalb? Kennen Sie ihn denn?«
»Mir gefällt nicht, was du mir von ihm erzählt hast. Bitte, Tim, sei lieber ein wenig vorsichtiger, bis du dich hier besser eingelebt hast ...«
Ich war froh, als wir wieder sicher in unserem Haus angelangt waren (ich meine damit Herrn Avlas Haus, denn ich selbst habe ja gar kein Zuhause). Ich bin dann auch nicht mehr vor der Tür gewesen. Herr Avla wohl; er musste noch seine »Turmwächterrunde« durch das Gebäude machen. Immer wieder sagt er mir, ich solle vorsichtig sein. Und doch finde *ich* den Hund lieb!

Nachts, 32. Februar 1. März***

Auch Herr Avla hat eine Weile geschrieben. (Er lässt es mich ebenfalls nicht lesen und versteckt es in der Kiste, die er dann zuschließt.) Danach ist er zu Bett gegangen und ich kroch in meinen Schlafsack. Er schnarcht und schnarcht und ich kann nicht schlafen. Jetzt sitze ich wieder am Tisch; ich habe das Licht angemacht und schreibe noch ein wenig weiter. Ich habe schon einen Krampf in den Fingern, aber es muss einfach gehen. Ich erinnere mich an verschiedene Dinge – unabhängig voneinander, kreuz und quer, von allem ein bisschen.
Während des Essens habe ich ihn gefragt, wo Engelland liegt, und er sagte: »In der Richtung des Sonnenuntergangs, am anderen Ende der See.«
Jetzt weiß ich auch, was Engel sind; sie haben Flügel wie die Schwäne. Aber ich weiß auch, dass es keine Engel gibt. *Engelland besteht also nicht, da es keine Engel gibt. Sie alle erzählen mir also Märchen.*
Und doch – ich weiß nicht so recht. Manchmal glaube ich, dass Engelland doch existiert. Gerade eben sah ich mich an einem anderen Tisch sitzen; neben mir, vor mir und hinter mir saßen noch mehr junge Leute, ebenfalls an Tischen. Gegenüber ein grauschwarzes Brett an der Wand, zur Hälfte verdeckt von einem großen Tuch – einer Karte, Landkarte. Engelland, Holland, Deutschland, Engelland. Schule. Unterwegs nach Engelland.

---

* durchgestrichen
** unterstrichen

Jetzt ist das Bild wieder weg. Existiert Engelland nun oder existiert es nicht? Und wenn ich doch weiß, was Engel sind, wieso sollte es sie dann nicht geben? Ich erinnere mich zwar nicht an einen speziellen Engel, aber das besagt nichts.
Es ist zum Verrücktwerden – wenn mein Gehirn nur besser schalten würde! Je mehr ich nachdenke, desto weniger –*
Ich versuche, das Lied noch einmal zu singen.
Es macht mich traurig.
Herr Avla bewegt sich. Sein Haar steht zu Berg, es ist schneeweiß.
Er wird wach; ich höre auf.
»Ich glaube, du hast sie nicht mehr alle beisammen! Man kann's auch übertreiben, du brauchst nicht auch noch nachts zu schreiben« (das reimt sich!), sagte Herr Avla. Er sah auf die Uhr. »Drei Uhr – der neue Tag hat schon längst angefangen.«
Jeder Tag beginnt um zwölf Uhr nachts, sagt er.
Ich finde das sonderbar; warum nicht bei Sonnenaufgang? Aber ich habe ein neues Datum hingeschrieben.
Herr Avla tat zwar brummig und ungehalten, aber er war doch sehr nett zu mir. Er stieg aus dem Bett, schürte das Feuer im Herd an und machte uns Tee. »Du vertraust mir nicht – stimmt's?«, sagte er. »Das kann ich gut verstehen; in deiner Situation würde ich ebenfalls …« und so weiter.

---

* abgebrochener Satz

Inzwischen habe ich Vertrauen zu ihm und so gab ich ihm mein Tagebuch. Er las hier und da ein paar Zeilen; morgen (das heißt heute nach Sonnenaufgang) wird er alles lesen und mit mir darüber sprechen. Dann musste ich das Datum ändern, denn wir haben nicht den 32. Februar, sondern den 1. März!

Nach Februar kommt März; ich erinnerte mich jedoch nicht daran, wie viele Tage jeder einzelne Monat hat. Er wollte es mir nicht sagen, sondern ließ mich raten. »Welche Zahl fällt dir als Erstes ein?«

Ich sagte »30« und er sagte: »Sehr gut.« Ich fing an, noch weitere Zahlen zu nennen, aber er ließ mich nicht weiterreden, sondern holte einen großen Bogen Papier voller Buchstaben und Zahlen aus seiner Kiste und erklärte mir alles. Ein Jahr besteht aus zwölf Monaten; ich habe sie auf der ersten Seite notiert. Ein Monat hat 30 Tage. $12 \times 30 = 360$, doch das sind nicht alle Tage, die ein Jahr hat; ich wusste es sofort wieder, als er es mir sagte. Ein Jahr dauert ungefähr 365 Tage (das hat damit zu tun, dass die Erde um die Sonne kreist). Die fehlenden fünf Tage werden am Jahresende, nach dem Monat Dezember, angehängt; es sind die so genannten namenlosen Tage. Doch eigentlich sind sie gar nicht namenlos, denn jeder darf ihnen selbst einen Namen geben. Diese Tage sind dazu da, sich zu besinnen – oder Feste zu feiern und besonders schöne Dinge zu tun. Ich fand das alles äußerst logisch und praktisch, und dann merkte ich, dass die Daten in meinem Tagebuch noch immer nicht stimmten: Gestern war schon der 1. März und nicht der 31. Februar. Aber da sagte Herr Avla, dass gestern *doch*

der 31. Februar war. Ich schreibe alles schnell auf, bevor ich es vergesse: Jedes vierte Jahr hat einen Tag mehr und die einzelnen Monate bekommen der Reihe nach einen zusätzlichen Tag. Vor vier Jahren hatte der Januar 31 Tage; dieses Jahr war der Extratag Ende Februar; und nach weiteren vier Jahren wird er in den März fallen. Solch ein Jahr mit 366 Tagen heißt Schaltjahr. Hat dieses Wort etwas mit »schalten« zu tun? Herr A. weiß es nicht; ich selbst glaube, dass es so ist. Warum, weiß ich nicht. Dafür habe ich aber wiederum etwas Neues entdeckt: In diesem Schaltjahr ist der Februar an der Reihe – also ist der Februar sehr wichtig!
Herr A. meint, wir müssten wieder schlafen gehen, aber zuerst muss ich wissen, welches Jahr jetzt ist. Schon wieder sagt er: »Rat mal!«, aber ich denke nicht daran. Ich schiele auf sein Blatt Papier, aber leider kann ich nicht entziffern, was darauf steht. Ich frage ihn, wie alt die Welt ist. Er sagt, darüber würden wir uns morgen unterhalten.
»Es ist schon morgen!«, sage ich.
»Morgen früh, wenn die Sonne scheint.« Herr Avla nimmt mir meinen Kugelschreiber weg –

*Für heute ist es genug, lieber »Tim«.** Du weißt schon bedeutend mehr als gestern und dein »Raten« ist zum großen Teil ein »Erinnern«. Morgen schlafen wir uns so richtig aus und dann gehe ich zum Einkaufen in die Stadt. (Ich werde dir auch ein paar Sachen zum Anzie-

---

* In einer anderen Schrift, der Handschrift von Herrn Avla.

hen mitbringen; du hast wirklich einiges nötig.) Montagmorgens kommt kein Mensch hierher; jeder freut sich dann wieder auf seine Arbeit. Am besten bleibst du ruhig zu Hause, während ich weg bin. Ich schreibe dir hier einen guten Rat auf: Sprich vorläufig mit niemandem und folge keinen fremden Hunden (oder sonst jemandem)! Vertrau mir bitte.
Der Februar ist vorbei. Möge der März uns nur Gutes bescheren!
Th. A.*

1. März (lange nach Sonnenaufgang)

Der Februar ist um, und trotzdem habe ich das Gefühl, dass dieses Tagebuch auch weiterhin »Die Türme des Februar« heißen muss.
Ich bin allein zu Hause; Herr Avla ist in die Stadt gegangen, um Lebensmittel und Kleidung für mich zu kaufen. »Folge keinen fremden Hunden.« Es hat geregnet, aber jetzt ist es wieder trocken. Dieses Büchlein fühlt sich irgendwie anders an –**

Sie sind weg! Die beschriebenen Seiten hinten im Büchlein sind verschwunden. Einfach herausgerissen!
Das kann nur *er* getan haben. Heute Nacht beziehungsweise heute Morgen, als ich noch schlief.

---

* Hier endet die andere Handschrift. »Tim« fährt mit seinem Tagebuch fort.
** Im Originalmanuskript (Tagebuch) steht im folgenden Abschnitt kein einziges Satzzeichen.

Ich habe versucht, seine Kiste zu öffnen, aber sie ist verschlossen. Warum hat Herr Avla das getan? Warum? Er weiß bestimmt mehr, als er sagt; ich kann ihm *nicht* vertrauen.

Alles, was ich selbst geschrieben habe, ist noch da; aber das, was hinten in diesem Buch stand, ist mit Sicherheit viel wichtiger. Wichtig für ihn? Oder für mich? Geheimschrift (MOIXA). Was nun? Gegen ein Uhr kommt er zurück; jetzt ist es kurz vor zwölf. Ich höre Bellen. *Da ist der Hund!*

Noch immer 1. März

Es ist noch nicht ganz dunkel, draußen ist es blau (ein blauer Montag).
Ich bin dem Hund gefolgt.
Absichtlich habe ich Herrn Avlas Rat in den Wind geschlagen. Aber es war ja kein fremder Hund. Er ist rotbraun und heißt Téja – genauso wie das Mädchen, die Tochter.
Aber nun muss ich dort anfangen, wo ich heute Morgen aufgehört habe. Alles hat sich inzwischen verändert. Ich bin nicht mehr bei den Türmen; ich heiße zwar noch immer Tim, bin aber nicht mehr Herrn Avlas Neffe aus Engelland. Ich bin allerdings wohl wirklich aus Engelland gekommen oder aus Atlantis, das wird sich noch herausstellen.
Hier ist auch eine Katze im Haus, grau gestreift und mit

weißen Schnurrbarthaaren; sie saß auf dem kleinen blau-rosa Teppich vor dem Kamin. Ich habe ein Zimmer zur Gartenseite hinaus; der Hund lag bis jetzt zu meinen Füßen, ist aber gerade weggelaufen. Téja ruft mich (diesmal meine ich das Mädchen). Gleich schreibe ich weiter.

Ich hörte also Hundegebell und da stand sie auch schon vor der offenen Türe: die rotbraune Hündin mit den langen seidigen Ohren. Sie sah mich an und wedelte mit dem Schwanz, wollte aber nicht hereinkommen. Sie bellte noch einmal, dann lief sie ein Stück weg und schaute sich um. Sie kam wieder zurück, und als ich auf sie zuging, sprang sie erneut davon und blieb dann wieder stehen. Da verstand ich, was sie mir sagen wollte: Komm, folge mir doch, geh mit!

Der Turmwächter hat mich betrogen – also brauche ich auch nicht mehr tun, was er sagt.

Ich nahm die Kokardenblume aus dem Wasserglas, trocknete den Stängel ab und legte die Blume in mein Büchlein. Ich zog meinen Anorak an, steckte Buch und Kugelschreiber in die Tasche und sah mich im Zimmer um. Es war nichts mehr da, was mir gehörte. Ich nahm das letzte Stück Brot aus dem Schrank und schlang mir den Schal um, der über einem Stuhl hing. Er gehörte Herrn Avla – aber ich musste ihm irgendetwas wegnehmen, im Tausch gegen die zwölf Seiten, die er mir gestohlen hat.

Ich ging nach draußen. Der Hund sprang an mir hoch und lief dann vor mir her. Ich folgte ihm, aber *so* schnell konnte ich nicht mit! »Téja«, rief ich, »Téja, warte einen Moment!« Sie tat sofort, was ich sagte – ein erstaunlich kluges Tier. Mir war völlig klar, dass sie nicht ohne Grund gekommen war.

Ich rief sie noch einmal, aber sie blieb, wo sie war; erst als ich zur Hütte zurückging, kam sie hinter mir her. Ich ging hinein und suchte zwischen allen möglichen Sachen nach Kordel. Der Hund stand in der offenen Tür und sah mir zu. Aber als ich ein Stück Kordel gefunden hatte und auf ihn zuging, lief er ein paar Schritte zurück.

»Du bist ein braver Hund«, sagte ich. »Ich will dich ja nur an die Leine nehmen, damit ich dich nicht verliere. Brav, Téja, brav – nun komm schon, komm!«

Aber sie zeigte mir ihre weißen Zähne und knurrte. Ich warf die Kordel auf den Boden und ging einfach so mit. Nur jemand wie ich, ohne Erinnerungsvermögen, kann auf eine so dumme Idee kommen: einen Hund anzubinden! Téja sorgte sehr wohl dafür, dass ich sie nicht aus den Augen verlor. Wenn sie zu weit vorausgelaufen war, blieb sie stehen und wartete, bis ich sie eingeholt hatte.

Wir gingen durch das Tor (ich sah mich nicht mehr um), über ein bepflanztes Feld, um einen kleinen See herum (es gab hier tatsächlich Enten!) und dann in die Dünen hinein, aber nicht über den Gefährlichen Pfad. (Ich bin froh, dass ich die Kokardenblume noch habe!) Ich fand den Hund immer netter. Wir aßen gemeinsam das Brot auf und manchmal lief er eine Zeit lang dicht an meiner Seite und ich legte meine Hand auf seinen Kopf. Manchmal gingen wir über schmale Wege, manchmal auch ganz ohne Weg, und wir begegneten keinem Menschen.

Aber anscheinend sollte das so sein, denn ein paar Mal schoss Téja mit mir zusammen in ein Tal hinab und drückte sich dort platt in den Sand. Ich machte es genauso und dann hörten wir – gut verborgen – Menschen vorbeigehen. Der Boden war sehr nass, aber es regnete nicht mehr; mit der Zeit kam sogar die Sonne heraus und es war kein bisschen kalt. Die Dünen waren viel schöner als vorgestern, obwohl ich sie nur sehr oberflächlich betrachtete; das lag daran, dass ich dauernd überlegte, wo wir wohl hingingen. Jedenfalls nicht zum Strand; meiner Meinung nach liefen wir in Richtung Stadt – die Stadt, die ich vom Turm aus gesehen hatte. Und genauso war es. Auf einmal gingen wir über eine feste Straße und bogen dann in eine Seitenstraße ein, die auf einen Hügel hinaufführte und an der Häuser standen.
Da bekroch mich erneut so ein eigenartiges Gefühl. Der Hund blickte immer wieder zu mir auf und wedelte ein bisschen mit dem Schwanz, als ob er sagen wollte: Hab keine Angst, wir sind gleich da.
Jetzt begegneten uns auch Leute; sie sahen mich ein wenig erstaunt an. Der Hund beschleunigte seinen Schritt, ich auch.
Wieder eine Straße, schmal und gewunden; ruhige, niedrige Häuser, von Gärten umgeben – jedes anders gebaut als die anderen. Wäre ich nicht der gewesen, der ich nun einmal bin – voller Angst und ohne Erinnerung –, so wäre ich öfter stehen geblieben, um mir alles anzusehen.
Und dann waren wir plötzlich da.

Eins von diesen Häusern, weiß und graugelb gestrichen, mit Bäumen und Sträuchern vor den Außenwänden, eines dieser Häuser gehörte zu dem Hund. Ein Törchen, das offen stand, ein Weg durch Beete voller lila und weißer und gelber Kelchblumen, eine grüne Haustür. Der Hund sprang bellend gegen die Tür; sie wurde sofort geöffnet, und da stand der Mann, den ich am 30. Februar in den Dünen getroffen hatte: der große Herr in Braun und Grün, diesmal jedoch ohne Hut. Er streichelte den Hund.

»Brav, Téja, brav«, und dann gab er mir die Hand.

»Willkommen, mein Junge. Komm nur herein!«

Ich ging mit hinein. Er schloss die Tür und hielt noch immer meine Hand fest, während der Hund die andere leckte. Ich dachte einen Augenblick lang: *Kann ich noch fliehen?,* aber dann wusste ich auch schon, dass ich das gar nicht wollte. Selbst als der Hund fortlief und irgendwohin verschwand, bekam ich keine Angst. Der Mann blickte mich an, als ob er mich kenne und sympathisch fände. Ich dachte: Ach, warum erinnere ich mich nur nicht an Sie?

Er sagte, ich solle meine Jacke ausziehen, und das tat ich auch. Dann bekam ich einen Schrecken: Um ein Haar hätte ich dieses Büchlein in der Tasche stecken lassen! Ich stopfte es schnell in meine Hosentasche; ich hatte aber nicht den Eindruck, dass er das komisch fand. Er führte mich in ein Zimmer, in dem die Sonne Lichtkringel auf den Boden malte; er bat mich, ich solle mich hinsetzen, und sagte: »Warte einen Moment, ich hole Kaffee.« Ich wusste nicht, was Kaffee war; aber ich wartete. Ich hörte, wie er umherging und mit irgendjemand anderem im Haus sprach.

Vor dem Kamin, in dem noch ein Rest Glut schwelte, saß eine grau gestreifte Katze. Sie starrte mich so lange an, dass ich verlegen wurde. Ich betrachtete den Teppich, auf dem sie saß; noch nie hatte ich einen so hübschen, aber auch so komplizierten Teppich gesehen: Er war voller Figuren in blassrosa Farbe, dazu ein wenig Weiß und Gold auf einem Untergrund von eigenartigem Blau, das ich nicht beschreiben kann.

»Téja meint, man brauche ein halbes Leben oder noch länger, um das Muster dieses Teppichs zu verstehen«, sagte der Mann. Er war wieder ins Zimmer gekommen.

Ich fuhr erschreckt zusammen und fragte erstaunt: »Wie bitte? Téja meint? Ich meine, was sagt Téja?«

»Ich spreche von meiner Tochter.«

»Ach so. Heißt sie auch Téja?«

»Ja, meine Tochter heißt auch Téja.«

»Genau wie der Hund?«

»So ist es. Ganz genau wie der Hund.« Er reichte mir eine Tasse Kaffee und setzte sich mir gegenüber. »Und wie heißt du?«

»Ich? Tim.« Doch meine Hand zitterte plötzlich so stark, dass ich etwas Kaffee auf mein Knie schlabberte.

Er tat, als merke er es nicht, und begann, langsam seinen Kaffee zu trinken.

Auch ich trank einen Schluck. Kaffee ist sehr lecker, und ich glaube, ja, ich glaube, dass ich früher auch schon mal welchen getrunken habe. Aber ich habe ihn noch nie so *auf der Zunge zergehen lassen* wie heute Mittag.

»Ist er süß genug?«, fragte er und sagte dann: »Ich sprach eben von diesem Teppichmuster. Wie kompliziert es ist ...«
»Figuren, Vierecke, Kreise und Bänder durcheinander – Spiralen und Ranken und Blumen und Sterne und Vögel«, sagte ich, und ich war froh, dass mir so viele Worte einfielen. »Immer wieder etwas anderes und doch gehört alles irgendwie zusammen.«
»Ja, es steckt ein ganz bestimmtes Muster darin«, sagte er, »aber es ist keineswegs leicht, das herauszufinden.«
»Außerdem sitzt die Katze darauf«, sagte ich.
»Ein Muster«, sagte er, »ein bestimmter Zusammenhang. Wenn man ein einziges Stückchen dieses Musters genau betrachtet, versteht man auch den Rest besser. Vielleicht ist ein Stückchen schon genug ...« Er sah mich durchdringend an; ich schlug die Augen nieder und starrte wieder auf den Teppich. In dem Muster befanden sich ebenfalls Augen – ich fand das ein bisschen unheimlich. »Ein kleines Stück reicht«, sagte er. »Ich weiß nicht, ob du wirklich Tim heißt oder ob du dir den Namen ausgedacht hast. Aber du bist zu Fuß hierher gekommen und du kannst sehen und hören und denken und sprechen; also bist du tatsächlich da. Es ist wirklich nicht nötig, dass du dich an irgendetwas erinnerst.«
Meine Kaffeetasse wäre mir um ein Haar aus der Hand gefallen, aber er nahm sie mir ab, stellte sie hin und sagte: »Du brauchst nicht zu erschrecken. Ich weiß, dass du dein Gedächtnis verloren hast. Aber du existierst ja noch, du sitzt mir gegenüber – also kann es gar nicht so schlimm sein.«

Ich wusste nicht, was ich sagen sollte. »Wieso wissen Sie …?«, fragte ich nach einer Weile.
»Das war mir vom ersten Augenblick an klar, als ich dich sah. Deshalb habe ich Téja geschickt, um dich zu holen und hierher zu bringen. Sie hatte ja deinen Strumpf und konnte daher deine Spur verfolgen.«
»Kennen Sie mich denn?«, fragte ich.
»Nein, jedenfalls nicht vor dem 30. Februar.«
»Aber warum ließen Sie denn dann den Hund …?«
»Weil du hier in Sicherheit bist.«
»Dasselbe sagte Herr Avla auch«, flüsterte ich. »Und er …«
»Wer ist Herr Avla?«
»Der Turmwächter. Er sagte … Lassen Sie mich nicht gefangen nehmen und verfolgen …?« Ich wollte aufstehen, ich musste weg von hier; aber wohin?
Er schaute mich noch immer an, mit den wachen Augen eines Seemannes, und zwar recht freundlich. »Tim, mein Junge, behalte doch die Nerven! Natürlich lasse ich dich nicht inhaftieren! Hat dir das der Turmwächter erzählt?«
»Ja. Stimmt es denn nicht?«
»Ja und nein. Hör mal gut zu, dann werde ich es dir erklären. Ich sage dir meine ganz persönliche Meinung: Es kümmert mich kein bisschen, ob du dein Gedächtnis verloren hast oder nicht. Ja, ich glaube sogar, dass du ohne Erinnerung besser dran bist als mit – verstehst du? Besser ohne als mit.«
»Aber ich möchte wissen, wer ich bin!«, rief ich leise. »Ich weiß ja nicht mal, ob ich Tim heiße …«

»Namen sind Schall und Rauch«, sagte er. »Du bist doch nicht nur dein Name. Sag mal, von wann stammen deine ältesten Erinnerungen?«

»Von vorgestern, vom 30. Februar.«

»Und wie viele Erinnerungen sind in der kurzen Zeit schon aufgetaucht?«

Ich überlegte. »Eine ganze Menge!«

»Gute oder schlechte? Erfreuliche oder unangenehme?«

»Unangenehme … ach nein, auch erfreuliche.«

»Und welche?«

»Wie ich zu Herrn Avla in die Hütte kam (und die Nacht, in der Herr Avla noch auf war, als ich plötzlich wach wurde; aber das erzählte ich nicht), und die Wanderung hierher mit Téja (das sagte ich!), und gerade eben, als ich hier angekommen war und wir zusammen Kaffee tranken.«

»Ich schütte dir gleich noch einmal ein. Hast du den Eindruck, dass du diese erfreulichen Dinge wieder vergessen wirst?«

»Nein – gewiss nicht.« (Wenn ich das nur mit Sicherheit wüsste!)

»Und die unangenehmen Erinnerungen? Denkst du gerne daran zurück?«

»Lieber nicht.«

»Das Gute vergisst man nicht so schnell«, sagte er. »Darum glaube ich, dass du ohne Gedächtnis besser dran bist als mit. Weshalb solltest du es sonst auch verloren haben? Wahrscheinlich doch deswegen, weil es voll von unangenehmen Erinnerungen war.«

Ich hatte das Gefühl, als bekäme ich innerlich eine Gänsehaut.
Er beugte sich herunter und streichelte die Katze. »Also, warum solltest du den Kopf hängen lassen? Genieße die Gegenwart und sei froh, dass du hier bist. Hier lebt es sich ganz ausgezeichnet. Lass dich nur nicht bange machen.«
Die Katze ließ ein leises Klingelgeräusch vernehmen und begann zu schnurren. Der Mann redete noch ein Weilchen weiter und holte noch mehr Kaffee und die innere Gänsehaut verschwand wieder.
Er nannte mir seinen Namen: »Jan Davit – du kannst mich ruhig Jan nennen.« Er ist nicht so alt wie Herr Avla, aber doch älter als ich. »Und jetzt wird es Zeit zum Essen«, sagte er. »Ich sage eben Téja Bescheid, dass wir Hunger haben.« Er ging hinaus, und wieder musste ich mich besinnen, dass er seine Tochter gemeint hatte und nicht den Hund. Ein Hund, eine Katze, eine Tochter – hat er auch eine Frau? Vater, Mutter, Tochter, Kind … Ich müsste mich doch eigentlich an meinen Vater und meine Mutter erinnern!
Er (Jan Davit) kam wieder zurück und hielt etwas in der Hand. »Ich habe dies hier auf dem Boden gefunden; vielleicht ist es dir aus der Jacke gefallen. Gehört es dir?«
Es war die Kokardenblume. Ich streckte meine Hand aus. »Ja«, sagte ich.
Aber er gab sie mir nicht. »Das war eine schöne Blume«, sagte er langsam. »Woher hast du sie?«
»Gepflückt.«

»Vorgestern?« Auf seiner Stirn erschien eine Falte.
»Ja. Darf man das denn nicht?«, fragte ich beunruhigt. »Ist es verboten?«
»Es ist nicht verboten, solange man nicht zu viel davon pflückt.« Er lachte mir zu, machte aber trotzdem eine besorgte Miene. »Weißt du, ich bin ein Dünenwächter; ich passe auf alles ein bisschen auf.«
Erst ein Turmwächter und jetzt ein Dünenwächter; das finde ich wirklich nicht schön. Warum muss ich immer wieder *Wächtern* begegnen? – »Du bist also doch in jenen Weg eingebogen«, sagte er.
»Meinen Sie den verbotenen Weg? Den Gefährlichen Pfad?«
»Es ist der einzige Weg, an dem diese Blumen blühen. Diese hier ist verwelkt …«
»Aber ich will sie mir doch aufheben«, sagte ich.
Ich kann sogar den Grund aufschreiben: weil die Blume seltsam ist und außergewöhnlich; und auch, weil ich nicht vergessen will, wie mir zumute war, als ich sie auf dem Gefährlichen Pfad pflückte. Eine Erinnerung kann gleichzeitig schön und unangenehm sein. Das fällt mir gerade ein und ich werde darüber nachdenken müssen. Aber zuerst schreibe ich auf, was heute noch mehr geschah. Ich muss das tun, obwohl ich keine große Lust mehr dazu habe.
Er hat mir die Blume wiedergegeben, und von Téja bekam ich ein richtiges Buch, damit ich sie darin trocknen kann. Das Buch liegt hier vor mir auf meinem Tisch.

Beim Essen waren wir zu dritt; Téja, seine Tochter, hatte für uns gekocht. Ja natürlich, die Katze bekam auch etwas, aber der Hund war nicht dabei.
Téja ist sehr hübsch. Sie ist etwa in meinem Alter oder ein klein wenig älter, falls ich 14 bin. Außerdem ist sie lieb und ein bisschen geheimnisvoll. Ich fühle mich sehr wohl in ihrer Gesellschaft, schon gleich von Anfang an. Sie ist genauso groß wie ich und ihr Gesicht wird keiner so schnell vergessen: Sie hat braune Augen und drei Sommersprossen auf der Nase; wenn sie lacht, sieht man ihre strahlend weißen Zähne, und sie hat langes, rotbraunes, seidiges Haar. Ihrem Vater gleicht sie nicht. (Nach ihrer Mutter habe ich mich noch nicht erkundigt.)
»Téja und ich finden, dass du hier bleiben solltest«, sagte Herr Davit, »als Tim, unser Neffe aus ... ja, aus welchem Land eigentlich?«
»Aus Engelland«, sagte Téja.
»Nein, weiter weg ist besser, aus Atlantis«, sagte ihr Vater.
»Gibt es diese Länder eigentlich?«, fragte ich.
»Natürlich«, sagten sie.
Ich dachte an die Türme. »Vielleicht komme ich ganz aus der Nähe«, sagte ich.
»Du musst aber von weit her kommen«, sagte Téja. »Denn wenn du dich dann einmal komisch benimmst, wird sich niemand darüber wundern.«
»Wirke ich denn so merkwürdig?«, fragte ich ein wenig verärgert.
»Wir wollen dir doch nur helfen«, sagte Herr Davit. »Es

erleichtert die Sache, wenn wir so tun, als ob. Wir müssen uns einen Hintergrund für dich ausdenken.«

»Ich habe schon einen Hintergrund«, sagte ich. »Ich bin Herrn Avlas Neffe Tim – aus Atlantis oder Engelland oder wer weiß woher. Ich kann doch nicht zweierlei Neffen gleichzeitig sein! Und Herr Avla hat sich meinen Namen ausgedacht, wenn ich auch nicht richtig so heiße – oder vielleicht doch, denn er weiß mehr, als er gesagt hat.«

Jan Davit bat mich, ich solle ihm von Herrn Avla erzählen. Ich berichtete ein wenig, aber nicht alles.

Und dann fragten sie mich, was ich lieber wolle: zurück zu Herrn Avla oder hier bei ihnen bleiben.

»Ich will nicht mehr zu Herrn Avla, denn er hat mich bestohlen«, sagte ich und ich erzählte ihnen von meinem Tagebuch.

Téja und ihr Vater sind jetzt schon lange im Bett; draußen ist es ganz dunkel und ich habe die Vorhänge zugezogen. Gerade kam Téja, die Hündin, wieder herein; sie hat sich auf meine kalten Füße gelegt und sieht mich mit ihren klugen Augen an.

Jan Davit findet es Unsinn, ein Tagebuch zu führen; ich glaube, er würde sicher böse werden, wenn er wüsste, dass ich nun schon wieder darin schreibe. Übrigens vertraut *er* dem Turmwächter auch nicht. Er selbst und die beiden Téjas möchten, dass ich hier bleibe; ich brauche nichts anderes zu tun, als glücklich zu werden. Und das scheint mir hier gar nicht so schwierig zu sein.

Heute Nachmittag habe ich mit dem Hund und einem

Ball im Garten gespielt. Und heute Abend habe ich zusammen mit dem Mädchen auf dem Teppich gesessen – wir haben uns nicht unterhalten, sondern nur versucht, die eingewebten Schmetterlinge zu zählen. (Oder waren es Vögel? Ich weiß es nicht mehr.) Ja, ich werde *hier bleiben* und jetzt gehe ich schlafen. Hoffentlich träume ich nicht von den Türmen!

2. März

Ich habe eine neue Hose und einen Pullover bekommen; jetzt sehe ich genauso aus wie alle Leute hier. Eigentlich stimmt das nicht – denn ich finde ganz im Gegenteil, dass die Menschen, die hier vorbeikommen, sehr unterschiedlich aussehen; keine zwei gleichen einander. Aber niemand trägt so langweilige und schmutzige Sachen wie meine von gestern. Trotzdem werfe ich sie nicht weg; sie werden gewaschen und aufbewahrt. Herrn Avlas Schal besitze ich auch noch, ich habe ihn vorläufig in meinen Schrank gelegt. Wie mag es ihm wohl gehen? Ob er an mich denkt?
Ich heiße Tim, und mein Familienname ist Davit, damit ich als Sohn von Herrn Davits Bruder gelten kann, der vor vielen Jahren nach Atlantis ausgewandert ist. Darum komme ich ebenfalls aus Atlantis; es liegt auf der anderen Seite der Großen See, die »Atlantischer Ozean« heißt. Vielleicht ist ein Körnchen Wahrheit in all diesen Dingen und ich bin tatsächlich mit einem Schiff übers Meer gekommen …

Téja hat mir gezeigt, wo Atlantis liegt, auf einer Karte in einem großen Buch – in einem Atlas, in dem die ganze Welt aufgezeichnet ist. Ich entdeckte auch, wo England liegt – viel, viel näher –, aber man schreibt es nur mit einem »l« und ohne »e« in der Mitte und es wohnen auch keine Engel dort. Als ich danach fragte, fingen Téja und ihr Vater an zu lachen. Ich wurde ein wenig böse, und einen Augenblick lang verstanden wir einander nicht, aber dann haben wir es uns gegenseitig erklärt. Sie wissen auch, was Engel sind; aber sie wissen ebenso wenig wie ich, ob es sie gibt oder nicht. Ich nehme ihnen schon ab, was sie sagen, obwohl ich es komisch finde; sie haben ja ihr Gedächtnis noch. Jan Davit wurde auf einmal ernst und sagte, dass es durchaus möglich sei, dass ein zweites Engelland besteht – eins mit einem »e« hinter dem »g« und mit zwei »l«. Ob ich wohl wirklich aus Atlantis gekommen bin, über England?

Sing, sing, was geschah?
Keiner ward mehr gesehn …

Zogen einst fünf junge Burschen
Stolz und kühn zum Tor hinaus.
Sing, sing, was geschah?
Keiner kehrt nach Haus!

Ich bin überrascht, denn plötzlich schreibe ich das Lied einfach so nieder. Herr Avla hat doch Recht: Ein Tagebuch hilft.
Keiner kehrt nach Haus … Habe ich überhaupt ein Zu-

hause? Und heiße ich tatsächlich *Tim?* Ich weiß es nicht.
Herr Davit sagt, dass ich mich nur noch eingewöhnen muss: »Die Welt ist neu für dich, und wir möchten dir helfen, dich zurechtzufinden.«
»Du bist mein Vetter Tim Davit aus Atlantis«, sagt Téja. »Weißt du, dass ich wirklich einen Vetter in Atlantis habe? Sein Name gleicht deinem sogar ein bisschen. Ich habe ihn noch nie gesehen, und glücklicherweise hat er auch nicht vor, hierher zu kommen. Mein Vetter Tim. Wenn du dich hier so richtig zu Hause fühlst, darfst du mit mir zur Schule gehen.«
Schule. Ich erinnere mich an das Wort, aber sonst an fast gar nichts. Nur eins weiß ich bestimmt: dass ich nicht gerne dorthin gehe.
»In der Schule kann man so gut wie alles lernen«, sagt Téja, »und viele neue Dinge erfahren.«
Das würde ich allerdings sehr gerne tun.
Sie geht häufig zur Schule und es macht ihr Spaß. Wahrscheinlich würde ich es also auch schön finden. Auf jeden Fall macht es mir Freude, neben ihr zu sitzen und sie anzuschauen. Ich habe nun auch ein bestimmtes Alter: Ich bin genauso alt wie sie.

Mittags

Wir sind ein Stück spazieren gegangen – nicht durch die Dünen, sondern durch die sich windenden Straßen dieser eigentümlichen Stadt. Ich möchte mich hier zurechtfinden können. Es war schön draußen; die Sonne schien, und erst als wir wieder zu Hause waren, begann es zu regnen. Aber es macht auch Spaß, im Regen spazieren zu gehen, sagt Téja. Es regnet immer noch, aber mitten hindurch scheint die Sonne, und wenn ich mich ans Fenster stelle, sehe ich einen Regenbogen.

Ich habe es sehr bedauert, dass der Hund heute Morgen nicht mitdurfte. Ich habe mit Téja darüber gesprochen, und sie versprach mir, dass ich gleich mit der anderen Téja ausgehen darf. Sie selbst kann nicht mitgehen, aber sie will mir nicht sagen, warum. Herr Davit sagt, dass sie zur Schule gehen will.

In der Schule lernt man, liest man und schreibt man – aber Herr Davit möchte nicht, dass ich dieses Tagebuch schreibe. Das hat er nun schon ein paar Mal gesagt. Er hat es jedoch nicht *verboten*. (Eigentlich ist es hier verboten, etwas zu verbieten, sagt Téja.)

»Warum soll ich denn nicht schreiben?«, fragte ich.

»Es ist besser für dich, wenn du lebst – einfach in den Tag hineinlebst. Hier und heute. Weshalb musst du es außerdem noch aufschreiben?«

»Um es nicht wieder zu vergessen.«

»Unsinn. Alles, was der Mühe wert ist, vergisst man nicht.«

»Das glaube ich nicht! Ich erkannte die Türme sofort, auch ohne Gedächtnis. Ich weiß, dass sie wichtig sind – auch wenn ich keine Ahnung habe, warum. Und ich wusste, dass Februar war, geradeso wie ich weiß, dass jetzt März ist. Weshalb erinnere ich mich an diese Dinge? Weil sie der Mühe wert waren. Und trotzdem habe ich fast alles vergessen, was damit zusammenhängt. Können Sie mir den Grund sagen, Herr Davit?«

»Sag doch Jan!« (Téja sagt auch Jan zu ihm; aber komisch, ich vergesse es immer wieder.)

»Und wenn ich von so wichtigen Dingen wie den Türmen beinahe alles vergessen habe, dann kann es mir genauso gut passieren, dass ich alles von gestern und heute vergesse.«

Jan Davit sagte nichts.

Ich fragte ihn: »Wissen Sie, was MOIXA bedeutet?«

»Nein«, sagte er und sein Gesicht wirkte aufrichtig. »Nein, das weiß ich nicht.«

»Es stand in diesem Büchlein auf einer der Seiten, die der Turmwächter mir gestohlen hat.«

»Schon wieder der Turmwächter! Wie heißt er doch gleich?«

»Avla.«

Inzwischen tut es mir schon Leid. Womöglich kommt Herr Avla noch in Schwierigkeiten. Und er war doch gut zu mir.

Vielleicht hat er sie gar nicht gestohlen, sondern nur ausgeliehen!

Ich habe das Jan Davit gesagt und auch, dass ich zu den Türmen gehen will, um mir die Notizbuchseiten wiederzuholen.

Das aber hat mir Herr Davit *verboten.*

»Die Türme«, sagte er, »sind im Grunde genommen tabu.«

»Was heißt das?«

»Niemand aus diesem Land, ja, aus der ganzen Welt

sollte dorthin gehen dürfen. Sie stehen sinnlos herum, ohne den geringsten Nutzen, und sie sind gefährlich.«
»Und weshalb?«
»Das kann ich dir nicht erzählen; daran musst du dich selbst erinnern.«

Jetzt verstehe ich überhaupt nichts mehr!!!
Was sagten Sie gestern, Herr Davit? »Du brauchst dich an nichts zu erinnern; ohne Gedächtnis bist du besser dran als mit ...«
Es hat aufgehört zu regnen und draußen bellt Téja, der Hund. Ich gehe mit ihm spazieren, aber vorher muss ich dieses Büchlein verstecken. Oder ich nehme es mit.

Später

Ich streichelte Téja über ihre langen, seidigen Ohren und sagte: »Ich will in die Dünen.«
Sie ist ein sehr, sehr kluger Hund, denn sie führte mich sofort dorthin. Die Sonne war verschwunden, Wind kam auf und ich schmeckte kleine Tropfen Salzwasser auf meinen Lippen. Aber ich wollte nicht an den Strand; ich wollte dieselben Wege gehen wie gestern.
»Zu den Türmen!«, flüsterte ich Téja zu, aber sie verstand es nicht. Oder aber sie wollte es nicht verstehen, denn sie suchte sich immer wieder andere Wege aus als ich. So kamen wir mit der Zeit immer weiter von ihnen weg und zuletzt standen wir doch am Strand.
Ich blickte eine Zeit lang auf die graue See; sie brauste

und rauschte sehr laut – es schallte mir in den Ohren. Die Wellen waren hoch, die Flut begann.
Ja, die See kenne ich – schon seit langem, jedenfalls lange vor dem 30. Februar. Ich erinnere mich an sie, so wild wie jetzt, aber auch ruhig, kalt und warm, grau und blau. Kein Schiff war zu sehen und Engelland entdeckte ich auch nicht. Ich kann mir kaum vorstellen, dass es am jenseitigen Ufer tatsächlich auch Länder gibt.
Wir gingen den Strand entlang, der immer schmaler wurde. (Ich muss eigentlich auch neue Schuhe haben.) Endlich liefen wir in die Richtung, die *ich* wollte, aber ich musste immer wieder auf Téja warten. Manchmal blieb sie zurück und manchmal wollte sie mit mir spielen. Aber ich hatte andere Dinge im Kopf.
Noch ein Stückchen weiter, dachte ich, und dann klettere ich irgendwo hinauf; vielleicht sehe ich sie dann.
Und als ich einen Pfad sah, der in die Dünen führte, sagte ich zu dem Hund: »Von jetzt an gehe ich meine eigenen Wege – du kannst mitkommen oder auch nicht. Ich gehe auf jeden Fall zu den Türmen, und zwar notfalls allein!«
Téja wedelte freundlich mit dem Schwanz und folgte mir wie ein ganz normaler, gehorsamer Hund. Nach einer Weile erkannte ich den Weg. Auch die Türme konnte ich sehen. Sie schienen kleiner zu sein als anfangs, aber das war sicher Einbildung. Noch einen Augenblick … und dann würde ich den Gefährlichen Pfad erreicht haben … Ich ging jetzt langsam. Würde ich noch einmal den Mut aufbringen, dorthin zu gehen? Und würde mir Téja auch da folgen?

Doch neben dem Schild mit dem Blitz darauf stand Jan Davit, der Dünenwächter; er wirkte groß und streng und mächtig, auch wenn er sein ulkiges Hütchen wieder auf dem Kopf trug.
Téja freute sich, ihn zu sehen. Hatte sie gewusst, dass er dort stehen würde?
Ich freute mich nicht.
»Ich habe dir doch gesagt«, begann er, »dass dieser Weg für dich gefährlich ist. Du wolltest heimlich doch zu den Türmen gehen. Und das darfst du nicht, jetzt nicht. Ich schicke dich hiermit zurück, Tim. Nach Hause.«
Ich wollte eigentlich antworten, dass es nicht mein Zuhause sei, aber ich konnte die Worte nicht über die Lippen bringen. Ich sah plötzlich, dass er nicht nur streng war, sondern auch ernst und besorgt, und … ja, was noch?
»Es ist zu deinem Besten«, sagte er freundlich. »Téja, bring Tim zurück!«
»Gut«, sagte ich, »ich gehe nach Hause. Und ich werde nicht heimlich zu den Türmen gehen, solange auch Sie es nicht tun.«
Wir schauten einander an. Er weiß vieles, was ich nicht weiß; trotzdem hatte ich einen Augenblick lang das Gefühl, dass auch ich Dinge wissen müsste, von denen er keine Ahnung hat. Wir sprachen nichts mehr und ich ging mit Téja zurück nach Hause.
Téja, das Mädchen, war noch nicht da und so habe ich rasch alles aufgeschrieben. Ich möchte gerne hier bleiben, aber ich muss noch einmal zurück zu den Türmen, um Herrn Avla zu sprechen und ihn zu bitten, mir die Seiten aus meinem Büchlein wiederzugeben.

Nachts

Wir gingen früh zu Bett und ich schlief sofort ein. Doch plötzlich wurde ich wach, und es gelang mir nicht mehr, wieder einzuschlafen. Ich weiß nicht, wie spät es ist. Draußen quaken Tiere – es sind Frösche, sagt Téja. Im Garten ist ein kleiner Weiher. Ich habe das Fenster geöffnet. Alles liegt in einem blausilbernen Dunst, am Himmel ist ein Stückchen Mond zu sehen; aber ich begann zu frieren und wurde furchtbar traurig. Wie kommt das wohl? Der Garten ist so schön und ich kann auch die umliegenden Gärten sehen. Und in einigen Häusern brennt Licht, so wie jetzt auch in meinem Zimmer.

Téja hat zwei Bücher aus der Schule für mich mitgebracht, aber ich habe vergessen, sie mit hierher zu nehmen. Ich traue mich nicht, sie zu holen, weil ich dabei womöglich Téja oder ihren Vater wecke. Das Buch, in dem ich die Kokardenblume aufbewahre, ist ziemlich langweilig, es –* Ich schrak zusammen. Ein leises Tip-Tap näherte sich und meine Zimmertür wurde geöffnet. Es war Téja, der Hund.

Er legte sich vor mein Bett. Ich krieche auch wieder in die Federn und nehme mein Büchlein mit; dummerweise habe ich mit dem Kuli einen Strich aufs Betttuch gemacht.

»Ich *muss* einfach schreiben«, flüsterte ich. »Du verstehst das nicht, denn du hast ein Gedächtnis. Oder brauchen Hunde weniger Gedächtnis als Menschen?

* abgebrochener Satz

Und ich muss auch zu den Türmen, Téja, zu Herrn Avla – selbst wenn ich nun keine Lust mehr dazu habe. Nein, wirklich nicht – Ehrenwort.«
Téja blickte mich verständnisvoll an.

Fast wäre ich wieder eingeschlafen. Jetzt habe ich erneut das Licht angemacht, ich *dachte* an irgendetwas – an was? Téja liegt noch immer vor meinem Bett, als ob sie schliefe. Aber sie schläft nicht, bestimmt nicht! Ob das Mädchen Téja wohl schläft, in ihrem Zimmer, das dem meinen gegenüberliegt?
Jetzt weiß ich wieder, was ich eben dachte: Warum sehe ich die beiden Téjas niemals zusammen?

3. März

Es regnet in Strömen.
Jan Davit war schon aus dem Haus, als ich heute Morgen hinunterkam – der Hund ebenfalls. (Ist er mit in die Dünen?) Téja hat mir gezeigt, wie man Tee aufschüttet und Kaffee kocht und Spiegeleier brät. Sie hatte erst vor, in die Schule zu gehen, aber dann blieb sie doch zu Hause; ich nehme an, sie wollte mich nicht allein lassen. Wir saßen eine Zeit lang auf dem Teppich im großen Zimmer; sie streichelte Schnura, die Katze, und mir kam plötzlich der Gedanke, dass ich *sie* gerne streicheln würde. Das tat ich dann auch – ihr Haar ist so weich und glänzend. Sie fand mein Streicheln gar nicht komisch, nein, eher ganz selbstverständlich, glaube ich – vielleicht

auch schön. Ich fragte sie, ob sie Lust hätte, mit mir nach draußen zu gehen, zu den Türmen. Als ich jedoch das Wort »Türme« ausgesprochen hatte, sprang sie auf und sagte: »Nein, es regnet viel zu stark.«
»Gestern hast du gesagt, dass es Spaß macht, durch den Regen zu laufen.«
Dagegen konnte sie nichts sagen.
»Also gut, einverstanden. Aber nicht zu den Türmen! Du darfst nicht zu den Türmen!«
Ich wurde ärgerlich, aber ich ließ mir nichts anmerken.
»Dann will ich an den Strand, mit dir und Téja.«
»Ich bin doch Téja.«
»Ich meine Téja, den Hund.«
Sie warf die Haare in den Nacken und lachte mit ihren weißen Zähnen. Hübsch sah sie aus, aber ihr Lachen klang nicht freundlich. Und in ihren Augen lag etwas Unbegreifliches. »Wieso? Du hast doch wahrscheinlich schon gemerkt, dass der Hund nicht zu Hause ist!«
»Okay«, sagte ich und hielt nicht länger mit meinem Ärger hinter dem Berg. »Wenn du nie das willst, was ich will, und immer weiter die Geheimnisvolle spielst gegenüber jemand, der ohnehin so wenig von allem begreift, dann mach, dass du wegkommst. Dann bin ich lieber allein!«
Ihre Augen wurden traurig, aber ich tat so, als sähe ich es nicht. Ich nahm die beiden Bücher, die sie für mich mitgebracht hatte, ging in mein Zimmer und schloss die Tür.
Das eine Buch ist voller Bilder, und es steht eine Geschichte darin, die in der Schule spielt; das andere ist ein Buch über Atlantis, vor allem über die atlantische Spra-

che. Ja natürlich – wenn ich aus Atlantis komme, muss ich die Sprache kennen. Ich weiß, dass man in England englisch spricht (ich kenne sogar ein paar Wörter: English, dog, love). Aber die atlantische Sprache kommt mir unbekannt vor. Ich habe zehn Wörter gelernt, die mir gut gefielen, und die Konjugation des Hilfsverbs »sein«. Dann habe ich mein Tagebuch genommen, um die Wörter hineinzuschreiben; vorher habe ich jedoch noch andere Dinge notiert und jetzt sitze ich hier und horche. Was macht Téja? Sie ist noch im Haus. Ich werde –*
Gerade ist Jan Davit nach Hause gekommen; er hatte den Hund nicht bei sich. Ich höre ihn und seine Tochter sprechen; ich kann sie nicht verstehen, aber es klingt, als ob sie Streit hätten. Ich muss doch einmal lauschen, was sie sagen.

Von wegen! Sie hielten sofort ihren Mund, als ich mich leise näherte – als ob sie fühlten, dass ich in der Nähe sei. Später schämte ich mich ein wenig, denn Jan Davit hatte Schuhe für mich mitgebracht. Ich habe sie an; sie passen viel besser als die alten.
Beide Téjas sind nun weg; sie wollten irgendwo einen Besuch machen. Jedenfalls hat das Mädchen das gesagt, als wir beim Essen saßen. Jan Davit ist daheim geblieben; ich sitze wieder in meinem Zimmer und fühle mich *bewacht*. Ich werde nun in dem Schulbuch lesen, dann weiß ich wenigstens schon etwas Bescheid, bevor ich –**

* unvollendeter Satz
** unvollendeter Satz

Téja, der Hund, kratzte auf einmal an meinem Fenster. Jetzt steht er hinten im Garten und wartet auf mich. Er holt mich zu einem Spaziergang ab, und ich weiß mit ziemlicher Sicherheit, wohin! Wenn ich durch das Fenster hinaussteige, wird Jan D. es wahrscheinlich nicht merken.

Wir liefen durch den Regen; in den Dünen war es neblig-grau und wir begegneten fast niemand. Wir gingen nicht über den Gefährlichen Pfad, kamen aber trotzdem zu den Türmen. In dem offen stehenden Tor verweilten wir einen Augenblick. Die Türme sahen dunkel und bedrohlich aus. Ich hatte Mitleid mit dem Hund: Téja war pitschnass und ihr Schwanz hing traurig herab. Aus den drehenden Türen kamen Leute heraus – nur drei, *und* der Turmwächter. Er trug einen großen Hut, aber ich erkannte ihn an seinen Gebärden. Er lief sofort auf sein Haus zu. Wir traten zur Seite, um die Leute durchzulassen, die nun weggingen, und dann liefen wir zur Hütte des Turmwächters. Téja blieb dicht neben mir, auch als ich anklopfte.
Es dauerte einen Moment, ehe die Türe geöffnet wurde, und da stand der Turmwächter – ein alter Mann mit einer weißen, wilden Haarmähne, aber *er war nicht Herr Avla!* Ich glaube, ich starrte ihn ziemlich dumm an, denn er fragte ungeduldig: »Na, was gibt's? Kommst du wegen der Türme?« Er hatte auch eine andere Stimme.
Schließlich fand ich meine Sprache wieder und sagte: »Ich möchte gerne den anderen Turmwächter sprechen.«

»Was für einen anderen Turmwächter? Hier gibt es nur *einen* Turmwächter«, sagte er gereizt, »und der bin ich.«
»Ich meine Herrn Avla!«, rief ich. »Ich kenne ihn gut; ich bin Tim, sein Neffe aus Atlantis.«
»Ich habe keinen Neffen in Atlantis«, sagte der alte Mann, und wenn ich nicht einfach hineingegangen wäre, hätte er bestimmt die Türe zugeschlagen. »Ich kenne dich nicht«, sagte er, »und außerdem heiße ich nicht A… wie hast du gesagt?«
»Avla, Herr Tom Avla.«
Das Zimmer sah völlig unverändert aus und es war niemand anderes zu sehen. Allerdings konnte ich die Kiste von Herrn Avla nirgendwo entdecken.
»Ich heiße nicht Avla, mein Name ist Vaal. VAAL. Thomas Vaal. Und ich bin schon Turmwächter, solange die Türme hier stehen. Falls du sie besichtigen willst, werde ich dich führen, und ansonsten lass dein dummes Gequatsche.«
»Aber ich bin doch hier bei Herrn Avla zu Besuch gewesen!«
Er sah mich misstrauisch an. »Bei Herrn Avla. Also bei deinem Onkel. Warum nennst du ihn denn nicht so?«
(Das war natürlich dumm von mir.) »Ja, selbstverständlich mein Onkel, mein Onkel Tom. Turmwächter von Beruf. Er gleicht Ihnen, aber Sie sind es nicht.«
Er runzelte seine Augenbrauen, die nicht so buschig waren wie die von Herrn Avla. Er sagte, er wisse nicht genau, ob ich ihn zum Narren halten wolle oder nur geträumt hätte. Aber jedenfalls wollte er mir nicht weiter zuhören. »Mach, dass du wegkommst!«

»Nein, ich möchte erst die Seiten zurückhaben«, sagte ich, »die zwölf Blätter aus meinem Tagebuch. Die hat man *hier* herausgerissen.«
»Was habe ich mit deinem Tagebuch zu tun?«, sagte er. »Ich kenne dich ja nicht einmal, und was du geschrieben hast, interessiert mich überhaupt nicht.«
»Es geht um die Seiten, die ich *nicht* geschrieben habe. Sie sind verschwunden, und Herr Avla ...«
»Einen Herrn Avla gibt es nicht! Du liebe Zeit, Junge – du musst entweder verrückt sein oder total durcheinander.«
Total durcheinander war ich allerdings! Ich legte meine Hand auf Téjas Kopf, um etwas zu spüren, was mir vertraut war. Téja knurrte leise – nicht meinetwegen, aber wegen dieses fremden Mannes, Vaal, der einen Schritt zurücktrat und ebenfalls irritiert schien.
»Hör mal zu, mein Junge«, sagte er, »ich kenne dich nicht. Und schick bitte den Hund weg.«
Ich schüttelte den Kopf.
»Dann verschwindet alle beide, bevor ich böse werde!«
Ich blieb stehen, wo ich stand; ich wusste einfach nicht, was ich sagen, tun oder denken sollte.
Er fuhr sich mit der Zunge über die Lippen. »Es gibt nur einen *einzigen* Turmwächter und ich habe dir ...« Er machte eine kurze Pause. »Ich *erinnere* mich nicht an dich.« Wieder wartete er. »Und deine eigenen Erinnerungen scheinen mir unzuverlässig«, sagte er im Flüsterton. »Vielleicht musst du dein Gedächtnis einmal überprüfen lassen.«
Da flüchtete ich.

Ich habe mir große Mühe gegeben, alles, was wir gesprochen haben, so genau wie möglich aufzuschreiben. Ich verstehe kein bisschen davon. Habe ich Herrn Avla nur geträumt?
Nein, ich habe mein Tagebuch noch einmal durchgelesen, und was darin steht, ist tatsächlich geschehen. Er hat ja auch selbst hineingeschrieben! Es müssen also doch zwei Turmwächter existieren.
Ich habe noch etwas Merkwürdiges entdeckt. Der Name Avla und der Name Vaal bestehen aus den gleichen Buchstaben: zwei As, ein L und ein V. Zufall? Ich grübele und denke und zerbreche mir den Kopf – viel zu viel, um es niederzuschreiben. Ich habe Angst, denn worauf kann ich mich noch verlassen? Nicht mal auf mich selbst. Ich *muss* wissen, wer ich bin; ich muss mein Gedächtnis wiedererlangen. Auch davor fürchte ich mich.

Es ist eine gute halbe Stunde zu Fuß, glaube ich, von hier aus zu den Türmen des Februar – vielleicht auch etwas länger. Téja und ich sind um zwei Uhr weggegangen und waren um halb vier wieder zurück. Ich bin durch ein Fenster hineingestiegen. Ich glaube nicht, dass Jan Davit gemerkt hat, dass ich fort gewesen bin; jedenfalls tat er heute Abend bei Tisch wie immer. Er brachte mir bei, in der atlantischen Sprache bis zehn zu zählen. Es hätte auch anders kommen können: dass ich beim Heimkommen einen fremden Jan Davit vorgefunden hätte – ähnlich dem vorherigen und doch nicht derselbe, mit einer unbekannten Tochter. Aber auch Téja ist zum Glück die Gleiche geblieben. Ihre Haare waren nass.

4. März

Dieses Haus ist voll von überraschenden, unerwarteten Ecken und Winkeln. Einige Wände lassen sich ohne weiteres verschieben; auf diese Art und Weise kann man die Zimmer verändern. Wir haben jeder ein eigenes Zimmer und außerdem Räume, die wir gemeinsam benutzen; aber das braucht nicht ständig so zu bleiben.
Heute Morgen schaute ich lange in einen Spiegel (wer bin ich?), als ich plötzlich das Mädchen Téja hinter mir stehen sah. Zum ersten Mal fiel mir auf, dass ihre Augenbrauen unterschiedlich sind. Aber das wollte ich gar nicht aufschreiben, sondern dass sie böse auf mich war. Sie sagte mir nicht, warum, und sie war auch nicht *wirklich* böse; das spürte ich. Ich könnte es nicht ertragen, wenn sie richtig böse auf mich wäre.
Heute Mittag war der Spiegel verschwunden und der kleine Spiegel im Badezimmer ebenfalls.
Auch heute regnet es wieder und der Rasen ist noch grüner als grün.
»Geh und lies ein bisschen«, sagt Jan Davit, aber ich habe nicht die richtige Ruhe dazu. Jetzt will er mir beibringen, Schach zu spielen; er sagt, dies sei ein schönes altes Spiel.

Am Abend

Der Spiegel im Badezimmer ist wieder da. Wie könnte Jan sich auch sonst rasieren? (Ich brauche mich noch nicht zu rasieren.) Schach ist ein sehr schönes Spiel. Ich lernte es sehr schnell – eigentlich zu schnell. Daraus schließe ich, dass ich es früher auch schon gespielt habe. Ich sehe nun dauernd Schachbrettmuster vor mir, auch unabhängig vom Schachbrett – so zum Beispiel die Breitseiten der Türme. Und zwischendurch versuche ich, mich an die komplizierte Zeichnung zu erinnern, die früher hinten in diesem Büchlein stand. Es waren keine Vierecke, sondern Kreise. Wie sie genau aussahen, weiß ich nicht mehr.

5. März (Freitag)

In der Freizeit geht man zur Schule. Und da es heute Morgen noch immer stark regnete, bin ich mit Téja dorthin gegangen.
Die Schule ist ein Flachbau, oder besser gesagt: Sie besteht aus vier einzelnen Gebäuden, die um einen großen Garten angeordnet sind. In den Gängen war ein Hin und Her von Schülern und Lehrern, in allen Altersstufen zwischen zehn und uralt. Die Türen der Zimmer (Klassen), wo man etwas lernen konnte, waren alle weit offen; man konnte hineingehen, wo man wollte. Ich entschied mich für Mathematik; Jan Davit hatte es mir geraten. Ich habe mich zu den Anfängern gesetzt, und ich habe gemerkt, dass ich ziemlich viel davon verstehe. Ich glaube sicher, dass ich bald zu einer anderen Gruppe überwechseln kann, die schon mehr gelernt hat. Aber nicht sofort; denn an einige Worte erinnere ich mich nur ganz dunkel und ich traue mich nicht zu fragen. Mathe-

matik ist sehr interessant; ich wäre am liebsten den ganzen Tag dageblieben. Nachmittags habe ich jedoch etwas anderes getan, denn ich wollte in dieselbe Unterrichtsstunde wie Téja.

Das war bildende Kunst. Téja ist sehr gut in diesem Fach. Ich nicht – ich habe nur zugeschaut. Wir waren zwölf, den Lehrer mitgerechnet. Ein Junge machte lauter Unsinn und ich musste sehr über ihn lachen; als er aber anfing, mit Ton zu schmeißen, sagten die anderen, dass er sie stören würde, und sie warfen ihn aus der Klasse hinaus. Recht hatten sie, denn danach konnten sie viel besser arbeiten. Ich fand es nur merkwürdig, dass der Lehrer sich überhaupt nicht einmischte. Später fragte ich Téja: »Warum hat der *Lehrer* ihn nicht weggeschickt?«

»Wie kommst du denn auf diese Idee?«, sagte sie erstaunt. »Lehrer geben Unterricht, und wer keine Lust hat, am *Unterricht* teilzunehmen, braucht nicht zu kommen. Wenn man aber kommt, dann arbeitet man auch …« Dann musste sie lachen. »Was war das eigentlich für eine Schule, in der du gewesen bist, Tim? Sind in Atlantis so außergewöhnliche Schulen?«

Ich fand das keineswegs lustig. »Und wenn man nun überhaupt nie Lust auf Schulstunden hat und nur ganz selten hingeht?«, fragte ich. »Was dann?«

»Was dann? Nichts!«

»Dann lernt man ja nichts.«

»Nein, natürlich nicht.«

Ja, das ist logisch. Ich habe mir vorgenommen, morgen wieder hinzugehen. Nach der Mathematikstunde würde

ich am liebsten Erdkunde nehmen; aber Téja sagt, dass sie mich dann bestimmt über Atlantis ausfragen werden. Zuerst muss ich mehr darüber wissen – aus den Büchern, die sie für mich ausleihen wird. Die Hauptstadt von Atlantis ist Thule.
Wenn ich das Wort Atlantis schreibe, muss ich jedes Mal an die See denken.

Samstag, den 6. März

Heute Nacht träumte ich, dass ich mit Téja am Strand war, genau wie vor ein paar Tagen. Plötzlich war sie verschwunden und in der Ferne sah ich Herrn Avla kommen. Wir liefen aufeinander zu und blieben dann voreinander stehen.
»Bitte erzählen Sie mir, wer ich bin«, sagte ich, »und auch, wer Sie sind und weshalb Sie von den Türmen weggegangen sind.«
Er sah mich an; sein Haar war total durcheinander. Er öffnete seinen Mund, dann schloss er ihn wieder und öffnete ihn von neuem. »Frag mich nicht mehr«, sagte er. »Bitte, frag mich nicht mehr! Manchmal weiß ich nicht mal mehr, ob ich tatsächlich dort gewesen bin. Oft denke ich, dass ich es nur geträumt oder mir ausgedacht habe.«
»Aber die Türme sind doch echt!«, rief ich. »Sie sind der Turmwächter. Sie haben doch nicht etwa Ihr Gedächtnis verloren?«
»Still«, sagte er. »Sei still.«

Mittlerweile befanden wir uns nicht mehr am Strand, sondern saßen irgendwo drinnen, in einem Zimmer. Hinter seinem Kopf war ein großes Fenster, ich blinzelte gegen das Licht. Ich fragte ihn, wo er die Blätter aus meinem Büchlein gelassen habe.
»Abwarten«, sagte er. »Auch ich schreibe alles auf, was ich gesehen und erlebt habe. Ich werde es dir zu lesen geben, wenn ich zurückkomme, und dann musst du mir sagen, was du davon hältst.«

Warum musste ich von Herrn Avla träumen? Ich darf ja doch nicht zu den Türmen zurück und ich will auch nicht mehr an sie denken – auch nicht an den Turmwächter. Ich will hier bleiben und tun, wozu ich Lust habe. Und doch möchte ich gerne wissen, weshalb es *zwei* Turmwächter gibt. Falls es sie gibt …
(Da fällt mir auf einmal ein, dass Téja nun zwei Neffen aus Atlantis hat, *falls* zwei existieren! Aber das stimmt ja sowieso nicht, denn ich bin ja kein echter Neffe.)

Ich bin wieder zur Schule gegangen. Der Mathelehrer hat über Grundbegriffe gesprochen und über verschiedene Arten der Mathematik. Ich habe eine Kladde bekommen, um das alles mitzuschreiben. Ich verstehe schon erheblich mehr als gestern. Ich habe es auch gewagt, Fragen zu stellen. Jetzt ist Pause. Ich probiere meinen neuen Kugelschreiber aus, in meinem Büchlein, das ich immer bei mir trage. Es ist besser, wenn ich außerhalb der Schulstunden nicht mit den anderen spreche; ich fürchte, dass ich mich sonst verraten würde.

Samstagnachmittags werden drinnen in den Klassen keine Stunden gegeben; aber draußen ist nun ein so schönes, mildes Frühlingswetter, dass wir dort alles Mögliche unternehmen können. Wir dürfen zwischen den verschiedensten Spielen und Sportarten wählen (zum Beispiel Weitsprung über Gräben) oder im Schulgarten arbeiten oder in den Dünen Pflanzen studieren. (Selbstverständlich dürfen wir auch nach Hause gehen.) Ich gehe mit einer ganzen Gruppe in die Dünen. Ob Téja mitgeht, weiß ich nicht; sie ist noch nicht fertig mit Erdkunde.

Téja hat sich für den Schulgarten entschieden, und ich habe ihr gesagt, dass ich nach Hause gehe. Sie hat mir nun ihre Bücher mitgegeben und dazu noch eins für mich, über atlantische Gebirge. Da habe ich nachher in den Dünen schön was zu schleppen!
Ich habe sie angelogen. Aber nun kann ich endlich einmal raus, ohne dass jemand auf mich aufpasst. Ich kann nicht anders handeln; vielleicht ist der Traum von heute Nacht daran schuld. Ich muss nur dafür sorgen, dass ich *vor* Téja zu Hause bin!

Später, zwischen dem 6. und 7. März
(Es ist Nacht. Draußen machen die Katzen einen Riesenkrach.)

Der Lehrer war ein Botaniker. Von all dem, was er über die Dünenpflanzen erzählte, habe ich nichts gehört. Ich achtete auf ganz andere Dinge: auf das Meer, die Wolken, den Verlauf der Wege und ob ich Jan Davit irgendwo sah. Und ich achtete darauf, ob wir in die Nähe der Türme kommen würden. Wenn wir sie sehen würden, wollte ich sozusagen per Zufall ein Gespräch darüber beginnen. Aber als ich sie dann tatsächlich sah, sagte ich nichts und die anderen achteten nicht einmal darauf. Wir krochen über den feuchten Boden und steckten unsere Nasen in die kleinen Kriechpflanzen – ich hatte ja auch noch die schweren Bücher in meiner Tasche – und plötzlich konnte ich es nicht mehr länger aushalten.

Es war kein Problem, zurückzubleiben. Ich glaube, dass sie mich nicht einmal vermisst haben, und was soll's auch – wir dürfen sowieso weggehen, wenn wir wollen. Obwohl man dann Bescheid sagen soll, glaube ich. Na ja. Es ist mir auch egal, denn dadurch, dass ich zurückblieb und schließlich wegging, landete ich ganz von selbst etwa in der Mitte des Gefährlichen Pfades. Ich erkannte ihn sofort. Selbst wenn es mild und sonnig ist wie heute, ist es dort unheimlich. Vielleicht deswegen, weil ich dort eigentlich nicht hätte sein dürfen. Vielleicht auch, weil ich plötzlich Stimmen hörte und ein Gespräch belauschte.

Ich verließ den Pfad rasch wieder und kletterte zwischen dunklen Bäumen hindurch eine Anhöhe empor – aber so, dass ich den Pfad noch sehen konnte. Kurz darauf entdeckte ich rechts unter mir das grauschwarze Flachdach des verschlossenen Blockhäuschens mit der »Zickzack«-Tür. Dort standen zwei Männer; den einen kannte ich: Es war Jan Davit. Er sprach mit einem anderen, der meines Erachtens auch Dünenwächter war, denn er trug dasselbe Hütchen. Zuerst dachte ich, sie stritten miteinander; aber später sah es eher so aus, als ob sie über irgendetwas meckerten – vor allem der zweite Mann, der mir den Rücken zukehrte. Ich konnte bei weitem nicht alles verstehen, was sie sagten, und das, was ich hörte, war mir unbegreiflich.

Unbegreiflich und doch wichtig, geheimnisvoll und viel bedeutend. Wie viele Worte ich auf einmal weiß! Warum verstand ich dann nicht, was sie sagten? Und weshalb packte mich während des Zuhörens immer mehr die Angst?

Erst sprachen sie (glaube ich) über Pflanzen (über die Kokardenblumen?) und über ein Experiment. (Wieder so ein Wort, das ich früher schon gehört haben muss. Ein gefährliches Experiment? Ein unsinniges Experiment?)

Jan Davit machte eine Bemerkung über jemanden, dem man eine Chance geben müsse, »sich einzubürgern«.

»Wenn ich könnte, schickte ich sie allesamt zurück!«, sagte der andere Mann. Er hatte eine harte, unangenehme Stimme.

»Aber du kannst es nicht«, sagte Jan.

»Ich kann es nicht und du kannst es nicht, aber irgendjemand muss es doch können! Wenn das so weitergeht …«

Jan Davits Antwort klang wie »… Dinge in Kauf nehmen« und »hier bleiben lassen«.

»Sie selbst, ja«, sagte der andere Mann. »… aber was sie alles mitbringen und hier zurücklassen …« Er sagte

noch viel mehr, aber ich verstand nur ein einziges Wort: »Türme«.
Dann redete Jan wieder. Ich verstand so etwas wie »Materie« oder »Material«, außerdem nochmals das Wort »Experiment« und »Wir müssen es versuchen«. Währenddessen gingen sie auf und ab und dabei kamen sie plötzlich in meine Richtung. Ich hockte hinter einem Baumstamm und hoffte, dass sie nicht nach oben schauen und mich sehen würden.
Jan Davit hielt eine Kokardenblume in der Hand; er ließ sie fallen. Der andere Mann trat mit dem Fuß darauf.
»Das ist widernatürlich!«, sagte er. »Und du willst ihn einfach hier lassen, jedenfalls wenn er sich eingewöhnt ... Also, du machst das einfach so, auf eigene Faust ... Und wir? Wir sitzen inzwischen da mit fensterlosen Häuschen, nutzlosen Türmen, vierrädrigen Fahrzeugen, die auf unseren Wiesen verrosten, mit Knöpfen und Knospen und durchsichtigen Beuteln, die niemals vergehen.«
Ich habe dies der Reihe nach aufgeschrieben, genauso, wie er es sagte. Er stand ganz in meiner Nähe, aber glücklicherweise drehte er sich um und sah mich nicht.
Während sie weggingen, hörte ich Jan Davit noch sagen: »Vergessen ... verschwunden ...«
Ich blieb stocksteif sitzen, bis ich sie nicht mehr hören und sehen konnte, und ich zitterte am ganzen Leib.
Dieses Katzengejammer draußen geht mir durch Mark und Bein.
In Gedanken höre ich andauernd: verfolgt und gefangen, gefangen und verfolgt.
Ich habe nicht die geringste Ahnung, worum es bei dem

Gespräch der beiden Wächter eigentlich ging; trotzdem glaube ich, dass es etwas mit mir zu tun hatte.

Jetzt bin ich wieder zu Hause und inzwischen weiß ich es mit ziemlicher Sicherheit.
Téja war noch nicht da, als ich hereinkam. Aber der Hund war zu Hause und Jan Davit ebenfalls; er kochte gerade Kaffee und hatte seine sandigen Stiefel noch an. Er schüttete uns beiden eine Tasse voll ein und genau wie beim ersten Mal saßen wir einander gegenüber neben dem Kamin. Diesmal saß der Hund zwischen uns auf dem Teppich. »Wo bist du gewesen?«, fragte er.
»In den Dünen«, sagte ich. »Pflanzen untersuchen, mit der Schule.« (Komisch, dabei fiel mir sofort eine ganz bestimmte Pflanze ein, obwohl ich doch überhaupt nicht darauf geachtet hatte: runde, kleine, dunkelgrüne Blätter mit einem Wassertropfen darin und kleine, violette Blüten; ich glaube, ich könnte sie zeichnen.*)

* Zur Zeichnung: Das könnte ein März- oder Waldveilchen sein.

»Du hattest doch eigentlich vor, heute Mittag nach Hause zu kommen«, sagte Jan Davit und sah mich während der ganzen Zeit an.
»Woher weißt du das?«, fragte ich. »Ich bin dann eben doch mitgegangen – dagegen ist doch nichts einzuwenden?«
Ich dachte an die violetten, stark duftenden Blümchen, und gleichzeitig hatte ich Angst, dass er mich *doch* gesehen haben könnte. Oder ... »Woher weißt du, dass ich erst vorhatte, nach Hause zu kommen?«, fragte ich. »Hat Téja ...?«
Er schaute mich noch immer an. »Du vertraust mir nicht«, sagte er.
»Oh, doch, das heißt nein, ja ... Ich vertraue überhaupt niemandem!«, platzte ich heraus. »Ich wollte, ich könnte es – weiß Gott, ich wollte, es wäre so! Aber wem kann ich denn vertrauen?«
Jan Davit streichelte Téjas lange, seidige Ohren. »Dem Hund«, sagte er. »Dem Hund kannst du vertrauen. Er hat nichts Eigennütziges im Sinn.«
Ich wagte es nicht, das auszusprechen, was ich dachte. Ich werde es nicht einmal aufschreiben. Ich glaube, ich werde überhaupt mit dem Schreiben aufhören.
Soll ich einen Eimer voll Wasser nach den kreischenden Katzen werfen? Ich glaube, Schnura ist auch dabei. Aber jetzt ist Téja mit lautem Gekläff in den Garten gesprungen. Sie hat alle Katzen verjagt.

Sonntag, 7. März

Heute Morgen habe ich Téja gefragt: »Sag, wie ist das eigentlich mit dir und dem Hund?«
»Auf diese Frage gebe ich keine Antwort«, sagte sie. »Du müsstest es wissen oder du hast es vergessen.«
Weiß sie denn nicht, wie traurig es mich macht, wenn sie so etwas sagt? Immer wieder mein Gedächtnis, mein Erinnerungsvermögen – dieses ständige Daran-Erinnern!

Doch, sie weiß es; sie ist um meinetwillen auch traurig und sie sagt immer wieder: »Denk doch nicht so viel nach – vergiss einfach, dass dein Gedächtnis noch so jung ist.«
Ich will aber nicht, Téja, dass mein Gedächtnis jünger ist als deines.
Es ist schade, dass heute keine Schule ist. Schnura ist auf den Tisch gesprungen und gibt mir sanfte Kopfnüsse. Man soll es nicht für möglich halten, dass diese Schmusekatze letzte Nacht wie wahnsinnig ihre Katzenverwandtschaft angefaucht hat. Ein merkwürdiges Tier, aber mit Téja hat sie nicht viel zu tun –*

Gerade schaute Jan Davit um die Ecke; er findet es nach wie vor nicht gut, dass ich ein Tagebuch führe. »Draußen ist es so schön«, sagte er. »Geh doch ein bisschen mit dem Hund spazieren!«
Das werde ich nun auch tun.

---

* abgebrochener Satz

Wie weit die Dünen sich ausdehnen! Wie viel gibt es hier wohl noch zu entdecken?! Téja hat mich zu einigen Stellen geführt, die ich noch nicht kannte; aber auch jene Stellen, an denen ich schon einmal gewesen bin, sind mir noch nicht wirklich vertraut.

Die See ist *noch* weiter und größer, aber vielleicht eintöniger. Wir spielten mit einem Stock. Es waren auch andere Leute da und andere Hunde. Wir lachten übereinander und miteinander. Der Wind, der von der See her wehte, blies Wolkenberge über den Himmel, aber wir gingen nicht nach Hause. Wir rannten den Strand entlang, bis dorthin, wo es ganz still war, und plötzlich verwandelte ich mich in einen Vogel, eine Möwe, einen Schwan ... Ich flog hoch über den Schaumkronen der Wellen dahin; aber ich traute mich nicht, auf dem Wasser niederzugehen, und auch nicht, das Meer zu überfliegen, nach Engelland.

Dann stand ich wieder auf dem Strand. Ich war allein, der Hund war verschwunden. Ich sah wohl andere Hunde, aber die kannte ich nicht. Und die Leute, die mit ihnen spazieren gingen, jagten mir ein wenig Angst ein. Hatten sie vielleicht beobachtet, wie ich mich in einen Wasservogel verwandelt hatte? Ach nein, ich muss mir das wohl eingebildet haben; sonst hätten sie mich doch sicher *sehr* erstaunt angesehen.

Vom Meer her trieben Nebelfetzen heran; ich ging in die Dünen zurück und rief nach dem Hund. »Téja, wo bist du?«

Der Nebel kam hinter mir her; in Schleiern wehte er über die Dünen. Und da kam die andere Téja mir entgegen – still, lieb und geheimnisvoll. Ihre Augen waren dunkel und voller Glanz, sie lächelte und streckte mir die Hände entgegen. Ich hielt sie fest in den meinen und spürte, wie ihre Finger sich bewegten.

»Wo ist der Hund?«, flüsterte ich.

»Der Hund sucht sich seine eigenen Wege«, flüsterte sie, »nach Hause.«

»Und du? Wo kommst du her?«

»Ich bin dir entgegengegangen.«

Ich drehte mich um, ohne sie loszulassen, und schaute zur See hinüber – die hatte kein Ende, denn in dem Nebel gab es keinen Horizont.

»Téja, glaubst du, dass ich eine Möwe oder ein Schwan werden könnte und über das Meer nach Engelland fliegen?«

»Ich vermute, dass es für eine Möwe zu weit ist, vielleicht auch für einen Schwan.«

»Du meinst aber, ich könnte mich in einen Schwan oder in eine Möwe verwandeln ...?«

»Du kannst alles werden, was du willst«, sagte Téja.

»Aber wie denn? In meiner Einbildung? In meiner Phantasie?«

»Nenne es, wie du willst.«

»Aber ich meine doch ... War es Wirklichkeit oder Phantasie?«

»Was ist denn eigentlich Wirklichkeit?«, sagte Téja, und sie versuchte, sich aus meinen Händen zu befreien. »Und was ist Phantasie? Du kannst alles werden, was du willst: mein Vetter Tim aus Engelland.«

»Aus Atlantis!«

»Gut, aus Atlantis. Mein Freund Tim aus Atlantis.«
»Es spielt keine Rolle, woher ich komme«, sagte ich. »Es ist ja doch alles nur Phantasie und ausgedacht. Willst du das damit sagen? Ich bin nicht wirklich.«
»Natürlich bist du wirklich, du bist doch hier!«, sagte Téja. »Hier und heute.« Sie zog ihre Hände aus den meinen und küsste mich. Ihre Lippen schmeckten salzig. Dann küsste ich sie. Langsam gingen wir nach Hause zurück.
Als wir in die Stadt kamen, blickte ich mich um. Die Dünen waren nun noch nebliger und es begann dunkel zu werden.
»Mir ist kalt«, sagte Téja. »Komm rasch, komm mit.« Sie lief voraus und ich rannte hinterher. Sie war jedoch schneller als ich und bereits im Haus, als ich ankam. Im Garten sprang der Hund mir entgegen, mit wedelndem Schwanz. Ich wollte ihn festhalten, ihn zwingen, mit mir hineinzugehen, zu Téja – aber er entwischte mir und verschwand in der Dämmerung, entweder in einem anderen Garten oder um die Straßenecke.
Drinnen wartete Jan auf mich; seine Tochter kam kurz darauf zum Vorschein. Den Hund habe ich nicht mehr gesehen.
Stimmt es, dass ich alles werden kann, was ich will? Ich wünschte mir, ich hätte nicht vergessen, *wie* ich das dann bewerkstelligen muss.

Montag, 8. März

Heute zur Schule gegangen. In Mathe weitergemacht. Ich würde mich so gerne etwas mehr mit den anderen unterhalten, zwischen den einzelnen Stunden, aber mir fehlt immer noch der Mut dazu. Jeder, dem ich begegne, weiß genau, was er ist oder war; nur ich bin anders. Ob ich der Einzige bin? Doch wohl kaum!
Ich lese nicht mehr in den Büchern über Atlantis. Ich möchte nicht in Atlantis geboren sein, sondern hier, in dieser Stadt an den Dünen und der See. In der einzigen Stadt, in der zwei leere Türme stehen. Hier gehöre ich hin, hier bin ich zu Hause.

9. März

Habe heute Morgen versucht, aus Ton ein Tier zu formen. Es war eine Katze, aber keine richtige. Der Lehrer sagte, dass ich zuerst eine Katze ganz genau beobachten müsse, dass ich selber erst zu einer Katze werden müsse. (Zu einem Kater doch wahrscheinlich!)
Ich habe auch bei einem Ballspiel mitgemacht, draußen, zusammen mit anderen Jungen und Mädchen. Zum ersten Mal fühle ich mich in der Schule nicht mehr so fremd.
Ich habe keine Lust zum Schreiben; dieses Tagebuch interessiert mich kaum noch. Ich habe weiß Gott Besseres zu tun!

10. März (Mittwoch)

Es gibt allerdings zwei Punkte, die mir nicht gefallen: Téja findet es nicht gut, wenn ich in den Spiegel schaue. Heute habe ich mich zum ersten Mal besonders gründlich angesehen, als wir bei Margret (einer Nachbarin) zu Besuch waren. Sie (Téja) mag dieses Tagebuch auch nicht. Jan übrigens genauso wenig. Ich habe es keinen von beiden lesen lassen.
Gerade eben, als ich dies aufschreiben wollte, war es weg. Der Hund hatte es bei sich im Korb. Zum Glück weder zerfetzt noch gelesen. (Hunde können schließlich nicht lesen, oder?) Ich war böse: »Dir muss ich doch vertrauen können! Du hast doch keine Hintergedanken.« Der Hund sah mich an, als ob dies stimme – aber ich bin da nicht mehr so ganz sicher.
Dieses Tagebuch interessiert mich *doch* noch, auch wenn ich vielleicht nicht mehr darin schreibe.

12. März

Ich wollte mit meinem Tagebuch aufhören, aber nun muss ich doch wieder etwas hineinschreiben. Gestern Abend saß ich auf dem schönen Teppich vor dem Kamin (Jan hatte Feuer gemacht, denn es war kalt) und schaute Schnura, der Katze, zu, die damit beschäftigt war, sich zu waschen. Ich sah genau hin; ich versuchte mir vorzustellen, wie ich mich als eine Katze fühlen würde, die sich leckt. Und auf einmal hatte ich eine raue rosa Zunge und Schnurrbarthaare; ich fühlte mein Fell und meinen geschmeidigen Körper, und ich *war* eine Katze, die sich wäscht. Zwischendurch sah ich auch die Figuren im Teppich, ganz neue Muster. Ich blickte auf, die Zunge hing mir noch aus dem Mund, und ich schaute geradewegs in Schnuras Augen. Um ein Haar hätte ich verstanden, was sie dachte. Wir waren zwei Katzen, die einander anblickten. Dann war ich wieder *ich selbst*, auch wenn ich nicht weiß, *wer* – aber jedenfalls ein *Mensch*, der einer Katze zusah. Die Katze starrte mich immer noch an, dann wurde sie wieder scheu und begann aufs Neue, sich zu lecken.

Ich muss niederschreiben, dass mich dieses Erlebnis sehr erschreckt hat – obwohl es vielleicht gar keinen Grund gibt, darüber zu erschrecken. Das ist durchaus möglich, weil ich mein Gedächtnis ja noch immer nicht wiedererlangt habe. Aber daran will ich lieber nicht denken. Ich muss das vergessen und in den Tag hineinleben. Oder ich muss ganz und gar Tim werden, der Junge aus Atlantis, den sie sich für mich ausgedacht haben. *Falls* sie ihn ausgedacht haben …

Jan war gestern Abend auch im Zimmer. Ob er wohl was gemerkt hat? Er tat ganz normal, wie immer.

15. März

Gestern war wieder Sonntag.

Am Teich stehen Weiden. Mit Kätzchen.

16. März

T. hat mir eine Blume gezeigt. Klein, und so blau und wunderschön, dass ich sie nachzeichnen möchte. Aber ich habe keine blaue Farbe. Überall blühen jetzt diese Blumen, kaum zu glauben –*

Mittwoch

Herrliche Welt!

18. März

Schon drei Tage lang nicht mehr in der Schule gewesen. Nächste Woche werden wir wieder gehen. Jetzt muss ich erst überallhin. Landeinwärts. Außerdem: Hafen und Landebrücken.
Ich tue nur das, wozu Téja und ich Lust haben.
Schreibe auch nicht mehr.

19. März

Am 17. März war ich ein Hund, mit Téja zusammen.
Wir spielten draußen miteinander.
Hatten uns lieb.
Wir haben uns noch immer lieb.

---

* Die Aufzeichnungen werden in dieser Periode kürzer, manchmal auch »kryptisch«.

Samstag, 20. März

Erst heute Morgen sagte Jan, dass heute der Frühling beginnt.
Ich war so glücklich; ach, warum konnte es nicht so bleiben? Er will, dass ich ihm dieses Tagebuch gebe, damit er es vernichten kann – verbrennen. Téja, seiner Tochter zuliebe.
Ich habe um Bedenkzeit gebeten.

Später

Heute Mittag bekam Jan Besuch von einem Mann, der immer wieder ein Gespräch mit mir anfing. Ich wollte weggehen, fand aber nicht die Gelegenheit dazu. Er fragte alles Mögliche und ich dachte mir irgendwelche Antworten aus.
Ich spürte wieder, dass mein Gedächtnis erst ganz jung ist – nachdem ich es doch eine ganze Woche lang nicht vermisst hatte.
Ich begann den Mann zu hassen, wegen seiner Fragerei und seiner unangenehmen Stimme, und plötzlich wusste ich, wer er war: der Mann, mit dem ich Jan Davit auf dem Gefährlichen Pfad gesehen hatte.
Jan nannte ihn Wim, das ist also sein Vorname. Hätte ich nur damals ihr Gespräch besser hören und begreifen können!
Nach einer Weile lachte dieser Wim ein wenig und sagte, zu Jan gewandt: »Vielleicht behältst du doch noch

Recht. Er beginnt schon ganz schön, sich einzugewöhnen.«
»Er will hier bleiben«, sagte Téja, die auch dabei war, »und er möchte der sein, der er jetzt ist.«
»Kann er das denn?«, fragte der Mann, der Wim heißt.
»Ja«, sagte Téja, »ja!«
»Ich denke schon«, sagte Jan. (Ich sah, dass er in diesem Moment dachte: ... falls Tim sein Tagebuch zerreißt.)
Ich wurde böse und fühlte mich unglücklich. »Warum sprecht ihr über mich, als ob ich nicht dabei wäre?«
Wim tat, als höre er mich nicht.
»Ich persönlich will dir gerne glauben, Jan«, sagte er. »Aber ich weiß nicht, ob die anderen deiner Meinung sein werden. Ich bin nicht der Einzige, der euch im Auge behalten hat. Ich meine, er sollte sich heute lieber nicht draußen sehen lassen.«
»Weshalb?«, rief ich.
»Das weißt du ganz gut«, sagte Jan in strengem Ton. Und zu seinem Freund sagte er: »Willst du damit sagen, dass sie Bescheid wissen? Dass sie hier nachschauen werden?«
»Hab ich mich nicht deutlich genug ausgedrückt?«, sagte Wim. »Schick deinen Neffen lieber für eine Nacht weg – lass ihn irgendwo anders schlafen.«
Er ging fort, Jan ließ ihn hinaus.
Ich sah Téja an. »Verfolgt und gefangen«, flüsterte ich. »Herr Avla hatte Recht. Wie furchtbar! Wenn ich nur verstehen würde, weshalb!«
»Weil du dich an nichts erinnerst«, fing Téja an.
»Und genau das wollt ihr doch – dass ich alles vergesse!

Warum soll ich euch sonst mein Tagebuch geben? Aber das tue ich nicht – niemals!«

»Pssst«, sagte Téja. »Mein lieber Tim, das ist nicht der Grund, wirklich nicht. Wir haben es dir doch erklärt.«

Das haben sie allerdings getan, aber nicht deutlich genug. Ich werde es aufschreiben. Es geschah heute Vormittag, ehe dieser Wim kam.

Ich bin nun bei Margret untergetaucht, der Nachbarin, die mit Jan Davit befreundet ist.

Ich muss hier bleiben, bis *sie* bei den Davits gewesen sind und mich dort nicht gefunden haben. Ich weiß nicht, wer *sie* sind, diejenigen, die einen »verfolgen und fangen«. Würden sie mich tatsächlich gefangen nehmen, wenn sie mich finden?

Margret hat etwas Leckeres für mich gekocht (ich hatte keinen Hunger) und sie hat mich nichts gefragt. Sie hat die Vorhänge in meinem Zimmer zugezogen und mich allein gelassen. Dann habe ich zu schreiben begonnen.

Gerade war Margret hier und berichtete, dass *sie* Jan Davits Haus durchsucht haben und wieder weggegangen sind. Ich habe sie nicht kommen, wohl aber fortfahren sehen, als ich nach draußen spähte. Ganz normale Leute. Hierher sind sie nicht gekommen; ich bin also in Sicherheit und werde morgen wieder nach Hause gehen dürfen. Aber *ist* es eigentlich mein Zuhause?

21. März

Es ist zwölf Uhr nachts; also hat der neue Tag schon angefangen, der dritte Sonntag. Ich bin wieder allein. Margret ist zu Bett gegangen; sie denkt, ich schlafe. Im Nachbarhaus ist alles dunkel. Jetzt erzähle ich von gestern Morgen.

Jan Davit sagte, dass nun der Frühling beginnen würde, und Téja und ich sagten, dass wir uns gern haben. Vielleicht hätten wir das besser nicht gesagt, aber Téjas Vater wusste es ja sowieso.

Er sagte: »Ihr beiden passt jetzt schon besser zueinander als vor 14 Tagen, aber trotzdem seid ihr noch sehr verschieden …« Es war ein sehr ernstes Gespräch.

Jan hat mir dabei geholfen, zu verbergen, dass ich kein Erinnerungsvermögen habe; er hat mir ein Zuhause geschenkt und eine Vergangenheit für mich erfunden (nicht den Namen, der stammt von Herrn Avla). Seine Tochter Téja hat dafür gesorgt, dass ich allmählich beginne, mich hier auch richtig zu Hause zu *fühlen* – so sehr, dass es mir nun nicht mehr viel ausmacht, nicht zu wissen, wer ich bin. Und so soll es auch bleiben. Sie sind alle beide der Ansicht, dass ich hier ganz und gar heimisch werden muss – dass ich nicht länger danach suchen soll, wie ich früher einmal war. Ich muss vergessen, dass ich so viel vergessen habe. Erst dann werde ich völlig zu ihnen gehören; erst dann wird Téja mich richtig lieben können. Und sobald ich mich nicht mehr erinnere, dass ich so wenig Erinnerungen habe – so sagen sie –, wird es hier auch nicht mehr gefährlich für mich sein.

Dann kann ich tatsächlich werden, was ich will, tun und lassen, was ich möchte, und Téja wird mir ihre ganze Liebe schenken.
Deshalb muss ich mit diesem Tagebuch aufhören, denn während des Schreibens suche ich ja – so sagen sie; dann bin ich auf der Suche nach dem, der ich *vor* dem 30. Februar war, auf der Suche nach etwas, was ich besser nicht wissen sollte. (Wie kommen sie nur darauf?) Wenn ich weiterschreibe, so wird mich das nur verwirren; ich werde unruhig und unzufrieden sein.
Und darum möchten sie, dass ich ihnen dieses Büchlein gebe oder dass ich es selber vernichte.

Ich dachte, ich hätte draußen etwas gehört, und als ich aus dem Fenster schaute, sah ich im Garten zwischen den beiden Häusern den Hund stehen. Ich habe getan, als sähe ich ihn nicht.

Morgens

Ich habe die Vorhänge aufgezogen. Es wird hell draußen.
Ich habe noch einmal hier und da in diesem Büchlein gelesen. Es ist noch lange nicht vollständig, aber ich habe eigentlich genug von all der Schreiberei.
Ich habe nachgedacht. Weshalb wollen sie, dass ich dieses Tagebuch vernichte? Der Turmwächter wollte das Gegenteil – dass ich jeden Tag etwas hineinschreiben solle.

Soll ich wirklich nicht mehr versuchen, Herrn Avla zu finden? Mir keine Mühe mehr geben, dahinter zu kommen, wer ich bin? Nicht länger den verschwundenen Seiten aus diesem Büchlein nachjagen? Der erste von den wenigen lesbaren Buchstaben war ein T. (Wie auch der erste Buchstabe meines Namens, falls ich wirklich Tim heiße.) MOIXA bedeutet nichts.
Ich blase meinen Atem auf die Fensterscheibe und male die Buchstaben auf das beschlagene Glas. Dann schaue ich hinaus, hinüber zum Haus der Davits.
Téja will mir winken, wenn es wieder sicher ist und ich zurückkommen kann. Téja! Da ist sie!
Ich habe zurückgewinkt. Ich gehe jetzt zu ihr. T ist mein Buchstabe, Tim ist mein Name.

Dies ist das Ende meines Tagebuchs. Ich gehe nach Hause und suche nicht länger.

T.

Das ist von neuem ein Anfang meines Tagebuchs*

Ich war draußen. Ich sah mich um, weil ich Margret noch einmal grüßen wollte, und ich entdeckte das T auf dem beschlagenen Fenster – es war immer noch ein T und ich immer noch ein Tim. Dann las ich darunter ein Wort, das von draußen anders aussah als jenes, welches ich drinnen geschrieben hatte. Aus MOIXA ist AXIOM geworden – dieselben Buchstaben, aber ein anderes Wort. Und AXIOM bedeutet allerdings etwas; ich habe es vorige Woche noch in Mathematik gehört: GRUNDSATZ, GRUNDBEHAUPTUNG.

Ich hatte Téja und Jan gesagt, dass ich ihnen heute Mittag mein Tagebuch geben werde, dass ich es in ihrer Gegenwart ins Feuer werfen werde, aber ob ich es vorher bitte noch einmal durchlesen dürfe. Sie waren damit einverstanden und gingen weg.

Im ganzen Haus hängt kein einziger Spiegel mehr. Aber ich habe doch einen gefunden: in einer Schublade in Téjas Zimmer. Ich muss ihn wieder dorthin legen, bevor sie nach Hause kommt.

MOIXA = AXIOM im Spiegel, TIM = MIT im Spiegel. Mein Tagebuch ist im Spiegel unlesbar, genauso unlesbar wie die gestohlenen 24 Seiten. Nur einige große Buchstaben bleiben, wie sie sind.

Mein Gesicht kenne ich *nur* im Spiegel – sieht Téja mich

* Der erste Abschnitt auf dieser Seite ist offensichtlich mit bebender Hand geschrieben, das Datum fehlt, aber es muss noch immer der 21. März sein.

vielleicht anders? Und was sagte doch Herr Avla, am Sonntagmorgen vor drei Wochen?*
AXIOM, Grundbehauptung – also das, was wahr ist beziehungsweise was man für wahr hält.
Schon wieder betrogen!
Warum haben sie sonst die Spiegel versteckt.
Jetzt muss ich die zwölf Blätter zurückhaben. Und Herrn Avla (den richtigen) finden. Aber wie? Und wo?

Nun weiß ich es. Wie dumm, dass ich nicht schon früher darauf gekommen bin. Ich kann nicht weiterschreiben. Ich glaube, da kommt jemand –

Nachts

Zwei Turmwächter und zwei Türme. Nur einer von diesen Türmen kann besichtigt werden. Der andere Turm sieht ja haargenau so aus. Er ist also nicht nur unbewohnt, sondern wird auch von keinem Menschen betreten. Ein ideales Versteck! Dort wird sich Herr Avla aufhalten. Wo sollte er denn sonst sein?
Ich muss also zu den Türmen und dort warten, bis der andere Wächter mit Besuchern im ersten Turm verschwunden ist, und dann schnell in den zweiten Turm hineinhuschen. Wie aber soll ich Herrn Avla finden, selbst wenn er wirklich dort ist? Zwölf Etagen, tausend Zimmer oder noch mehr!

---

* am 31. Februar; siehe Seite 41

Und ob es mir je gelingt, unbemerkt das Haus hier zu verlassen? Ich habe nicht den Mut, nachts zu gehen – vielleicht würde ich mich verirren und –

Heute Abend fragte Jan Davit, wann ich ihm denn nun endlich dieses Tagebuch geben würde. Ich hatte es gut versteckt und sagte, dass ich es im Kaminfeuer verbrannt hätte.
Ich habe jedoch nur mein Heft über Atlantis verbrannt (obwohl mir das sehr Leid tat), so dass noch ein wenig verkohltes Papier in der Asche lag. Ich habe getan, als ob – als ob es mir nun egal sei, wer ich früher einmal war. Ich weiß nicht, ob sie mir glauben. Ich fürchte, sie tun es nicht.
Téja ist die Einzige, die mir helfen kann. Téja, der *Hund.* Morgen gehe ich zu den Türmen, ich darf nicht länger zögern. Mit Téja, dem Hund. Ich muss das Risiko eingehen und ihm vertrauen. Der Hund hat mich ja mithilfe meiner Socke gefunden; so muss der Hund auch Herrn Avla finden, und zwar mit dessen Schal. Mir fiel auf einmal ein, dass er hier in meinem Schrank liegt.

So weit war ich gerade, als das Mädchen Téja zu mir hereinkam und mich schreiben sah. Ich gab ihr gar nicht erst die Gelegenheit, etwas zu sagen, sondern erklärte, dass ich ihr mein Büchlein geben wolle – *ihr* allein, damit sie es lesen und aufbewahren solle. Jedenfalls dann, wenn sie mir verspricht, es nicht zu vernichten. Zuerst wollte sie es versprechen und dann wieder nicht; aber ich ließ sie wiederum nicht zu Wort kommen, denn ich hatte selbst so viel zu sagen. Ich war gleichzeitig böse auf sie und hatte sie lieb.

»Warum habt ihr mich betrogen?«, fragte ich. »Ihr wisst, was MOIXA bedeutet … Weshalb habt ihr sonst alle Spiegel versteckt?«

Sie machte ein ratloses Gesicht; sie versuchte, etwas zu sagen, und hörte wieder auf. Ich fuhr fort: *»Ich möchte, dass Téja mich morgen begleitet.* Téja, der *Hund.* Er hat keine eigennützigen Absichten – das behauptet jedenfalls dein Vater. Der Hund kann mir helfen.«

»Wobei?«

»Herrn Avla zu finden. Den Turmwächter.«

»Still!« Téja schien Angst zu haben; auch ich war ängstlich, denn ich wusste nicht, wie Jan Davit reagieren würde, falls er erwachte. »Schon wieder zu den Türmen?«, flüsterte Téja. »Du weißt doch, dass sie gefährlich sind.«

»Und was wollt *ihr?* Mich verfolgen und gefangen nehmen! Das ist noch viel gefährlicher. Herr Avla hatte Recht …«

»Herr Avla hat überhaupt keine Ahnung. Falls es ihn gibt«, sagte Téja, die nun ebenfalls böse war.

»Jawohl, es gibt ihn«, sagte ich. »Ich erinnere mich an ihn und er hat die 24 Seiten aus meinem Buch gerissen. Ich muss sie lesen. Und ich kann sie lesen!«

»Hör doch endlich einmal mit diesem verflixten Buch auf«, flüsterte sie wütend. »Du warst doch glücklich hier und du willst doch auch hier bleiben! Tim, bitte, ich hab dich gern, wirklich – und die Türme sind gefährlich für dich, auch Spiegel sind gefährlich für dich; du solltest dich nicht mal mehr in Gedanken damit beschäftigen.«

»Woher weißt du das, Téja? Wieso weißt du so viel von mir? Mehr, als ich selbst verstehe? Kennst du mich vielleicht von früher her?«
»Nein, ach nein, Tim. Ich kenne dich genauso lang wie du mich. Aber ich möchte nicht, dass du unglücklich wirst.«
Wir glaubten, ihren Vater zu hören; ich schickte sie fort und begann wieder zu schreiben. Dabei hatte ich ständig die Tür im Auge; sie lässt sich nicht abschließen.

Und nun schreibe ich für dich allein, Téja:

Ich liebe dich, und wenn du mich ebenfalls liebst, dann hilf mir bitte! Ich *muss wissen, wer ich bin* oder wer ich *war*. Ich weiß schon so viel, und ich werde keine Ruhe finden, bevor ich *mehr* oder alles weiß. Es kann sein, dass ich dann unglücklich werde – aber auch jetzt fühle ich mich unglücklich. Es kommt also auf dasselbe heraus.
Morgen werde ich dir im Beisein deines Vaters dieses Büchlein geben und dann werde ich sagen: »Mach damit, was du willst.« In Wirklichkeit bitte ich dich jedoch um etwas anderes: Lies es und behalte das, was darin steht. Anschließend kannst du es verbrennen, so wie dein Vater es befiehlt; *ich* aber hoffe, dass du es für mich aufbewahrst, bis ich von den Türmen zurückkomme.

TIM
(Bis jetzt heiße ich noch so)

*Lieber Tim (so werde ich dich immer nennen!)**

Ich habe es gelesen und werde es behalten und hier hast du es zurück.

Téja
(so werde ich immer heißen)

~

Wie lange scheint es her zu sein, seit ich Téja dieses Büchlein gab!** Sie hat es gelesen und mir dann zurückgegeben und ich sollte es eigentlich auch durchlesen – Wort für Wort. Aber was nutzt das schon? Ich glaube nicht, dass es mir helfen würde.
Mittags gingen sie und ihr Vater weg; Téja hatte mein Tagebuch bei sich.
Ich blieb bei der Katze zu Hause und wartete ab. Und dann stand plötzlich der Hund an der Haustür und bellte: Hier bin ich, komm mit!
Ich ließ ihn herein; dann holte ich ganz aufgeregt Herrn Avlas Schal und hielt ihn dem Hund unter die Nase.
Wir gingen die Straße entlang.
Frau Margret stand im Garten und sah uns nach. Wer beobachtete uns wohl sonst noch? Menschen? Andere Hunde?

---

* Eine andere Handschrift. Weiter unten fährt Tim wieder mit seinem Tagebuch fort.
** Fortsetzung von Tims Tagebuch, ohne Datum.

Dies ist eine merkwürdige Welt. Vielleicht scheint sie mir weniger merkwürdig, wenn ich mein Gedächtnis wiederhabe.
Auf der Suche nach Herrn Avla.* Zuerst in Richtung Dünen, aber dann auf einmal durch andere Straßen und Wege – kreuz und quer und im Kreis herum, so schien es mir wenigstens. Und dabei hatte ich dauernd das Gefühl, dass irgendwelche Augen mir nachstarrten. Ich hatte den Schal in meiner Tasche, und erst als ich fast sicher war, dass mir niemand mehr nachschaute (das war erst nach einer ganzen Weile), ließ ich Téja wieder daran schnüffeln. Sie tat es gehorsam und war ganz und gar ein Hund.
Irgendwo anders musste nun das Mädchen Téja sein ... Ob sie wohl in meinem Büchlein las? Ich wünschte, sie hätte mitgehen können – dann hätten wir zu *dritt* diesen wichtigen Gang unternehmen können.
Wo warst du nur, Téja?
Endlich landeten wir auf einem Weg, den ich kannte (den Weg mit den Weidenbäumen am Ufer des Sees), und von da ab übernahm *ich* die Führung. Ich hatte mir überlegt, dass der Schal erst in der Nähe der Türme eine brauchbare Spur liefern könne. Der Hund blieb zum Glück dicht neben mir; er knurrte einen anderen Hund und sämtliche Leute an, die uns zu nahe kamen. Als ich jedoch die Türme vor uns emporragen sah, war es rings um uns herum still; es war inzwischen schon spät geworden, und es würde mir auf keinen Fall gelingen, vor dem

---

* Das muss am 22. März gewesen sein. (Anmerkung des Verfassers)

Abendessen zurück zu sein. Ich begann zu laufen, der Hund auch, bis wir in unmittelbarer Nähe waren. Wir gingen nicht zum offenen Eingangstor, sondern machten einen weiten Bogen drum herum – bis zu der Ausbuchtung in den Dünen, wo der Gefährliche Pfad endet oder beginnt. Die Vögel flogen vor uns davon.*
Ich überlegte, ob ich umkehren sollte. Die Türme wirkten sehr streng und dunkel vor dem grünblauen Himmel; nur die Fenster in den oberen Etagen leuchteten und sahen aus, als seien sie von wässrigem Blut. Erst später ging mir auf, dass sich die untergehende Sonne und der flammende Himmel in ihnen spiegelten.
Keine Menschenseele war zu sehen, auch kein Turmwächter. Ob wohl jemand in der Hütte war?
Wiederum ließ ich den Hund am Schal riechen; diesmal begann er, mit dem Schwanz zu wedeln, und lief ohne Zögern auf die Türme zu. Ich folgte ihm vorsichtig; ab und zu musste ich warten, weil er auf dem Boden herumschnüffelte. Wir kamen zur Hütte und blieben stehen. Ich hielt den Atem an; die Tür war zu, aber ich sah einen Streifen Licht hindurchschimmern. Dann verließen wir die Hütte wieder und gingen weiter; nicht zum ersten Turm, sondern daran vorbei – über das hubbelige Feld zum zweiten Turm. Unmittelbar darunter blieben wir stehen; der Turm schien sich über uns zu neigen.
Wie oft bin ich früher schon dort gewesen – wie viele Male bin ich durch die vier drehenden Türen hineingegangen … war es oft oder nie?

---

* Das tun sie sonst nie. (Anmerkung des Verfassers)

Der Hund lief an den vier Türen vorbei; ich folgte ihm, an der lang gestreckten Vorderseite entlang (oder der Rückseite, wer weiß!), um die spiralförmige Treppe an der Schmalseite herum, die so unwahrscheinlich hoch und zerbrechlich aussieht, bis zu einer kleinen Türe daneben. Der Hund setzte sich davor und ließ einen eigenartigen Laut hören, so ein Mittelding zwischen Bellen und Winseln.

Keine Metalltüre, kein gefährliches Zickzack-Zeichen … Ich suchte nach der Klinke, die an der falschen Seite saß. Die Tür war nicht verschlossen. Sie ließ sich nach innen öffnen, und ich blickte in einen langen Gang, in dem sich noch weitere Türen befanden.

Durch ein paar kleine Fenster in der rechten Außenwand fiel noch etwas Licht herein, aber weiter hinten wurde der Gang immer dunkler. Jetzt wird es gleich völlig finster sein, dachte ich, und ich habe keine Taschenlampe bei mir …

»Muss ich hier wirklich hinein?«, flüsterte ich. »Also gut, dann komm.«

Der Hund wollte nicht, aber als ich ihm den Schal unter die Schnauze hielt, ging er doch mit – den Schwanz zwischen die Beine geklemmt.

Der Gang war endlos lang und sehr staubig; ich hatte den Eindruck, auf dem Boden Fußspuren zu sehen. Es roch muffig, und überall liefen dicke Rohre entlang, die manchmal in der linken Seitenwand und in der Decke verschwanden. Die Türen waren allesamt verschlossen und ich dachte bei mir: Ob sich dahinter Hohlräume verbergen oder vielleicht Schlimmeres?

Jetzt während des Schreibens weiß ich plötzlich, dass einige dieser Türen in ebensolchen scheunenähnlichen Räumen münden, wie ich sie unter dem anderen Turm gesehen habe – und eben habe ich in einem Gedankenblitz auch noch etwas anderes gesehen: Fahrzeuge aus glänzendem, lackiertem Metall mit vier Rädern. Wie komme ich nur darauf? Und wer war es, der etwas von »vierrädrigen Dingen« sagte, die »im Gras verrosten«?
Es ist eben doch richtig, dass ich mit dem Schreiben fortfahre.
Wir liefen durch den ganzen Gang, Téja leise trippelnd und ich mit viel zu lauten Schritten. Wir befanden uns natürlich im Parterre, und ich wusste, dass wir in der Halle landen würden, wo die vielen verschlossenen Kästchen sind und wo die quadratische Zelle ist, die auf- und niederschweben kann – in der Halle, in der die große Treppe beginnt. Und so war es auch; ich hatte Recht. Es war noch hell genug, um alles zu erkennen ... falls man von erkennen sprechen kann. Es sieht genauso aus wie in dem anderen Turm.
Ich ging automatisch auf die Türe zu, hinter der sich die Zelle befinden musste; aber der Hund schubste mich beiseite und lief dann schnüffelnd die Treppe hinauf. So stiegen wir nach oben; die erste Treppe, die zweite, die dritte, immer höher ... Jedes Mal schaute ich durch die Glastüren auf die Galerien, und ich sah, wie die Farben des Himmels über den Dünen allmählich verblassten. Ich wollte »Herr Avla!« rufen, aber meine Stimme versagte. Nur der Hund hörte es und zitterte. Dann gingen wir endlich eine der Galerien entlang – ich weiß nicht

einmal, welche, irgendwo in der Mitte vermutlich –, jedenfalls die erste Galerie, von der aus man über die Dünen hinweg das Meer sehen kann. Die Sonne hing niedrig über dem Wasser. Unmittelbar daneben stand der andere Turm, beinahe völlig schwarz. Ich blieb einen Augenblick stehen, umklammerte die Brüstung und blickte am Turm vorbei zur Stadt hinüber. Dort gingen schon einzelne Lichter an.

Plötzlich erschrak ich. Téja hatte sich vor eine der Türen gesetzt und jaulte zum Erbarmen – ja, es klang wirklich zum Erbarmen. Ich ging zu ihr hin, und vielleicht wären wir anschließend zusammen geflüchtet, wenn nicht die Türe aufgegangen wäre. Und da stand Herr Avla.

Den nächsten Augenblick werde ich nie vergessen. Der Hund sprang wie wild an mir hoch und winselte: Geh nicht weiter, komm zurück! Geh mit mir zurück!

Und währenddessen streckte Herr Avla mir seine Hände entgegen: »Tim, Tom – endlich bist du gekommen!«

Der Hund knurrte und wich zurück. »Mach, dass du wegkommst«, sagte Herr Avla, und dann zu mir: »Komm schnell herein, sonst sehen sie mein Licht!«

Der Hund jaulte noch einmal auf und rannte davon, die Galerie entlang. Vor der offenen Tür zum Treppenhaus blieb er stehen und schaute sich um, aber ich folgte ihm nicht und da verschwand er.

»Schnell, komm herein«, sagte Herr Avla wieder. Und so ging ich mit hinein.

»Sag, musst du diesen Hund nicht besser festhalten, damit er bei dir bleibt?«, fragte er besorgt. »Er kann uns sonst verraten!«

»Dieser Hund«, sagte ich, »ist wahrscheinlich meine beste Freundin. Sie war es, die mich hierher geführt hat.« Ich schmiss ihm seinen Schal vor die Füße.
Es war alles sehr eigenartig. Er hatte die Türen zugemacht und wir standen einander gegenüber, in einer kleinen Halle. Anschließend befanden wir uns in einem Zimmer; ich habe es mir nicht gut genug angesehen, um zu wissen, wie es aussah – kahl und trostlos, mit nur wenigen Möbeln, und das Bettzeug und ein paar Kissen lagen auf dem Fußboden. Eine brennende Lampe war da und vor dem Fenster hingen Tücher.
Mitten in diesem Raum stand Herr Avla und schaute mich an. Er hatte sich nicht verändert; nur sein Haar war noch länger geworden und er hatte einen Stoppelbart.
»Ich bin gekommen, um mir die Seiten wiederzuholen, die Sie aus meinem Büchlein gerissen haben.«
Sein Gesichtsausdruck blieb unverändert. Was drückte sein Gesicht eigentlich aus? Er schaute mich forschend an – aber nicht auf eine unangenehme Art und Weise, sondern ein wenig neugierig, dabei ziemlich ruhig und abwartend, ja, nicht einmal sehr überrascht.
»Warum?«, fragte er.
»Warum?«, sagte ich langsam. »Warum?« Ich war aufgebracht, durfte gar nicht daran denken, dass ich möglicherweise umsonst gekommen war. »Ich erinnere mich an alles!«, sagte ich ganz laut. Und obwohl das gelogen war, so hatte ich in dem Augenblick, in dem ich dies sagte, wirklich das Gefühl, dass es wahr sei. Ich nehme an, dass Herr Avla mir deswegen auch glaubte. Sein Gesicht

begann zu strahlen – ja, wirklich zu strahlen, und das machte mich wieder unsicher.
Er kann also kein Feind sein; er freute sich tatsächlich.
»Siehst du wohl, siehst du wohl«, sagte er. »Das wäre nicht passiert, wenn ich dir die paar Seiten nicht weggenommen hätte. Wenn du dahinter gekommen wärst, wie man sie entziffern kann ...«
»In einem Spiegel«, unterbrach ich ihn.
»Stimmt! Du hättest nichts davon verstanden; du hättest es zwar *gewusst*, aber nicht *gefühlt.*«
Ich wurde immer unsicherer und sehr unruhig. Wann würde er merken, dass ich gelogen hatte? »Aber jetzt weiß ich alles«, sagte ich, »und darum will ich ...«
Er stellte sich dicht vor mich hin und flüsterte: »Wirklich alles? Auch das WORT?«
Die Buchstaben zweier Wörter tauchten blitzartig in mir auf. MOIXA – AXIOM. »Damit hat es angefangen«, erwiderte ich und war erleichtert, dass ich nun endlich die Wahrheit sagen konnte.
»Leise«, sagte er. »Ich bin so dankbar ... Du kennst mich doch, Tim ... Tom?«
Beglückt wandte er sich von mir ab, aber er murmelte weiter vor sich hin: »Sicher, weil du noch jung bist ... Ein größeres Anpassungsvermögen ... Für die Jugend ist das Land nicht verschlossen ...«
»Ich will meine Blätter zurückhaben!«, rief ich.
Plötzlich sah es so aus, als würde er doch wieder an mir zweifeln.
»Weshalb?«, fragte er nochmals.
»Als Beweis«, sagte ich.

Anscheinend war dies die richtige Antwort, denn er nickte. Er schaute sich im Zimmer um; ich folgte seinem Blick und entdeckte die Kiste, die früher in der Hütte gestanden hatte. Er schlurfte dorthin, während ich vor Ungeduld am liebsten mit den Füßen gestampft hätte – vor Ungeduld, Angst und Neugier.
»Beweis«, murmelte er und sah mich über die Schulter hinweg noch einmal an. In seinen Augen lag etwas Listiges, Raffiniertes. »Vielleicht ist es schwer zu glauben«, sagte er, »aber eigentlich hast du doch gar keinen Beweis mehr nötig, Tim?«
»Es ist *mein* Buch«, sagte ich, »und im Übrigen heiße ich nicht Tim.« (Ich hörte auf einmal in meinem Kopf nachklingen, was er zu mir gesagt hatte.) *»Ich heiße Tom ...«* (Das wird wohl auch stimmen, denn er kennt mich!) *»Ich heiße genauso wie Sie.«* (Auch das hat er mir selber erzählt.)
Er fuhr mit seinen Händen in die Hosentaschen und rasselte mit irgendetwas. Waren es Schlüssel? Er starrte auf die Kiste, als ob er nachdächte. Es fiel ihm immer schwerer, die Ruhe zu bewahren.
Dieser seltsame Kauz, dieser verrückte alte Mann besitzt den Schlüssel zu meinem Geheimnis, dachte ich. Ich bin fast ebenso groß wie er und vermutlich stärker. Soll ich ihm den Schlüssel einfach abnehmen?
Ich spürte deutlich, dass der Turm schwankte; ich durchlebte noch einmal meine ältesten Erinnerungen an den Strand und die See, während ich einen Schritt auf ihn zuging. Ich wollte mir den Schlüssel *nehmen*.
Aber er war schon neben der Kiste in die Knie gegan-

gen; er hatte den Schlüssel in seiner Hand, er steckte ihn in das Schloss und drehte ihn langsam um. Während er dies tat, fragte er: »Erinnerst du dich wirklich an alles? Ich kann es beinahe nicht glauben.«

»Dann lassen Sie es eben bleiben!«, sagte ich. »Es interessiert mich überhaupt nicht, ob Sie mir glauben oder nicht. Ich möchte nur zurückhaben, was mir gehört.«

Er tat einen tiefen Seufzer und blickte in die Kiste hinein; sie war nun offen – voller Kladden, Bücher und Papiere. Er wühlte darin herum und hielt dann einen gelben Umschlag in seiner Hand. Er schlug den Deckel zu, legte den Umschlag darauf und schloss die Kiste wieder zu.

Ich hätte den Umschlag an mich reißen und weglaufen können – aber ich ließ es bleiben.

Er kennt mich, aber für mich ist er ein Fremder; *vor* dem 30. Februar kann ich mich nicht an ihn erinnern. Auf diesen Seiten ist mit Sicherheit etwas Schreckliches notiert; das klingt aus seinen Worten heraus und auch aus Téjas Warnungen.

Er richtete sich langsam auf und legte den Umschlag in meine bebende Hand. »Sieh bitte nach, ob dies wirklich deine Papiere sind«, sagte er. »Ja richtig – du musst natürlich einen Spiegel haben. Ich gebe dir meinen eigenen …« Er fing an, im Zimmer herumzusuchen.

»Das ist nicht nötig«, sagte ich. Der Umschlag war offen; es waren tatsächlich meine Blätter. Die Einteilung darauf sah nach meinem Tagebuch aus.

Plötzlich stand Herr Avla wieder vor mir, mit einem Spiegel in der Hand.

»Es ist wirklich nicht nötig«, sagte ich noch einmal. »Haben Sie vielen Dank. Ich nehme sie mit.«
Das versetzte ihm einen Schock. »Du gehst doch nicht wieder weg? Du bleibst doch hier?«
»Nein, ich gehe zurück. Ich habe es versprochen.«
Ich sah, dass er *sehr* erschrocken war. »Das kannst du doch nicht tun, gerade jetzt nicht! Du gehörst hierher, zu mir! Außerdem bist du hier in Sicherheit.«
»Hier, in einem der Türme?«
»Gerade deswegen.« Er durchbohrte mich förmlich mit seinen Blicken und wurde immer unruhiger. »Welche Erinnerung hast du an diesen Turm?«
Er packte meinen Arm und versuchte mich festzuhalten, aber ich riss mich los und ging auf die Türe zu, die sich hinter mir befand.
»Ich erinnere mich genau an alles, was Sie auch wissen«, sagte ich auf gut Glück.
»Bleib doch bitte ... Lies es nicht, bevor du dich an alles erinnerst ... Und gib es *ihr* nicht zu lesen, gib es *ihnen* nicht zu lesen, lass es niemand ...«
»Ich muss jetzt gehen!«, sagte ich, mittlerweile fast in Panikstimmung.
»Aber du kommst doch hoffentlich wieder? Du musst wiederkommen!«
»Ja, ich komme wieder.«
Und dieses Versprechen werde ich halten.
»Sprich mit keinem Menschen über mich«, sagte er. »Kannst du nicht doch hier bleiben?«
»Nein«, sagte ich und dann floh ich aus dem Gebäude. Er lief mir auf der Galerie noch ein Stückchen nach.

»Tom, Tim, Tom, bleib doch hier!«, rief er. »Nachher lassen sie dich womöglich nicht mehr weg … Tom!«
Ich heiße also Tom.

Viel mehr habe ich nicht in Erfahrung gebracht. Ich habe mir stundenlang Mühe gegeben, mich an sinnvolle Zusammenhänge zu erinnern und richtig zu schalten, und ich habe haargenau aufgeschrieben, auf welche Art und Weise ich die Seiten zurückbekommen habe, die Herr Avla aus diesem Büchlein herausgerissen hat. Sie liegen hier neben mir, immer noch in demselben Umschlag; ich traue mich nicht, sie zu lesen. Ich *darf* sie auch gar nicht lesen – jedenfalls solange nicht, bis ich mein Gedächtnis zurückhabe. Aber was bleibt mir denn anders übrig, wenn ich mein Gedächtnis nur dadurch wiederfinden kann, dass ich sie lese?

Ich kann auch noch aufschreiben, wie ich aus dem Turm herausgekommen bin – aber das ging merkwürdigerweise so rasch, dass ich es kaum mehr weiß. Es war fast völlig dunkel, und trotzdem rannte ich sämtliche Treppen hinab, ohne auch nur ein einziges Mal zu stolpern oder mich zu vertun. In der Halle war es noch dunkler; ich wollte nicht noch mal den Gang entlang, sondern stattdessen durch die Drehtür gehen – aber sie ließ sich nicht bewegen, sosehr ich auch daran rüttelte. Also musste ich doch in den schwarzen Gang hinein; allerdings nicht weit, denn ich stellte fest, dass die erste Tür auf der rechten Seite nicht verschlossen war und in eine Garage führte. Ich öffnete die großen Außentore und

kam auf diese Weise schnell aus dem Turm hinaus. Ich warf noch rasch einen Blick nach oben – stand da ein Mensch auf einem Balkon? War es Herr Avla? Ich lief davon, auf die Stadt zu.
Nach einer Weile blieb ich stehen; ich war erfüllt von Freude und Dankbarkeit. Und da stand auch der Hund, der auf mich gewartet hatte – so ein treues, liebes, tapferes Tier!

Wieso fand ich mich eigentlich so gut im Dunkeln zurecht? Und wie komme ich an die neuen Wörter *Garage* und *Balkon*? Ich kenne den Turm bestimmt! Noch einen Augenblick, dann werde ich wieder alles wissen.

Nein, nichts mehr.

Ich habe Téja nach dem Datum gefragt; wir haben erst den 23. März.
Ich kann auch noch aufschreiben, dass die Davits mich heute Abend mit einem freundlichen »Willkommen zu Hause« empfangen haben. Jan fragte nicht, wo ich gewesen sei.
Später unterhielt sich Téja alleine mit mir; sie hat dieses Büchlein gelesen und mir jetzt zurückgegeben. Sie weiß auch, dass ich die verschwundenen Seiten wiederhabe und dass ich mir ihren Spiegel geholt habe. Sie möchte nicht, dass ich sie lese; aber sie hat mir geschworen, dass sie nicht die geringste Ahnung hat, was darin steht.
Sie hilft mir trotz allem.

Jan glaubt jetzt, dass ich krank sei (nichts Schlimmes, nur eine Erkältung, sagt Téja). Außerdem hat sie ihm erzählt, dass sie mein Tagebuch vernichtet habe – sie habe es ins Meer geworfen. Sie wacht über mich und beschützt mich. Ich schreibe und zerbreche mir dabei den Kopf.

Ich habe die erste Seite vor den Spiegel gchalten.

TIW .HT	TH. WIT
,hcubegaT niem tsi seiD	Dies ist mein Tagebuch,
,theht nirad saw dnu	und was darin steht,
mieheg tsi	ist geheim
tiW (samohT) moT	Tom (Thomas) Wit

Es ist in *meiner* Handschrift geschrieben oder in einer Schrift, die ihr sehr stark gleicht.

Tom (Thomas) Wit, bin ich das?

Téja will mich nur Tim nennen.*

* Nun folgt der Inhalt der 24 Seiten, die sich hinten im Büchlein befanden, und zwar so, wie »Tim« oder »Tom« sie am 23. März im Spiegel entzifferte.

Zweiter Teil

Bin ich das gewesen?

1. Februar bis einschließlich 29. Februar 1964

I. Das Axiom und die Theorien des Thomas Alva

AXIOM: Es gibt noch andere Welten als diese.

(Axiom = Grundbehauptung, siehe Mathematik)

Samstag, 1. Februar 1964

Dies ist der Anfang meines Tagebuchs; ich schreibe es jedoch nur als wissenschaftliches Experiment. Ich hatte auch früher schon mal ein Tagebuch, als ich xxx*, aber das war wertlos und so habe ich es verbrannt. Herr Alva führt ein Tagebuch; er sagte, ich müsse es ebenfalls tun, wenn ich zum Beispiel ein Problem lösen möchte. Und genau das habe ich vor. Ich möchte eine Studienreise unternehmen, falls es mir gelingt. Und da das Experiment erst am 29. Februar beginnen kann, ist alles, was ich jetzt aufschreibe, nur eine Einleitung dazu. Zuerst muss ich über Herrn Alva und seinen Plan berichten. Das ist wissenschaftlich exakt. Ich will nämlich eine Theorie beweisen.
Herr Alva ist Erfinder. Vielleicht wäre es richtiger, ihn einen Gelehrten zu nennen. Wie er sagt, ist sein Name schuld daran, dass er dies geworden ist. Er heißt mit vollem Namen Thomas Alva; das sind auch die Vornamen

* durchgestrichene Sätze, unlesbar

von Edison. (Thomas Alva Edison, amerikanischer Erfinder. Es gibt natürlich auch noch den spanischen Herzog Alva, aber mit dem hat er nichts zu tun.)
Das ist übrigens einer der Punkte aus Herrn Alvas Theorie: Namen sind bedeutungsvoll, oder besser gesagt, *Worte*. Alva ist ja nicht nur ein Name, sondern auch ein Wort. Thomas ist ebenfalls ein Wort. Und weil ich Thomas heiße, hat er sich mit mir angefreundet. Auf jeden Fall erzählt er mir vieles, was er anderen nicht sagt.
Herr Alva wohnt im selben Haus wie ich, in einem der neuen, turmartigen Hochhäuser am Rande der Dünen. Von seiner Wohnung aus kann man jedoch viel weiter sehen als bei uns, denn er wohnt auf der zwölften Etage. Von dort aus sieht man das Meer. Ich schreibe das hier auf, weil in seinen Theorien auch das Meer eine sehr wichtige Rolle spielt. Er hat viele Reisen gemacht. Nun muss ich seine Theorien erklären; aber damit beginne ich erst morgen.

Sonntag, 2. Februar 1964

Die Theorien des Herrn Thomas Alva beruhen auf einem Axiom. Wenn man an dieses Axiom nicht glaubt, glaubt man auch nicht an die Theorien. Ich persönlich glaube jedoch daran (wenigstens ab und zu) und ich möchte sie beweisen.
Herr Alva sagt, er habe schon bewiesen, dass außer unserer eigenen zumindest noch *eine* andere Welt existiert; aber ein echter Gelehrter darf so etwas nie ohne wei-

teres glauben. Und Herr Alva hat seinen Beweis nicht richtig bewiesen – das heißt, er hat ihn niemals vorgezeigt. Anders ausgedrückt: Man muss *selbst* in die andere Welt gehen.

Was jene Welten betrifft (siehe das Axiom), so muss ich zunächst Folgendes sagen:

Diese Welten sind 1. keine unbekannten Planeten oder Sterne in anderen Sonnensystemen. Solche Sterne gehören zu unserer eigenen Welt, zu unserem Weltall, selbst wenn manche so weit entfernt sind, dass wir sie niemals erreichen können. 2. Es handelt sich auch nicht um unsere Traum- oder Phantasiewelten. Im Traum hat man manchmal den Eindruck, sich in einer anderen Welt zu befinden; aber diese Welt existiert nur im eigenen Kopf.

Die Welten, die im Axiom gemeint sind, befinden sich also *nicht hier* (oder im Weltall); sie sind aber trotzdem *wirklich* (kein Traum).

Also! (Ich war gestern bei Herrn Alva und habe mich nochmals mit ihm unterhalten. Er sprach auch wieder über Dimensionen und Zeitverschiebungen, aber das ist zu kompliziert.)

Frage: Wo befinden sich denn nun diese Welten und wie kann man dorthin gelangen?

Antwort: Diese Welten sind überall; wir merken nur nichts davon, weil sie eine andere Zeitrechnung haben. Wie man dorthin kommen kann, weiß niemand. Das heißt, *fast* niemand.

4. Februar 1964

Es gibt jedoch eine Welt, die man ziemlich leicht erreichen kann; sie ist sozusagen ganz in der Nähe. Und Herr Alva ist schon dort gewesen.
Herr Alva behauptet, dass schon verschiedene Leute in anderen Welten gewesen seien. Er beweist dies anhand von Literatur, von Gedichten und Ähnlichem. (Ich persönlich hatte in der Schule noch keinen Literaturunterricht, aber ich lese viel. Gedichte allerdings nie!) All die Leute jedoch, die schon in anderen Welten gewesen sind, wollten dies geheim halten, und sie berichteten darüber so, als ob es ein Traum oder eine Phantasie gewesen sei. Sonst hätte ihnen doch niemand geglaubt.
Anfangs glaubte ich es auch nicht. Ich tat zwar als ob, aber in Wirklichkeit glaubte ich es nicht. *Jetzt* allerdings glaube ich es, oder beinahe. Und ich werde es beweisen. Ich kann es nämlich beweisen! Deshalb habe ich dieses Büchlein gekauft. Wenn ich erst einmal in dieser anderen Welt bin, werde ich jeden Tag aufschreiben, was ich gesehen und erlebt habe – und *ich* werde nicht so tun, als ob ich es nur phantasiert hätte. Dieses kleine Buch passt genau in die Tasche meines Anoraks. Ich nehme es mit, wenn ich fortgehe, am 29. Februar. (Ich wünschte, es wäre schon der 29. Februar!)

II. Die Welt namens X (oder Imfea)*

15. Februar 1964

Ich habe eine Zeit lang nichts geschrieben, weil xxx** Wenn man jedoch eine Theorie beweisen will, muss man zunächst die Theorie selbst aufschreiben – damit man später feststellen kann, ob sie mit der Praxis übereinstimmt. Und dann habe ich noch eine ganze Menge zu tun, bevor der 29. kommt! Ich wünschte, ich müsste nicht so viele Schularbeiten machen und mein Vater wäre nicht dauernd hinter mir her. (Meine Noten in der Schule sind momentan alles andere als gut, aber ich habe auch wahrhaftig wichtigere Dinge im Kopf!) und xxx*** Außerdem wäre ich froh, wenn ich mein Zimmer abschließen könnte. Hans kommt immer wieder hereingestürmt und fragt, was ich da tue. Wenn ich mir vorstelle, dass er Verdacht schöpfen könnte …
Doch nun zur Theorie. Da ist auch noch das Problem mit den Wohntürmen. Aber nein, das kommt später an die Reihe.

Ich nenne die Welt, deren Existenz ich beweisen will, »X« – wie die Unbekannte in der Algebra. Herr Alva hat X entdeckt, und er hat mir erklärt, wie ich dorthin

* Dieser Teil des Manuskripts ist vom Verfasser selbst in Kapitel eingeteilt und mit Überschriften versehen worden (siehe auch S. 143).
** unlesbare, durchgestrichene Sätze
*** wie vorher

gelangen kann. (Ich weiß noch einiges mehr als nur das, was er mir erzählt hat, aber davon hat er keine Ahnung.)

Siehe die nebenstehende Zeichnung:

1. Der erste Kreis stellt dar: ein Jahr in dieser Welt. (Der symbolische Name für unsere Welt heißt *Tag* oder *Sonne*, denn sie ist ja bekannt.)
2. Der zweite Kreis stellt dar: ein Jahr in jener anderen Welt »X«. (Der symbolische Name für diese Welt heißt *Nacht* oder *Mond*, denn sie ist unbekannt.)
   Herr Alva nennt die Welt nicht X, sondern IMFEA oder auch manchmal IMAEF; das sind Abkürzungen. Die Welt *inter menses februarium et aprilem*. Das ist Latein und bedeutet: zwischen den Monaten Februar und April.

Erläuterung zur Zeichnung:

Beide Kreise drehen sich innerhalb eines Raumes, der für uns unvorstellbar groß ist; sie nehmen jedes Jahr einen anderen Stand ein. Nur *einmal in vier Jahren* schneiden sie sich, sozusagen in einer Ebene (Schnittpunkte A und B), und dann kann man von der einen Zeit in die andere springen – und zwar jeweils im Schaltjahr.
Herr Alva hat Folgendes berechnet: Alle vier Jahre einmal, im Schaltjahr, im Schaltmonat, am Schalttag – dem 29. Februar – gibt es einen Augenblick, in dem man die Welt X erreichen kann (Schnittpunkt A oder Schaltpunkt). Man gerät dann in die Zeitrechnung der Welt X,

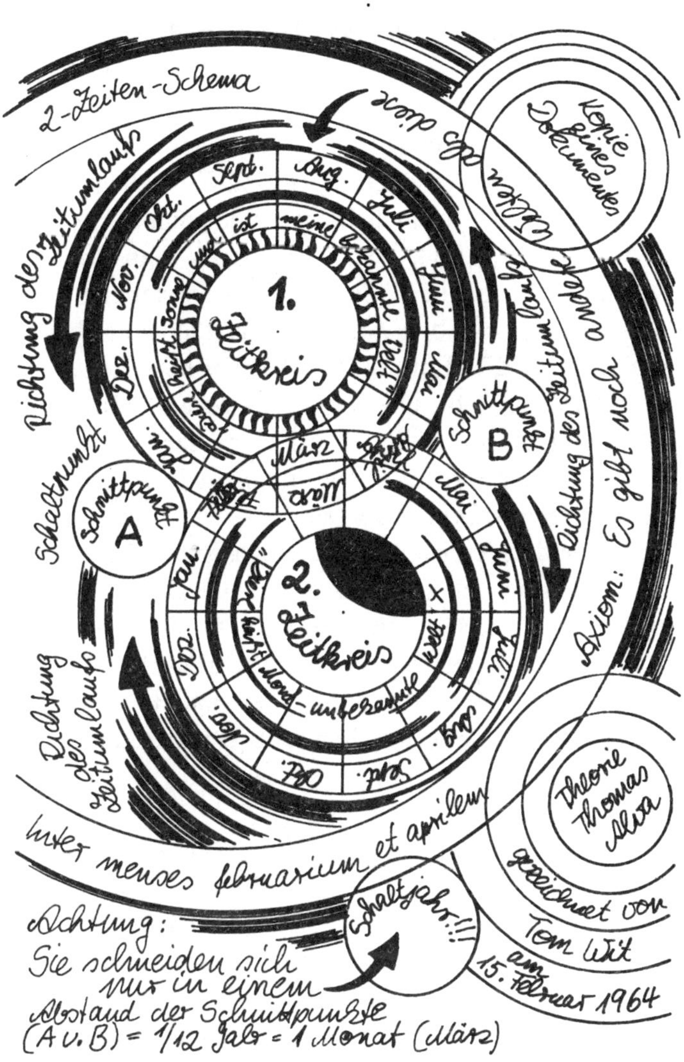

Schwarzweiß-Kopie der Zeichnung aus dem Tagebuch (Das Original ist eine Mischung aus Tuschezeichnung und Wasserfarbe.)

kann dort einen Monat lang bleiben und anschließend wieder in die eigene Welt zurückkehren (Schnittpunkt B, am ersten Tag des Monats April).
Falls man nicht zurückgeht, muss man vier Jahre warten, bevor dies wieder möglich ist (im nächsten Schaltjahr). Man kann natürlich auch beim Schnittpunkt B (am 1. April) nach X gehen, doch dann muss man dort drei Jahre und elf Monate bleiben und das ist vielleicht doch etwas zu lang. Für den Anfang ist es daher am besten, wenn man für die Hinreise den 29. Februar wählt.
Wie man es anstellt, um dorthin zu reisen? Das ist ein großes Geheimnis. Vielleicht ist es besser, wenn ich es nicht aufschreibe – selbst nicht in einem Tagebuch.
Noch eine Bemerkung: Man kann erkennen, dass die Zeiten der beiden Kreise in entgegengesetzten Richtungen verlaufen. Dadurch kommt es, dass alles in der Welt X ein Spiegelbild unserer eigenen Welt ist. Wenn man aber selbst dort ist, merkt man es nicht mehr, weil man sich ja selbst auch in sein Spiegelbild verwandelt. (Ich habe nicht alles verstanden, als Herr Alva es mir erklärte.)

16. Februar (Sonntag)

Alles und jedes in der Welt X ist also ein Spiegelbild von hier. Lebewesen, die von hier aus nach X gehen, passen sich an und werden ihr eigenes Spiegelbild. Man wird also keinerlei Schwierigkeiten haben, wenn man dxxx Wxxx*

---

* unlesbar gemachter Satz (Nur ein d und ein W sind noch zu erkennen.)

Gegenstände wie zum Beispiel Kleidung und Gebäude bleiben so, wie sie sind. Wenn ich dieses Tagebuch *dort* lesen will, muss ich einen Spiegel mitnehmen.
Gestern habe ich fast den ganzen Tag an der Zeichnung mit den Zeitkreisen gearbeitet. Und trotzdem ist sie nicht sehr schön geworden! Als ich fast fertig war, sprang die Katze auf den Tisch und machte auch noch einen Flecken darauf.
Herr Alva besitzt eine ganze Menge solcher Zeichnungen. Einige hat er selbst angefertigt, mit Zirkel und Reißfeder. Andere hat er aus ganz alten Büchern; es sind besonders prächtige darunter, auch noch erheblich kompliziertere, die koloriert und mit Geheimschrift versehen sind.
Ich will versuchen, noch eine weitere Zeichnung zu machen, und zwar auf ein großes Blatt Papier; eine Geheimschrift habe ich mir schon ausgedacht. Es wird allerdings schwierig werden, weil ich kein Muster als Vorbild habe. Die Zeichnung in diesem Büchlein habe ich aus dem Kopf gemacht; Herr Alva will mir keine von seinen eigenen leihen. Manchmal glaube ich, es tut ihm schon Leid, dass er mir so viel erzählt hat. Als ich ihn Freitag kurz besuchen wollte, machte er nicht auf. Dabei weiß ich, dass er zu Hause war; ich hatte ihn kurz zuvor noch auf der Galerie stehen sehen. (Er hat einen sehr wilden weißen Wuschelkopf!)
Aber dadurch ist mein Entschluss, von meinem Wissen Gebrauch zu machen, nur noch fester geworden. Ich werde dieses Projekt voll durchziehen. Projekt ist ein ausgezeichnetes Wort – es klingt richtig wissenschaft-

lich! Aber trotzdem nicht bedeutungsvoll genug. Ich nenne es »das Projekt 29. Februar«. »Projekt Schalttag« klingt noch besser. Nein – »Schaltprojekt«. Schallen, Schaltung, schalten – haben diese Begriffe denselben Ursprung?

Eines glaube ich auf jeden Fall: dass Worte eine große Macht haben können; nicht nur in Sätzen, sondern auch einzeln.

III. Das Phänomen »Wohntürme«

19. Februar 1964

Ein alter Zeitungsartikel

Ich habe den Zeitungsausschnitt mit eigenen Augen gesehen, schreibe jedoch den Inhalt jetzt aus dem Gedächtnis auf:

Rätselhaftes Verschwinden
(Hexerei im 20. Jahrhundert?)

Zwei Wohnhochhäuser, die im neuen Wohngebiet an den Dünen standen, sind in einer einzigen Nacht spurlos verschwunden. An ihrem bisherigen Platz befindet sich nur noch eine Baugrube; sogar die Rammpflöcke sind weg. Obwohl gestern dort ein Sturm wütete, ist es unverständlich, wie so etwas geschehen konnte. Die Wohntürme (beide zwölf Etagen hoch) waren zum Glück noch nicht bewohnt; sie waren noch nicht ganz fertig gestellt …

Der Artikel ging noch weiter, aber es stand nichts Wesentliches mehr darin. Man sprach von Erdstrahlen, fliegenden Untertassen und Para-und-ich-weiß-nicht-was-alles und von irgendeinem Tele-Ding.
Es stand im Stadtanzeiger von Montag, dem 2. April 1956, und außerdem noch in einigen anderen Zeitungen. Noch am gleichen Tag sind die Leute scharenweise dorthin gepilgert, und sie haben mit eigenen Augen gesehen, dass die beiden Wohntürme (im Westen der Stadt, dicht am Strand) nicht mehr da waren. Am Sonntag davor war einigen Spaziergängern aufgefallen, dass die Türme

fehlten; sie hatten die Polizei und auch die Zeitung darauf aufmerksam gemacht.
Das war vor acht Jahren, aber ich habe noch nie etwas davon gehört – ebenso wenig die Leute, die ich danach fragte. Herr Alva jedoch, der mir den Artikel zu lesen gab, behauptet, dass es der Wahrheit entspricht.
Allerdings passierte es am 1. April, und darum glaubten alle, dass es sich um einen Aprilscherz handele.
»Aber das ist doch gar nicht möglich!«, sagte ich. »Wenn die Hochhäuser tatsächlich verschwunden waren, konnte es doch jeder sehen! Jedenfalls all die Leute, die persönlich dorthin gegangen sind und es sich angesehen haben ...«
»Selbst die glaubten es nicht«, sagte Herr Alva. »Sie haben sich ganz einfach nicht getraut – denn falls man es geglaubt hätte, wäre es ja eine recht gruselige Angelegenheit gewesen. Stell dir das doch nur mal vor! Also sagten sie einfach zueinander, dass an dieser Stelle niemals Wohntürme gestanden hätten. Zunächst machten sie sich das nur gegenseitig weis und später glaubten sie es wirklich. Selbstverständlich erschien auch die Polizei am Ort des Geschehens, aber die hatte noch nie einen solchen Fall untersucht und sagte deshalb ebenfalls, dass es sich um einen dummen Scherz handele. Später erschien dann noch eine Kommission, die das Verschwinden der Türme aufklären sollte. Doch die Mitglieder dieser Kommission wurden aus der Angelegenheit auch nicht schlau und ihr Bericht ist nie in der Zeitung erschienen. Schließlich war auch noch der Bauunternehmer da, bei dem man die Hochhäuser in Auftrag gege-

ben hatte. Er hat damals ziemlich viel Wirbel gemacht; er schrieb Briefe an die Zeitung, an das Ministerium und an den Bundestag und an alle möglichen anderen Stellen. Aber das hat dem armen Kerl nicht weitergeholfen. Alle behaupteten, dass dies nur Ausflüchte seien, weil er noch immer nicht mit dem Bau der Türme begonnen habe. Das Einzige, was später noch in der Zeitung erschien, war folgende Notiz: dass es eine Sünde und Schande sei, angesichts der akuten Wohnungsnot derartige Geschichten zu erfinden. Zum Schluss baute eine andere Firma neue Hochhäuser auf das gleiche Grundstück. Und eins von diesen beiden ist unseres hier, in dem wir jetzt wohnen.«

Ob es wohl gefährlich ist, genau an dieser Stelle zu wohnen? Herr Alva sagt Nein – er habe keinerlei Bedenken. Aber das spielt jetzt auch keine Rolle; es geht vielmehr um die Wohntürme, die vor acht Jahren hier standen. Um die Hochhäuser, die verschwunden sind. Keiner denkt mehr an sie.

Sie stehen in der Welt X.

20. 2.

Komische Geschichte, das mit den Wohntürmen (ich habe es gerade noch einmal durchgelesen).

Es stimmt auch nicht mit dem überein, was Herr Alva mir früher einmal erzählt hat. Er sagte, es sei ihm nur möglich, *Lebewesen* in die Welt X hinüberzubringen – höchstens noch mitsamt der Kleidung, die sie gerade

tragen, und den Gegenständen, die sie ganz fest in der Hand halten.
Hochhäuser sind leblose Dinge und außerdem enorm groß. Und doch war es Herr Alva, der sie in die andere Welt bugsierte. Er behauptet, es sei ein Versehen gewesen oder vielmehr ein misslungenes Experiment. (Ich würde es eher ein geglücktes Experiment nennen; aber er beteuert, er habe wirklich nicht erwartet, dass es tatsächlich geschehen würde.) Und nachdem er sie nun einmal nach X versetzt hatte (und sich selbst ebenfalls), konnte und wollte er sie nicht wieder zurückbringen; es fehlte ihm einfach der Mut dazu. Jetzt kann er das sowieso nicht mehr, weil ja inzwischen neue Hochhäuser gebaut worden sind.
Wenn es wirklich stimmt, was er erzählt hat, müssen die Wohntürme dort also noch stehen. Sie müssen da besonders auffallen, denn in X baut man die Häuser ganz anders als hier. Wenn ich dorthin komme und zwei Hochhäuser wie unsere hier sehe, dann ist das der Beweis dafür, dass es tatsächlich passiert ist.
Ich überlegte, ob in den Türmen wohl mittlerweile Menschen wohnen.
Ja, es gibt Menschen auf X; das war eine der ersten Fragen, die ich Herrn Alva stellte. X gleicht sehr stark unserer eigenen Welt, sagt er; sogar die Zeiteinteilung ist dieselbe. Die Leute in X sind genauso wie wir, aber in den Wohntürmen wohnt kein Mensch. Ich fragte, weshalb denn nicht.
»Sie mögen keine Hochhäuser.« – Das war alles, was Herr Alva dazu sagte. (Ich übrigens auch nicht; ich wür-

de viel lieber in einem Haus mit Garten wohnen. Zum Glück haben wir die Dünen und die See ganz in der Nähe!)
Heute Nachmittag bin ich wieder bei ihm gewesen (jetzt machte er mir auf!) und ich habe ihm eine Menge Fragen gestellt. Er war jedoch sehr wortkarg; eigentlich sagte er überhaupt nichts.
Er wühlte sein Haar völlig durcheinander, machte den Mund auf und wieder zu und zum Schluss meinte er nur: »Frag mich bitte nicht mehr, Tom. Manchmal weiß ich nicht mal mehr mit Sicherheit, ob ich tatsächlich dort gewesen bin. Ab und zu denke ich, ich hätte es nur geträumt oder mir nur so ausgemalt.«
Das ist wirklich der Gipfel! Die Welten, die auf dem Axiom beruhen, sind keine Traum- oder Phantasiewelten. X (oder *Imfea*) muss tatsächlich existieren; darum geht es doch überhaupt!
Ich versuchte, ihm das zu erklären. Ich stotterte ein bisschen dabei (was mir sonst fast nie mehr passiert), weil er mich so merkwürdig ansah. (Seine Augenbrauen sind sehr borstig!)
Dann sagte er: »Ich werde in Kürze wieder dorthin gehen, Tom, und ich werde alles aufschreiben, was ich sehe und erlebe. Wenn ich zurückkomme, werde ich es dir zu lesen geben, und dann musst du mir sagen, was du davon hältst.«
Mir ist es lieber, wenn ich es *selber* sehe und erlebe. Dies sagte ich ihm auch, und zwar nicht zum ersten Mal. Ich habe ihn schon ein paar Mal gefragt, ob ich mitgehen darf. Er weiß natürlich nicht, dass ich auf jeden

Fall gehen werde – ob er das nun für richtig hält oder nicht. Er hält es *nicht* für richtig.
»Diesmal nicht«, sagte er. »Außerdem würde dir ein besonders schöner Urlaub verloren gehen. Ich hörte von deiner Mutter, dass du nach England fährst. In vier Jahren darfst du mit. Dann hast du dein Abitur hinter dir – jedenfalls wenn du nicht sitzen bleibst.«
(Blöd, darauf anzuspielen; Vater und Mutter haben ihm sicher von meinem Zwischenzeugnis erzählt.)
»Bis dahin bist du erwachsen«, sagte er, »oder jedenfalls kein Kind mehr. Vorher kannst du nicht mitgehen; das wäre zu gefährlich.«
Dies hörte ich zum ersten Mal! »Und warum?«
»Eine fremde Welt ist immer gefährlich, selbst wenn sie schön und gut ist. Du bist einfach noch zu jung.«
»Ich werde bald 15«, sagte ich, »am 22. März.«
»Sehr jung«, sagte er. »Du kennst ja noch nicht mal deine eigene Welt. Außerdem ist es gefährlich, das WORT auszusprechen.«
Jetzt höre ich aber auf; es ist schon spät.

IV. Das Wort

Samstag, 22. Februar 1964

Noch eine Woche!

Ich habe die Seiten gezählt, die ich schon geschrieben habe; mit der Zeichnung sind es schon 16.* Insgesamt sind in diesem Büchlein 240 Seiten; aber ich muss sparsam damit umgehen. Ich habe es nämlich gekauft, um es in X zu benutzen. Ich werde also nur noch das aufschreiben, um das es eigentlich geht: das WORT.
Worte haben Bedeutung und Klang.
Es gibt Worte, die mehr als nur eine Bedeutung haben. Einige Worte besitzen außer der allgemein bekannten auch noch eine geheime Bedeutung. Es gibt auch Worte, die praktisch überhaupt keinen Sinn haben, sondern nur einen Klang. Nein, das ist Quatsch! Denn *jedes* Wort bedeutet etwas – auch die selbst ausgedachten Worte. Und es gibt eine ganze Reihe von Worten, die eine große Macht besitzen. Wenn sie in Märchen vorkommen, nennt man sie Zaubersprüche. In Wirklichkeit handelt es sich um magische Worte. Worte, mit denen man Berge versetzen könnte, wenn man sie nur richtig ausspricht, im richtigen Augenblick und an der richtigen Stelle.
Herr Thomas Alva besitzt viele Bücher, die dieses The-

* Diese Anzahl Seiten enthält auch das ursprüngliche Manuskript.

ma behandeln; er hat sich sein ganzes Leben lang damit beschäftigt. Er erzählte mir davon, weil mein Vorname (voll ausgesprochen Thomas) genauso klingt wie sein eigener; außerdem hat er wohl gemerkt, dass ich ein besonderes Gespür für Worte habe.

Also – nun kommt das Geheimnis. Auf welche Art und Weise gelangt man nach X?

Dadurch, dass man ein Wort ausspricht.

Aber welches Wort? Das hat Herr Alva mir nicht gesagt. Er hat es in einem Buch gefunden, das aus dem Mittelalter stammt. Es war allerdings nicht aufgeschrieben; solche Worte werden niemals aufgeschrieben. Sonst wäre es möglich, dass sie ihre Macht verlieren. Außerdem könnte sie dann jeder ohne weiteres lesen und das wäre gefährlich.

Aber in diesem Buch aus dem Mittelalter befanden sich Zeichnungen und Sprüche und Geheimzeichen. Und wenn man all dies gründlich studiert, kann man das WORT entdecken. Das geht so ähnlich, wie man einen Text in Geheimschrift entziffert – nur war es in diesem Fall schwieriger.

Herr Alva hat lange darüber nachgedacht, und das gesamte WORT fiel ihm vor 20 Jahren plötzlich ein, in einer Nacht zwischen Wachen und Schlafen.

»Ist es ein langes Wort?«, fragte ich.

»Ziemlich lang«, sagte er, »und außerdem schwierig auszusprechen. Ich rede jetzt nur von diesem einen WORT; es gibt auch noch andere.«

»Haben Sie damit die Wohntürme versetzt?«, erkundigte ich mich.

»Ja, allerdings – aber so etwas werde ich nie wieder tun! Es gibt mehr Worte als dieses eine; von vielen anderen weiß ich so gut wie gar nichts, aber ich will auch nur das eine und keinesfalls mehr als dieses eine behalten. Das Wort, das für beseelte Lebewesen gilt ... oder besser ausgedrückt das Wort, mit dessen Hilfe man sich selbst in die Welt X versetzen kann – nur sich selbst, aber dann ...«

»Was dann?«, fragte ich.

Aber er gab mir keine Antwort.

Nun habe ich schon wieder über zwei Seiten beschrieben. (Es ist bereits zwölf Uhr, ich kann nicht schlafen.) Nur noch schnell etwas über das eine WORT: am 29. Februar und am 1. April (also zweimal innerhalb von vier Jahren) muss man es laut aussprechen, zur richtigen Zeit und am richtigen Ort.

Die richtige Zeit ist so um den Sonnenaufgang herum (hat Herr Alva ausgerechnet; den genauen Augenblick weiß er auch nicht).

Der richtige Ort: irgendeine Stelle, wo man ganz allein ist und einen weiten Ausblick hat. Hier bei uns ist das also der Strand (dort ist es um diese Zeit ganz still), dicht an der See.

Herr Alva hat das WORT schon verschiedene Male ausgesprochen; er ist schon dreimal in X gewesen, beim letzten Mal sogar sehr lange, fast vier Jahre. Nächste Woche will er wieder hin.

Auch ich werde nach X gehen. Hier ist in letzter Zeit doch alles so beschissen, und –*

---

* unvollendeter Satz

23. 2.

Herr Alva ist ein alter, kauziger Mann. So sagt man bei uns zu Hause. Fast alle halten ihn für einen Sonderling. Vielleicht haben sie Recht. Denn in eine andere Welt zu reisen, das ist ja wirklich sonderbar. Herr Alva hat schon viele Reisen gemacht. Er fährt öfters nach England, nach Amerika und noch viel weiter. Niemand (außer mir) weiß, dass er *unendlich* weit gewesen ist. Oder vielleicht doch nicht? Die Welt X befindet sich sozusagen nur ein paar Sekunden von uns entfernt. »Sozusagen« – das Wort sagen.

Aber die Leute meinen etwas anderes, wenn sie von einem »alten Sonderling« sprechen. Sie glauben, dass Herr Alva ein Phantast ist; vielleicht halten sie ihn sogar für ein bisschen verrückt. Er führt zum Beispiel Selbstgespräche, wenn er meint, er sei allein, oder wenn er draußen spazieren geht. Ich finde das durchaus in Ordnung! (Außerdem laufen auch zerstreute Professoren häufig durch die Gegend und murmeln vor sich hin; jedenfalls liest man das immer wieder. Und gerade die sind doch besonders klug und geistig auf der Höhe! Also besagt das Murmeln überhaupt nichts.)

Ich finde es im Gegenteil gut. Herr Alva will mir das WORT nicht verraten, aber ich weiß es trotzdem!

24. Februar

Ich weiß das WORT*!*
Ich habe es aufgeschnappt, als Herr Alva glaubte, er sei allein.
Ich konnte es nicht ganz genau verstehen, aber ich habe den Rest dazuerfunden, ausgedacht, überlegt, geraten, phantasiert, geträumt und logisch begründet. Ich bin sicher, dass es so stimmt.
Am 29. Februar werde ich es aussprechen und dann werde ich in einer anderen Welt sein.
Ich spreche es jetzt schon ab und zu aus, lautlos, jeden Tag – damit ich es nicht vergesse.

25. 2.

Ich darf es nicht aufschreiben. Ich nehme an, dass ich es buchstabieren könnte.
Ich werde es nicht vergessen.

Was wird passieren, wenn ich das WORT ausspreche – am richtigen Tag und am richtigen Ort? Bin ich dann eins-zwei-drei in X? Oder dauert es länger? Wird es ein schauriges Gefühl sein? Oder wehtun? Ich habe jetzt keinen Mut mehr, Herrn Alva weitere Fragen zu stellen; ich fürchte, er schöpft sonst Verdacht. Ich glaube sowieso, dass er manchmal etwas ahnt. Gestern sagte er zum Beispiel, so eine Reise sei wirklich kein »Vergnügungsausflug«.

Und wenn ich es tatsächlich tue, dann geht mir die andere Reise flöten. Onkel Jan hat mich für die Osterferien zu sich eingeladen. Eine ganze Woche nach England! Darauf könnte ich mich erheblich mehr verlassen als auf das unbekannte X. Aber Herr Alva hat gesagt, dass es sich um eine gute, ja, manchmal sogar herrliche Welt handelt. Und wenn ich weg bin, kann Hans an meiner Stelle nach England fahren. Er ist sowieso schon eifersüchtig.
Wie ist X eigentlich??? Ich weiß im Grunde genommen viel zu wenig darüber.

1. X gleicht dieser unserer Welt, ist jedoch schöner.
2. Es gibt dort Menschen und auch Tiere. (Herr Alva tat ein bisschen geheimnisvoll, als er über die Tiere sprach; später sagte er jedoch, sie seien ganz normal. Hunde, Katzen, Vögel usw.)
3. Alles dort ist ein Spiegelbild von hier; wenn man jedoch einmal dort ist, merkt man nichts davon.
4. Die beiden Wohntürme stehen dort.

Demnach sollte man annehmen, dass es überhaupt keine so außergewöhnliche Welt ist, wenn da drüben alles ähnlich ist wie hier. Trotzdem stelle ich mir vor, dass es dort auch ganz anders ist. Ich *hoffe*, dass es ganz anders ist!
Hätte ich nur Herrn Alva früher mehr ausgefragt!

26. Februar

Eins weiß ich mit Sicherheit: Falls ich gehe, muss ich es ganz allein tun. Herr Alva findet es unter Garantie nicht gut, dass ich es probiere. Ich weiß das WORT noch haargenau.

27. 2.

Ich muss es tun.
Es wäre feige, wenn ich es nicht täte.

28. 2.

Ich ziehe mir wetterfeste Sachen an und nehme ein Stück Brot mit, außerdem mein Messer, meine neue Taschenlampe und etwas Geld. (Die Frage ist, ob Geld mir dort etwas nützt?) Ferner dieses Büchlein, einen Kugelschreiber und einen Taschenspiegel. Einen Kompass besitze ich leider nicht; den soll ich erst zu meinem Geburtstag bekommen.
Heute Mittag traf ich Herrn Alva im Aufzug; er zwinkerte mir zu und sagte: »Bis zum 1. April!«
Ich habe einen Brief geschrieben und erklärt, dass ich verreise und in etwa einem Monat wieder zurück bin; ich habe ihn auf meinen Schreibtisch gelegt.
Ich habe meine Uhr richtig gestellt und aufgezogen. Nun bin ich bereit.

In der Nacht von Freitag auf Samstag

Es ist zwölf Uhr.

29. Februar 1964,
der letzte Tag des Monats

Der Tag ist also angebrochen. Jetzt wage ich das WORT nur noch zu *denken.*

Fünf vor sechs am Morgen

Bis bald.
Ich gehe!!!*

---

* Hier endet das Tagebuch, das Tom Wit im Februar 1964 schrieb. Tim (beziehungsweise Tom) las es am 23. Tag eines Märzmonats »irgendwo anders«.
Danach setzt er sein Tagebuch fort, und zwar im rückwärtigen Teil des Notizbuches, die erste Seite hat kein Datum (siehe Seite 167 und 169).

Dritter Teil

Welches Wort?

23. März bis einschließlich 1. April, ohne Jahreszahl

Ich habe diese Zeilen geschrieben. Es wäre sinnlos, daran zu zweifeln. Das bedeutet jedoch nicht, dass ich mich an dieses andere »ich« erinnere: an Tom (nicht Tim) Wit. Es scheint nicht erst einen Monat, sondern eine unmessbare Zeitspanne her zu sein, seitdem er (oder ich) in diesem Büchlein geschrieben hat, buchstäblich in einer »anderen Welt«. Mir wird schon eiskalt, wenn ich nur dran denke. Ich bemühe mich, das Ganze zu verstehen.
Der Ort, die Welt (Tom nennt sie »X«), wo ich nun bin, ist mir also *tatsächlich* fremd. Selbst wenn ich mein Gedächtnis wiedererlangen würde, wäre mir hier alles fremd – vielleicht sogar noch fremder als jetzt. Wenn ich dorthin zurückmöchte, wo ich herkomme, muss ich ein Wort aussprechen: DAS WORT. Aber welches Wort? Weder AXIOM noch MOIXA, das ist mir nun klar. Welches aber sonst?
Ich habe nicht die geringste Ahnung.

Mittwoch, 24. März (ist hier auch 1964?)

Ich weiß jedoch, wer Thomas Alva ist – er hat weißes Haar und buschige Augenbrauen. Der alte Mann, der Sonderling, der Erfinder. Der Turmwächter. Er kennt mich also tatsächlich von früher. Er nannte mich Tom. *Avla.* Er hat seinen Namen umgedreht.
Vielleicht wäre es besser gewesen, wenn wir gemeinsam »auf Reisen« gegangen wären. Wir gehören in dieselbe Welt. Müssen wir dorthin zurück? In einer Woche ist schon der 1. April.

Eins verstehe ich jedoch nicht: Warum verhielt sich Herr Avla-Alva so, wie er es tat? Ich muss so rasch wie möglich zu ihm, zu den Türmen des Februar. Nein – eigentlich müssten sie die Türme des 1. April heißen.
Die Türme sind die Wohntürme aus Toms Tagebuch. In der Welt, aus der ich stamme, sind solche Türme also tatsächlich bewohnt. Ich wohne sogar selbst in so einem Hochhaus. Aber das ist ein anderer Turm, der erst nach 1956 gebaut worden ist – unendlich weit von hier entfernt. Wie komme ich dorthin zurück?
Und: Will ich eigentlich zurück?
Wie *ist* diese Welt, aus der ich komme?
Jetzt ist mir auch klar, warum ich das Wort Februar mit den Türmen verknüpft habe. Der Februar war ein wichtiger Monat und der 29. Februar war der Tag der Abreise. Und was habe ich am 15. Februar geschrieben und aufgezeichnet?
Alle vier Jahre einmal, im Schaltjahr, im Schaltmonat, am Schalttag … der 29. Februar ist der Schalttag, der letzte Tag des Monats. Und hier – 31. Februar!
Die Daten stimmen nicht überein! Die ganzen beiden Welten stimmen nicht überein. Ich muss weg von hier. Zurück. Wohin nur, wenn der 1. April gekommen ist? Ich werde davon –*
Téja ist gekommen; sie hat mir mein Büchlein weggenommen, mich ins Bett befördert und gesagt, ich müsse nun schlafen. In Träumen, meinte sie, sei die Wahrheit vielleicht am besten zu finden.

---

* abgebrochener Satz

Das war vor einigen Stunden. Jetzt ist der Nachmittag schon vorüber und sie hat mir mein Büchlein wiedergegeben. Wir haben zusammen gegessen, ohne miteinander zu sprechen. Vielleicht lieben wir einander, aber wir sind durch Welten voneinander getrennt.
Stimmt das? Ich wage es nicht, sie danach zu fragen.
Vielleicht ist das ganze Axiom verkehrt?

23. März

Wir saßen zu dritt auf dem eigenartigen Teppich, Téja und ich und auch Jan. Die Tiere waren nicht dabei.
Im Teppichmuster entdeckte ich immer wieder Kreise; sie erinnerten mich an die Zeichnung in meinem Spiegeltagebuch. Vielleicht sind in diesem Teppich auch Hinweise verborgen, so wie in Herrn Alvas alten Büchern; vielleicht bedeuten all diese seltsamen Figuren Buchstaben und Wörter.
»Téja hat dein Tagebuch gelesen«, sagte Jan Davit.
»Meine beiden Tagebücher«, sagte ich.
»Bist du ganz sicher«, fragte er, »dass das andere Tagebuch ebenfalls von dir ist?«
»Ich weiß es mit absoluter Sicherheit.«
»Kannst du dich an irgendetwas aus diesem Tagebuch *erinnern?*«
»Nein.« Ich malte mit meinem Finger die Teppichmuster nach.
»Mein lieber Tim …«
»Ich heiße Tom!«

»Also gut, Tom. Was besagt schon ein Name? Du und meine Tochter, ihr habt mich belogen und betrogen …«

»Das solltest du nicht sagen«, unterbrach ihn Téja. »Ich hätte …?«

»Du hast das getan, was du für richtig hieltest«, gab Jan in freundlichem Ton zur Antwort. »Du hast so gehandelt, wie du selbst es wolltest – entgegen meinen Ratschlägen. Aber gut, es ist nun einmal passiert. Und doch glaube ich, dass es immer noch nicht zu spät ist.«

Ich dachte bei mir: Wofür zu spät? Noch nicht mal mehr eine Woche – und wir haben den 1. April. Möglicherweise sogar noch eher; ich muss dahinter kommen, wie es sich mit den Daten verhält …

Diese Gedanken ließen mich plötzlich zusammenzucken. Ich wollte doch überhaupt nicht zurück?!

Ich will doch nicht von Téja weg, in eine mir unbekannte Welt? Ich will doch nicht vier Jahre warten müssen, bis ich hierher zurückkehren kann? Nein, ich möchte wirklich nicht zurück – und im Übrigen *kann* ich auch gar nicht zurück, denn ich weiß das WORT ja nicht.

»Noch nicht zu spät«, sagte Jan Davit und schaute vom Teppich auf. »Du kannst immer noch dein Tagebuch oder deine beiden Tagebücher vernichten, mit dem ständigen Gejammere über ein ›vergessenes Früher‹ aufhören und hier bei Téja und mir bleiben. Das ist der Wunsch meiner Tochter. Und auch mein eigener Wunsch, weil ich sie gerne glücklich wissen möchte.«

Ich ließ meinen Blick von ihm zu Téja hinüberwandern; doch sie hatte ihren Kopf vornübergeneigt, so dass ihr das Haar übers Gesicht fiel, und schaute mich nicht an.

So blieb mir nichts anderes übrig, als wieder ihren Vater anzusehen.
»Es mag ja sein, dass das andere Tagebuch tatsächlich aus deiner Feder stammt«, sagte er, »aber trotzdem ist es nicht wirklich von dir, denn du weißt ja nicht einmal, von wem es handelt. Es hat dir kein bisschen weitergeholfen.«
»O doch«, begann ich. »Ich erinnere mich zwar nicht, aber ich verstehe nun mehr ...« Das stimmte nicht. Im Gegenteil – ich verstehe immer weniger von allem. Manchmal bin ich so weit, dass ich an das andere Tagebuch nicht mal mehr glaube.
»Begreifst du denn nicht, dass du hier und heute leben musst?«, sagte Jan. »Du erinnerst dich ja nicht einmal mehr an das WORT.«
(Er hat es also selbst auch gelesen oder Téja hat es ihm erzählt.)
Ich wusste nichts darauf zu sagen und schüttelte nur den Kopf.
»Oder erinnerst du dich jetzt an das WORT?«
»Nein.«
»Und wenn es dir wieder einfiele, würdest du es dann aussprechen und zurückkehren?«
Wann?, dachte ich. »Nein!«, sagte ich. Ich weiß es nicht, dachte ich. So sag doch auch etwas dazu, Téja. Irgendwo anders habe ich einen Vater und eine Mutter, einen Bruder (nehme ich an), der Hans heißt, einen Onkel in England (mit *einem* l), eine Katze ...
Laut fragte ich: »Glaubt *ihr* es denn? Glaubt *ihr* an das Axiom? Ja, wahrscheinlich. Die Spiegel ...«

»Ich weiß, dass es außer dieser noch andere Welten gibt«, sagte Jan. »Und ich meine, dass es am besten ist, wenn jeder in seiner eigenen Welt bleibt. Wenn aber jemand aus Versehen oder absichtlich in einer besseren Welt landet ... denn diese Welt hier ist besser als deine eigene ...«
»Woher willst du das wissen?«
»Ich meine deine Welt, so wie sie in deinem Tagebuch geschildert ist. Warum wolltest du so gerne von dort weg? Einen ganzen Monat lang hast du über nichts anderes geschrieben – jedenfalls, wenn du es tatsächlich geschrieben hast. Dort fandest du es nicht schön in der Schule – hier wohl. Dort wohntest du in so einem schrecklichen Turm, ohne Garten. Ich habe zufällig gelesen, dass es dort ›beschissen‹ ist und hier ›herrlich‹.«
Téja richtete sich ein wenig auf, so dass ich nun nicht mehr nur ihre langen Haare sah, sondern endlich auch ihr Gesicht. Sie schien weit weg und hatte ihre Augen zu Boden gesenkt. Aber ich wusste, dass ihre Gedanken um mich kreisten.
Und Téja ist hier.
»Gut, nehmen wir einmal an, dass du dies alles selbst geschrieben hast«, sagte Jan Davit, »dann hast du also den Ort erreicht, den du gerne erreichen wolltest. Du hast deine eigene Welt so weit hinter dir gelassen, wie es überhaupt nur möglich war: indem du sie völlig vergessen hast.«
Nicht völlig, dachte ich.
Jan redete weiter. »So ist also die Situation. Wenn du dich aber an alles erinnern würdest und aus dieser Welt

verschwinden könntest, indem du ein WORT aussprichst, dann würdest du hier nicht mehr hingehören.«

»Und dort ebenso wenig«, flüsterte ich. Denn dort gibt es keine Téja, dachte ich; aber ihr Vater schien meine Gedanken nicht zu erraten, denn er fragte: »Und weshalb nicht?«

Ich antwortete, was mir gerade einfiel; doch alles, was ich sagte, entsprach der Wahrheit. »Weil ich mich dort nach hier sehnen würde, weil es hier wirklich wunderschön ist, und – aber das weißt du ja – wegen Téja ... Und auch, weil ich nicht in einem Turm wohnen möchte; ich habe Angst vor den Türmen.«

»Vielleicht fürchtest du dich vor den Türmen, weil du noch eine vage Erinnerung daran hast«, sagte Jan Davit.

»Also stimmt das Ganze doch – ich komme dorther!«

»Woher?«

»Aus einer anderen Welt.«

Ich wurde ungeduldig und böse, weil er so drum herum redete. Aber gleichzeitig wusste ich in diesem Augenblick ganz sicher, dass es wahr sein musste: Die von Angst geprägten, traumähnlichen Erinnerungen damals am Strand waren ein Beweis. Da hatte ich gerade das WORT ausgesprochen und befand mich während einer unmessbaren Zeitspanne in beiden Welten zugleich.*

»Man kann nicht in zwei Welten gleichzeitig leben«, sagte Jan Davit. »Immer nur in einer einzigen. Und jetzt

---

* Siehe Seite 14. War der »jemand«, der etwas rief, vielleicht ich selbst? (Notiz des Verfassers)

bist du einmal hier und vor ein paar Tagen fandest du es hier noch herrlich. Weißt du das WORT, mit dessen Hilfe du hier wegkannst?«

Ich gab keine Antwort.

»Das WORT, wodurch du zurückkannst?«

»Nein, das habe ich doch bereits gesagt.«

»Aber *wenn* du es wüsstest, Tim, würdest du dann nicht den Wunsch haben, es auszusprechen? Und dann wärest du weg und könntest erst in vier Jahren wiederkommen.«

»Ich erinnere mich aber nicht an das WORT«, sagte ich, »und selbst wenn es so wäre – was soll's? Ich weiß nicht mal, wann der 1. April ist – das heißt, wann *dort* der 1. April ist.«

Nun schaute mich Téja zum ersten Mal an. »Wenn du weggehst«, sagte sie klar und deutlich, »möchte ich nicht vier Jahre lang auf dich warten.«

»Ich will ja überhaupt nicht weg!«, rief ich. »Ich will nur wissen, wer ich bin beziehungsweise war. Ist das denn so schlimm? Ich möchte nicht anders sein als ihr.«

»Wenn man aus einer anderen Welt kommt, dann *ist* man einfach anders als wir«, unterbrach mich Jan. »Darum geht es ja gerade. Solange du von dieser anderen Welt nichts weißt, bist du an dem Ort, an dem du dich zurzeit befindest, nämlich bei uns, durchaus zu Hause. Und darum bin ich noch immer der Meinung, dass du mit diesem ewigen Suchen nach ›früher‹ aufhören solltest – weil dieses ›früher‹ etwas ›anderes‹ ist. Das heißt, dass du deine beiden Tagebücher wegwerfen musst. Das Wenige, an das du dich erinnerst, ist schon mehr als genug. Es ist sogar sehr viel: Du kannst hören, sehen, fühlen, dich bewegen; du kannst denken und deine Gedanken aussprechen oder niederschreiben … Wenn jedoch durch das Tagebuchschreiben Erinnerungen aus einer anderen Welt auftauchen, dann ist es durchaus möglich, dass dir *diese* Welt immer fremder wird. Was wird dann letztlich aus dir werden? Wirst du dich wie ein Staatenloser fühlen, ohne Heimat, oder wie ein Landstreicher, für immer aus beiden Welten verbannt? Möglicherweise wird dir das WORT noch einfallen; und ich frage dich nochmals: Wirst du dann wohl die Kraft haben, es *nicht* auszusprechen?«

»Doch nur, um zu wissen, ob …«, flüsterte ich.

Jan erhob sich. »Lass dir das noch einmal durch den Kopf gehen«, sagte er, »aber bitte nicht zu lange, mein Junge.«

Er ging hinaus. Téja blieb da. Ich starrte auf den Teppich, bis die Muster vor meinen Augen zu tanzen begannen; ich bekam Angst, dass zwischen den Zeichen und Figuren plötzlich das WORT erscheinen würde – dann schloss ich die Augen und wusste, dass Jan Recht hatte: *Wenn* ich das WORT kenne, werde ich es wahrscheinlich aussprechen wollen.

Ich tastete nach Téjas Hand und hielt sie fest. »Ich bin nicht vollständig«, flüsterte ich. »Möchtest du mich so haben, wie ich bin, so unvollständig? Ach, warum kann es nicht anders sein?«

Téja rückte ein wenig näher und schmiegte sich an mich. »Denk an das Axiom«, flüsterte sie. »Es gibt mehr Welten als diese. Aber ich bin nun einmal nur *hier* in dieser

Welt … Hast du das denn nicht verstanden? Die meisten Leute hier sind der Meinung, dass jeder in seiner eigenen Welt bleiben sollte. Du müsstest zurück in die deine und ich müsste in meiner bleiben. Man wird uns trennen wollen.«
»Wenn ich das WORT wüsste, würden wir beieinander bleiben können – in welcher Welt auch immer«, sagte ich.
Sie umfasste mich plötzlich mit einem eisernen Griff, so dass sich ihre Nägel in meinen Arm bohrten; dann ließ sie mich abrupt los und richtete sich auf. »Sag das nicht noch einmal«, sagte sie und es klang fast wie ein Zischen. »Ich gehe *nicht* mit dir in eine andere Welt. Das ist unmöglich und ich werde es nie, nie tun!«
»Aber ich soll tun, was du willst, nämlich hier bleiben!«
Téja stand auf. »Ich habe dafür gesorgt, dass du zu den Türmen kamst, dass du den Turmwächter gefunden und deine verlorenen Seiten wiederbekommen hast. Und zwar nicht meinetwegen, sondern nur, weil du es so wolltest. Und was hat dir das alles genutzt? Überhaupt nichts! Jan hat Recht; wirf dieses elende Tagebuch weg – jedenfalls wenn du hier bleiben möchtest. Und falls du das nicht willst, dann verschwinde bitte – mitsamt deinen Axiomen von Welten, die überhaupt nicht existieren …« Sie stampfte mit dem Fuß auf. »Geh weg, wohne ruhig wieder in solch einem grässlichen Turm, der hier nie und nimmer stehen dürfte. Und vergiss mich – ja, vergiss mich!«
Ich wollte etwas sagen, und zwar alles durcheinander, denn ich war erschrocken, wütend und traurig zugleich.

Aber auch das hat mich nicht weitergebracht, außer der Tatsache, dass ich nun in meinem Zimmer sitze und versuche, alles aufzuschr–*

Viel später

Bis hierher war ich gelangt, als Téja hereinkam und mir heftige Vorwürfe machte, dass mir mein Tagebuch mehr wert sei als sie. Wir stritten uns, bis wir Jan hörten: »Téja, Tim – Schluss jetzt! Kommt bitte her!«
Ich bin aus dem Fenster gesprungen und weggelaufen, so schnell ich konnte – als ob ich verfolgt würde. Und ich wurde tatsächlich verfolgt; vielleicht werde ich ständig verfolgt. Ich hatte so eine Ahnung, als warte unten jemand auf mich, draußen vor der Tür.
Diese Zeilen schreibe ich im zweiten Turm.

(Immer noch 25. März)

Ich bin in die Dünen geflüchtet, und zwar über den Gefährlichen Pfad; das ist der kürzeste Weg zu den Türmen.
Nur mit Herrn Alva werde ich eventuell sprechen können, ohne auf irgendwelche Rätsel zu stoßen, dachte ich, weil er mich ja von früher her kennt.
Wieder einmal fragte ich mich, warum dieser Pfad ge-

* abgebrochener Satz

fährlich sein soll. Eigentlich ist es ein sehr schöner Weg. Es ist hier überall schön, außer bei den Türmen. (Von außen oder aus der Ferne betrachtet, sehen sogar die Türme manchmal hübsch aus.) Die Sonne schien, aber mir war kalt; ich hatte bei der Flucht vergessen, meine Jacke mitzunehmen.

In der Nähe des kleinen grauen Gebäudes standen die Kokardenblumen noch immer in voller Blüte. Als ich dort angekommen war, glaubte ich plötzlich zu begreifen, was an diesem Ort verkehrt war. *»Da sitzen wir nun mit fensterlosen Häuschen und mit nutzlosen Türmen …«* Herr Alva war es, der die Türme aus unserer eigenen, von mir vergessenen Welt hierher gebracht hat. Hatte er (oder irgendjemand anderes) auch dieses kleine, bedrohlich aussehende Gebäude hier herübergebracht? Welchem Zweck hatte es wohl gedient? Und was bedeutete der Blitz? Und dann erklang dort plötzlich die Stimme, die ich gerade in Gedanken gehört hatte; es war die scharfe Stimme des Dünenwächters, den Jan Davit »Wim« genannt hatte. »Aber Junge«, sagte er zu mir, »was machst du denn jetzt für Geschichten? Du weißt doch, dass dieser Pfad für dich verboten ist?«

Ich zitterte am ganzen Leib. Gleich würde er mich gefangen nehmen und mein Büchlein einkassieren. Ich versuchte, so normal wie möglich zu reagieren. »Verboten?«, wiederholte ich und stellte mich dumm.

Er fuhr fort: »Es steht klar und deutlich auf dem Schild – für dich wahrscheinlich doppelt deutlich.«

»Weshalb?«, flüsterte ich.

»Wie, das weißt du nicht? Umso besser, mein Junge.

Aber du hast diesen Pfad jedenfalls betreten. Darf ich fragen, warum?«
»Weil ich Lust dazu hatte.«
Er kniff die Augen zusammen. Sein Gesicht ist groß und rund und genauso braun wie das von Jan Davit; aber seine Augen sind graugrün und ich mag ihn nicht.
»Wie heißt du, mein Junge?«
»Das wissen Sie doch: Tim.«
»Das reimt sich ja auf Wim!«
Er lachte, doch ich fiel nicht auf diesen Trick herein.
»Und wer bist du, Tim?«
»Der Neffe Ihres Freundes Jan Davit, aus England.«
»Ich dachte, aus Atlantis?«
»Ich komme auch aus Atlantis«, verbesserte ich mich schnell, »und zwar über England.«
»Aha. Wie wäre es denn, wenn wir beide jetzt zusammen zu Jan Davit ... zu deinem Onkel gehen würden?«
»Nein«, sagte ich, »vielen Dank. Ich gehe weiter diesen Pfad entlang.«
Er stand in seiner vollen Breite vor mir.
»Weshalb ist es eigentlich verboten? Téja sagte mir, dass hier nichts verboten sein dürfte. Ich werde auch keine Blumen pflücken.«
»Du liebe Zeit, Junge, stell dich doch nicht so an«, begann er. »Was hast du ...«
»Lassen Sie mich bitte durch!«, sagte ich mit dem Mut der Verzweiflung. »Ich muss zu den Türmen.«
Er hielt mich nicht zurück, als ich um ihn herumging und weiterlief. Nach einer Weile schaute ich mich um und sah, dass er mir folgte; er beeilte sich jedoch nicht,

sondern stapfte ganz gemütlich daher. Ich ging noch ein wenig schneller und überlegte dabei, dass er ja doch wusste, wohin ich steuerte. Aber vielleicht weiß er nicht, dachte ich, dass Herr Alva im zweiten Turm sitzt.
Die Türme standen regungslos im Wind – stark und solide hoben sie sich vom hellblauen Himmel ab. Einige Fenster schienen durch die reflektierende Sonne erleuchtet zu sein; dort, wo das Glas zerbrochen war, gähnten dumpfe Löcher.
Dicht neben dem vorderen Turm standen eine ganze Menge Leute um den Turmwächter herum; er sah mich, winkte mir und kam auf mich zu. Nein, es war nicht Herr Avla oder Alva, sondern der Mann namens Vaal, der ihm so ähnlich sieht. Auch er erkannte mich, wenn er auch nur sagte: »Was machst du denn hier? Dies ist *mein* Gebiet.«
»Ich möchte die Türme besichtigen«, sagte ich hastig. »Das ist doch wohl erlaubt? Alle Leute sehen sie sich an.«
Er schaute zurück zu den Leuten an der Drehtür und sagte unwillig: »Du hättest durch das Tor kommen müssen; wie könnte ich sonst alles im Auge behalten? Also gut, dann komm mit.«
Als ich mich jedoch erkundigte, ob ich auch den zweiten Turm besichtigen könne, wurde sein Gesicht starr wie eine Maske. Ich musste es auf gut Glück wagen: »Ich bin ein Freund von Herrn Thomas Alva beziehungsweise Avla, der dort im zweiten Turm wohnt.«
Er bewegte lautlos seine Lippen. Ich schaute mich um und sah in der Ferne Wim erscheinen.

»Ich bin Herrn Avlas einziger echter Freund«, flüsterte ich, »ich will damit sagen, dass ich aus derselben Welt komme wie er. Ich muss … lassen Sie mich bitte mitgehen … helfen Sie mir!«
Ich hatte nicht den Mut, mich noch einmal umzusehen; ich wusste jedoch, dass der Turmwächter Wim nun ebenfalls gesehen hatte. Er brummte irgendetwas vor sich hin, und dann gingen wir zusammen zu den Leuten, die am ersten Turm standen und warteten.
»Und nun«, sagte Herr Vaal, »werden wir diesen Turm durch vier vernünftig konstruierte Drehtüren betreten, die nie richtig offen, aber auch nie richtig verschlossen sind. Wir gehen einer nach dem anderen hindurch; das kann sehr schnell gehen, aber man könnte ebenso gut dafür sorgen, dass man niemals hineinkommt.«
»Einer hinter dem anderen, ohne dass man sich jemals erreicht«, meinte jemand aus der Gruppe.
»Niemals hineinkommen und ebenso wenig je wieder herauskommen«, sagte ein anderer. »Was ist der Sinn solcher Eingangstüren? Ich glaube, ich bleibe doch lieber hier draußen.«
»Warum das denn? Sie haben doch nicht etwa Angst?«, hörte ich plötzlich eine scharfe Stimme sagen und da stand Wim, dicht neben mir. »Kann ich auch noch mit hinein?«, fragte er.
Auf einmal war es mäuschenstill. Alle Leute sahen Wim an. Dieser nickte uns allen zu (auch mir) und sagte: »Kommt, lasst uns den Turm besichtigen. Zurzeit ist es noch nicht verboten.«
»Glauben Sie denn, Herr Dünenwächter, dass es eines

Tages verboten werden wird?«, fragte jemand aus der Gruppe (es war eine blasse Frau mit einem traurigen Gesicht).

Wim zuckte mit den Schultern. »Eigentlich ist es hier üblich, nichts zu verbieten«, sagte er, »aber die Entscheidung liegt nicht bei mir. Die Türme gehören nicht hierher und von mir aus könnten sie morgen wieder verschwinden. Was für Geschöpfe mögen es sein, die sich diese Bau-Ungetüme ausgedacht haben? Das Besichtigen könnte durchaus einmal für Kopf und Geist gefährlich werden.« Dabei schaute er mich an.

»Ich verstehe nicht, weshalb Sie dann mitgehen wollen?«, fragte die gleiche Dame wie eben.

»Ich bin auch nur ein Mensch«, sagte der Dünenwächter, »und genauso neugierig wie Sie.«

»Sollen wir also jetzt hineingehen?«, fragte der Turmwächter. »Der Reihe nach, bitte; ich mache den Anfang.«

Aber die Leute zögerten noch. Jemand fragte: »Glauben Sie, dass dieser Turm plötzlich wieder verschwinden könnte, genauso, wie er einst hierher gekommen ist?«

»Ich habe gehört«, sagte ein anderer im Flüsterton, »dass diese Türme eigentlich überhaupt nicht existieren; sie sind aus einer Scheinmaterie – sozusagen eine Fata Morgana, die die Wirklichkeit nur vortäuscht ...«

»Das sollten Sie aber nicht sagen«, meinte der Turmwächter. »Ich möchte Sie doch bitten, davon auszugehen, dass sie fest und solide sind und dass sie infolgedessen betreten und besichtigt werden können. Sehen Sie doch nur, wie ich diese Drehtür in Schwung versetze ...« Jetzt glich seine Stimme ganz derjenigen von Herrn Avla.

Ich horchte gut auf alles, was gesprochen wurde, denn ich hoffte etwas zu erfahren, was ich noch nicht wusste. Und während dieser ganzen Zeit achtete Wim auf mich, als könne er von mir etwas erfahren, was *er* nicht wusste. Wahrscheinlich hatte er mit dieser Annahme sogar Recht. Als wir alle drinnen waren, begann der Turmwächter in feierlichem Ton zu erklären, dass wir nun ein Gebäude betreten hätten, von dem kein Mensch mit Sicherheit wisse, wozu es eigentlich dienen sollte. Wenn ich nun plötzlich gesagt hätte: ›In diesem Turm sollten eigentlich Leute wohnen!‹?

Wie viele Menschen könnte man wohl in einem solchen Turm unterbringen, der tausend oder sogar noch mehr Zimmer besitzt? Ich stand in der zugigen Halle und konnte immer noch nicht so richtig glauben, dass dies der Zugang zu lauter aufeinander gestapelten Häusern sein sollte. Und zwischendurch überlegte ich, wie ich diesem Wim entwischen könnte. Er war ja meinetwegen hier! Wusste er wohl etwas von Herrn Avla im zweiten Turm?

»Ein Gebäude von solchen Ausmaßen wie dieses hier«, erklärte der Turmwächter langatmig, »muss natürlich einen Sinn und Zweck gehabt haben; darüber gibt es die verschiedensten Theorien. Wir wissen allerdings nicht, wer es gebaut hat und zu welchem Zeitpunkt. Es steht, genau wie der andere Turm, seit ungefähr acht Jahren hier, wie Ihnen vermutlich bekannt ist. Das heißt, in Kürze werden es auf den Tag genau acht Jahre sein.«

Stimmt!, dachte ich und bemerkte mit einem Schock, dass beide Wächter mich plötzlich anschauten. Mit viel

sagenden Blicken. Irgendwie vorwurfsvoll. Ich war es aber doch gar nicht, der die Türme hierher verpflanzt hat, dachte ich, sondern Herr Avla ... Alva. Ich muss unbedingt zu ihm in den zweiten Turm, und zwar ohne dass es jemand merkt.
Der Turmwächter zeigte den Leuten die Zelle hinter der Tür mit dem Guckloch. Nur Wim schaute nicht hin; er passte noch immer auf mich auf, so dass ich nicht verschwinden konnte.
Also blieb mir nichts anderes übrig, als mit hinaufzugehen, die Treppe empor. Der Dünenwächter ging neben mir her; er hatte sein drolliges Hütchen abgenommen und wischte sich den Schweiß von der Stirn. »Weshalb siehst du dir die Zelle nicht an?«, fragte er.
»Und warum haben *Sie* sie nicht angeschaut?«, sagte ich.
»Ich bin hier früher schon einmal gewesen.«
»Ich auch.«
Er blieb auf dem ersten Absatz stehen. »Und hast du jetzt vor, wieder all die Treppen hinaufzusteigen?«
»Ja, natürlich«, sagte ich, ohne nachzudenken, »es bleibt ja nichts anderes übrig, weil der Aufzug es nicht tut.«
»Der *was?*«
Wir starrten einander an.
»Der Aufzug«, sagte ich langsam. Mir stockte der Atem.
»Aufzug«, wiederholte er, als sei dies ein neues Wort, das – Ich habe mich wieder an etwas erinnert.* Also kei-

* Oder habe ich das Wort »Aufzug« aus meinem anderen Tagebuch? (Anmerkung des Verfassers)

ne Gefängniszelle mehr, sondern einfach ein Mechanismus, um sich auf und nieder zu bewegen. Man drückt auf einen Knopf und … Aber momentan war der gesamte Turm ein Gefängnis und Wim mein Aufseher.

Jetzt kamen die anderen die Treppe hinauf. Ich mischte mich, so gut es ging, unter die Leute und bemühte mich, Wim nicht zu nahe zu kommen. Ich war so sehr damit beschäftigt, dass ich fast nichts von alledem hörte, was der Turmwächter sagte, bis wir auf die sechste Galerie kamen.

»Von hier aus können Sie das Meer sehen«, sagte er. »Je höher Sie kommen, desto schöner wird die Aussicht. Und hinter jeder Tür befinden sich die gleichen Räume. Leer und unbenutzt.«

Er öffnete eine der Türen; wir gingen hinein … in ein Haus? Einen Augenblick lang war ich mit dem Turmwächter allein. »Ich muss hier unauffällig verschwinden«, flüsterte ich. »Könnten Sie nicht Wim, den Dünenwächter, in ein Gespräch verwickeln?«

»Ich will es versuchen«, flüsterte er. »Du musst aber sehr geschickt vorgehen. Er bleibt ja ständig in der Nähe des Treppenhauses.«

So war es; Wim vermied es, mehr als ein paar Schritte über die Galerien zu gehen.

»Ich klettere über die Feuerleiter nach unten«, flüsterte ich. »Das hat er vielleicht nicht einkalkuliert.«

Immer weitere Treppen, auf den Galerien hin und her, in leere, verstaubte Räume hinein und wieder heraus … Erst auf der elften Etage ergab sich die Gelegenheit. Doch dann gähnte da der entsetzliche Abgrund unter der ungeschützten Feuerleiter, die in Spiralen hinabführte.

Mir war todschlecht, als ich den Abstieg begann. Das dünne Material würde mich bestimmt nicht halten, es würde sich in Luft auflösen …

Scheinmaterie, hatte die Frau gesagt. Einen Augenblick später jedoch klickklackten meine Schuhe auf dem stabilen Metall. Zwischen den Gitterstäben und den Trittstufen hindurch sah ich, in welch schwindelnder Höhe ich mich noch befand. Trotzdem stieg ich weiter abwärts, in endlosen Zirkeln, aber immer schneller; das Gefühl der Übelkeit nahm ab, je tiefer ich kam, und manchmal hatte ich das Gefühl zu schweben.

Endlich war ich unten. Die Erde schwankte, während ich mit baumelnden Armen und in Schweiß gebadet zu dem anderen Turm hinüberlief, ohne aufzusehen oder mich umzublicken.

Ich hatte ihn erreicht. Noch eben an der dortigen Feuerleiter vorbei (die werde ich keinesfalls emporsteigen!) und durch die Türe gehuscht, die sich daneben befindet – Gott sei Dank offen –, durch den langen, sehr schmalen Gang bis in die Halle mit den Kästchen, wo der Aufzug ist, dann wieder Treppen hinauf … Welche Etage? Die, von der aus ich das Meer sehen kann. Hat Wim schon gemerkt, dass ich entkommen bin? Weiß er wohl, dass ich hier bin?

Ich wünschte mir, ein Wort zu kennen, mit dem ich mich selbst, den Turm und alles andere weit wegzaubern könnte – außerhalb der Reichweite von Wächtern und Verfolgern.

Aber *nein*, das darf ich nicht denken, das ist gefährlich.
Ich fand die richtige Galerie: Eine einzige Tür war verschlossen; vor dieser Tür hatte Téja, der Hund, gesessen und gewinselt und hinter ihr musste Herr Alva sein. Ich klopfte an, ich schlug mit den Fäusten dagegen, ich rief – aber niemand öffnete. Ich schaute zu dem Turm hinüber, von dem ich gekommen war ... standen dort Menschen und sahen zu mir hinüber, an einem der Fenster, auf einem der Balkone? Die Sonne schien mir in die Augen und blendete mich; ich konnte es nicht mit Sicherheit sagen.
Schließlich öffnete ich die nächste Tür und lief durch die Zimmer zur Rückseite; dann ging ich auf den Balkon und kletterte von dort aus auf den Nachbarbalkon, der zu dem Stückchen Turm gehört, in dem Herr Alva wohnt. Ich hatte mein Ziel erreicht: Es war dasselbe Zimmer, mit dem Bett auf dem Boden, mit der Lampe und der Kiste, und außerdem noch mit einem Tisch, einem Stuhl, einem kleinen Sofa und allem möglichen Kram, der lose herumlag, und mit den Lappen vor dem Fenster. Nur Herr Avla selbst war nicht da.

Hier bin ich also. Herr Avla/Alva ist bis jetzt nicht gekommen. Ich habe versucht, seine Kiste zu öffnen, aber sie ist und bleibt verschlossen. Ich habe mir die übrigen Zimmer angesehen. Sie sind leer, nur dieses eine Zimmer und die Küche (?) sind benutzt. Auf der Anrichte neben dem Spülstein stand eine halb volle Flasche, aus der ich etwas getrunken habe; das hat mir sehr gut getan.

Inzwischen ist es noch später und fast völlig dunkel geworden. Am besten mache ich die Lampe an, denn ich kann kaum mehr etwas sehen. Ich warte jetzt bestimmt schon stundenlang. Und fast die ganze Zeit über habe ich geschrieben – mit einem Stift, den ich hier auf dem Tisch gefunden habe. Mein eigener Stift liegt zu Hause; nein, nicht zu Hause, sondern bei den Davits. *Téja.*

Ich habe die Flasche inzwischen ganz ausgetrunken und fühle mich merkwürdig verwirrt, duselig und zugleich hellwach. Ab und zu schließe ich die Augen in der Erwartung, ein ganz anderes Bild zu sehen, wenn ich sie wieder öffne. Aber das geschieht nicht.
Ich höre Tritte. Ob er kommt?

Endlich ist er da; er war keineswegs überrascht, mich hier zu sehen. Ich begann sofort, ihn mit Fragen zu überschütten, alles durcheinander; aber er sagte, ich solle still sein. »Du hast also dein Gedächtnis immer noch nicht wiedererlangt?«
Ich sagte, dass ich gerade deswegen hergekommen sei. Er muss mir helfen, denn er kennt mich ja von früher.
»Still, hör bitte auf! Ich kenne dich nicht besser als du mich. *An die Zeit vor dem 30. Februar erinnere ich mich überhaupt nicht.*«

Freitag, 26. März

Herr Avla stand zwischen mir und der Lampe; sein Kopf war umrahmt von seinem weißen Haar, durch das das Licht schimmerte. Ich konnte ihn nicht sehr deutlich sehen, aber seine Antwort klingt mir immer noch in den Ohren:

»Ich erinnere mich an gar nichts – an überhaupt gar nichts! Kapiert?«

Und das stimmt wirklich, es ist wahr. Er sagt, ich solle es mir nicht so zu Herzen nehmen. »Wir beide sitzen im selben Boot – ohne Gedächtnis und weit weg von unserem Heimatland.«

So saßen wir gestern Abend ratlos beisammen und hatten alles vergessen. Die Worte »verfolgt und gefangen« wirbelten mir im Kopf herum. Ich muss sie wohl laut ausgesprochen haben, denn er fragte mich: »Hat dich auf dem Weg hierher jemand verfolgt?«

»Ich fürchte, ja.«

»Also doch. Aber gefangen sind wir deshalb noch lange nicht! Jedenfalls nicht in diesem Turm. Denn der Turm gehört uns.« Er beugte sich zu mir herüber und schaute mich durchdringend an. »Du hast meinen ganzen Wein ausgetrunken! Wir müssen etwas essen … Zum Glück hat mir Tom eine ganze Menge mitgegeben.«

»Tom?«

»Ja, mein Freund Vaal, der echte Turmwächter; er heißt ebenfalls Tom. Beziehungsweise Thomas. Dreimal Thomas – wenn das nichts zu bedeuten hat! Erinnerst du dich an das WORT?«

»Nur daran, dass MOIXA Axiom bedeutet«, sagte ich schlaftrunken. Ich hörte, wie er seufzte.
»Woher wissen Sie eigentlich, dass ich Tom heiße?«, fragte ich.
»Ich war besser vorbereitet als du. Ich führe schon jahrelang ein Tagebuch und wusste, was mich hier erwartete …«
Noch während er sprach, fielen mir die Augen zu.

Das war gestern. Heute weiß ich erheblich mehr. Und das Allerschlimmste ist, *dass es dazu gehört.* Es geschieht während der Reise von unserer eigenen Welt nach hier: Irgendwo *unterwegs* verliert man sein Gedächtnis.
Herr Alva sagt, dass man nicht *alles* vergisst – denn dann wäre man ja wie ein neugeborenes Baby –, aber eben doch eine ganze Menge; er selbst hat noch mehr vergessen als ich. Er wusste es aber vorher und hatte deshalb ziemlich viele Notizen über sich selbst gemacht, die ich hier sofort lesen durfte. Außerdem ist er schon zum vierten Mal hier, und er erinnert sich sehr gut an alles, was er während seiner früheren Aufenthalte hier erlebt hat.
Nur eines kann ich immer noch nicht so ganz verstehen: warum er mir mein Tagebuch von vor dem 30. Februar abgenommen hatte.
Er möchte jetzt alles lesen, was ich aufgeschrieben habe, seit ich Téja gefolgt bin.

Antwort des Herrn A.*

Weshalb ich dir dein Spiegelschrift-Tagebuch weggenommen habe, Tom? Aus verschiedenen Gründen; der wichtigste kommt zuletzt an die Reihe.
Hättest du es sofort gelesen, dann hättest du möglicherweise einen solchen Schock bekommen, dass von deinem Gedächtnis kein bisschen mehr übrig geblieben wäre. Oder aber du hättest es nicht geglaubt. Und falls du es doch geglaubt hättest (so wie jetzt – aber jetzt warst du einigermaßen darauf vorbereitet) und wenn du nicht allzu sehr erschrocken wärest … wäre dir dann nicht alles durcheinander geraten (und zwar viel mehr als jetzt), das Gelesene und die echte Erinnerung?
Am ersten Tag, an dem du hier warst – am 30. Februar –, hattest du dich schon an mehr Dinge erinnert als ich in einer ganzen Woche; wahrscheinlich deshalb, weil du noch jung bist und infolgedessen geistig beweglicher und weil du ein größeres Anpassungsvermögen hast.
Deshalb nahm ich dir dein früheres Tagebuch weg: Ich wollte dafür sorgen, dass dein Geist unbefangen blieb; ich hoffte, dass deine Erinnerung *von selbst* zurückkehren würde – mit so wenig Hilfe wie irgend möglich, von welcher Seite auch immer. Diese Chance war für dich viel größer als für mich. Und vielleicht ist diese deine Chance noch nicht ganz verspielt!

Dein Freund (noch immer oder von neuem)
Thomas Alva

* Eine Seite in einer anderen Handschrift, in der des Herrn Alva (oder Avla), wie auch auf den Seiten 25f. und 65/66.

Während* Herr Alva mein Tagebuch las, las ich einige Stücke aus seinem eigenen Tagebuch – bei weitem nicht alles, denn er hat eine ganze Reihe von Kladden voll geschrieben. Es war ein komisches Gefühl, das zu lesen, was über *mich* darin steht; manchmal hatte ich den Eindruck, als sei jemand anderes damit gemeint.
Also, es stimmt: Hans ist mein jüngerer Bruder. Es steht nun auch fest, dass ich eine Mutter und einen Vater habe. Vielleicht ist dieser Turm nur deshalb so scheußlich, weil er so *leer* ist; er müsste eigentlich voller Menschen sein. Und doch habe ich nach wie vor keinerlei Erinnerung an zu Hause – und *diese* Welt ist mit absoluter Sicherheit besser als diejenige, aus der ich komme. Herr Alva meint übrigens dasselbe.
Trotzdem haben wir beide das Gefühl, dass wir eigentlich zurückkehren müssten. Er sagt, dies gelte vor allem für mich, denn ich habe dort ja eine Familie, während er selbst weder Kind noch Kegel hat.
Aber ich habe auch *hier* jemanden: Téja.

Ich muss unbedingt nach draußen; ich will auf dem verbotenen Pfad Kokardenblumen pflücken. Diese Blumen erinnern mich an sie. Aber das kann ich Herrn Alva nicht gut erklären und er will mich nicht gehen lassen. »Schreib, schreib«, sagte er. »Schreib alles auf, alles …«
Ich wollte nicht mehr, aber »du musst«, sagte er, »denn es ist das Einzige, was dir nach deiner Rückkehr erhalten bleibt«.

---

* Hier setzt Tom (Tim) sein Tagebuch wieder fort.

Ich verstand es erst nicht – aber jetzt ist es mir klar. Umgekehrt passiert dasselbe: Wenn man nach *dort* zurückkommt, hat man alles von hier vergessen. Wirklich alles??!! Das darf einfach nicht sein – ich will es nicht!

Ich werde nicht zurückgehen. Ich *kann* es übrigens auch gar nicht (zum Glück!), selbst wenn ich es wollte. Denn ich kenne ja das WORT nicht.

»*Ich* weiß das WORT«, sagte Herr Alva, »und ich werde es dir verraten.«

Ich will es nicht wissen, nein, ich will es nicht wissen. Er hat es mir nicht gesagt. Aber ich habe Angst – jedes Mal wenn er mich ansieht oder seinen Mund aufmacht, habe ich Angst.

Vielleicht ist er auch ein bisschen verrückt. Es *kann* gar keine andere Welt existieren als diese hier. Ich komme entweder aus Atlantis oder aus Engelland, und zwar mit dem Schiff übers Meer. Das andere Tagebuch ist Unsinn.

Aber wie bin ich bloß auf den Strand gekommen, mit dem linken Schuh am rechten Fuß?

BEILAGE I: Aus den Aufzeichnungen des Thomas Alva*

Als ich zum ersten Mal das WORT aussprach, schrieben wir das Jahr 1944 – das muss also vor 20 Jahren gewesen sein. In meiner eigenen Welt tobte damals ein Krieg; unser Land war besetzt, und ich wollte weg, koste es, was es wolle. Es ist mir tatsächlich geglückt; ich war hier – inter menses februarium et aprilem –, und ich erlebte nicht etwa ein exaktes Spiegelbild meiner wirklichen Welt, sondern eher ein verzeichnetes Bild oder, genauer gesagt, ein verbessertes Bild, denn hier war *kein* Krieg. Aber das war mir damals entfallen; ich war ohne jede Erinnerung. Ich glaube, ich fühlte mich noch verlorener als mein Namensvetter, der junge Tom Wit, als er hierher kam; in diesem Märzmonat habe ich vergebens nach meiner Abstammung und meiner Herkunft geforscht – ohne zu ahnen, welches Glück mir in den Schoß gefallen war: für kurze Zeit in einer Welt leben zu dürfen, die fröhlich, freundlich und friedlich war.

Jetzt, da ich wiederum hier bin – nun schon zum vierten Mal –, erinnere ich mich an alle Einzelheiten dieses ersten Besuches und auch an diejenigen meiner späteren Aufenthalte hier. Dagegen weiß ich *nichts* von der Welt, aus der ich komme – außer den Dingen, die ich voller

* Die Überschrift stammt von Tom und enthält kein Datum; die Beilage selbst ist von dem alten Herrn Alva geschrieben. Es handelt sich um den Text, der auf einem der losen Blätter stand, die in Toms Notizbuch lagen (dem Büchlein, das das Originalmanuskript enthält). Meiner Meinung nach müssen einige dieser Blätter verloren gegangen sein.

Staunen in meinen eigenen Tagebüchern lese; genauso, wie ich in Kürze *dort* ungläubig lesen werde, was ich hier aufschreibe. Es ist, als ob ich ein Doppelleben führte: In dem einen weiß ich nichts von dem anderen und doch sind beide wahr.

Schon während meines ersten Aufenthaltes hier führte ich ein Tagebuch, aber das brauche ich jetzt nicht zu lesen. Ich bin damals über den Kanal nach England gefahren; deshalb landete ich, als ich am 1. April in meine eigene Welt zurückkehrte (anscheinend wusste ich damals das WORT, das mir jetzt einfach nicht einfallen will), ebenfalls wieder in England ... allerdings in einem anderen England ... Sie nannten mich dort einen »Englandfahrer«*; sie hatten ja keine Ahnung, auf welchem Umweg ich dorthin gelangt war. Ich selbst übrigens auch nicht.

Selbst nachdem ich meine Aufzeichnungen gelesen hatte, die die Wahrheit meiner Hypothesen und die Macht des WORTES bewiesen, hat es weitere acht Jahre gedauert, bevor ich es wiederum wagte, die Reise hierher zu unternehmen. Jetzt bin ich zum vierten Mal hier, in dieser Welt, die sicher genauso wunderschön ist wie früher, in der jedoch Fremde wie Tom und ich nicht mehr erwünscht sind. Ist es meine (oder unsere?) eigene Schuld? Ehrlich gesagt werde ich niemals in der Lage sein, das, was ich hier + jetzt – inter menses februarium et aprilem – sehe, höre und erlebe, richtig zu beurteilen.

---

* Englandfahrer: So nannte man die Leute, die während der deutschen Besatzungszeit in den Niederlanden nach England flüchteten (siehe Van Dale: Großes Wörterbuch der Niederländischen Sprache).

Nie im Leben werde ich völlig begreifen, wie es hier ist; denn ich kann die beiden Welten nur vergleichen, indem ich meine Tagebücher lese. Dagegen kann ich niemals mit Sicherheit wissen, was ich in jenem Stück meines Lebens, das ich vergessen habe, *gefühlt* habe. Vielleicht schreibe ich nicht gut genug, vielleicht bin ich doch noch zu ungläubig.
Aber wie es auch sei: Demnächst in meiner eigenen Welt werde ich keine einzige Erinnerung mehr an diese Welt haben. Und ich werde von neuem mein Tagebuch lesen, so wie der junge Tom gerade seine eigene vergessene Geschichte gelesen hat, die mit einem Axiom beginnt und –*

*(immer noch 26. März)***

»Warum wollen Sie mich eigentlich zurückschicken, Herr Alva, wenn es hier doch fröhlich, freundlich und *besser* zugeht?«
Jan Davit hatte Recht und Téja ebenfalls.
»Du musst zurück, Tom, weil du *dort* zu Hause bist. Es ist meine Schuld, dass du überhaupt hierher gekommen bist; infolgedessen muss ich auch dafür sorgen, dass du heil und sicher wieder nach Hause kommst. Deine Eltern wissen nicht, wo du steckst; sie werden in großer Sorge sein und dich sehr vermissen. Deine Welt ist *dort*,

---

* Der Bericht des Thomas Alva bricht mitten in einem Satz ab (siehe auch die vorletzte Fußnote Seite 196).
** Fortsetzung von Toms Tagebuch

ob du willst oder nicht; wenn du dein Gedächtnis wiederhättest, würdest du nicht länger daran zweifeln.«
»Und Sie? Gehen Sie auch zurück?«
»Für mich spielt es keine Rolle, ob ich zurückkehre oder nicht. Ich bin ein alter Mann. Ich versuche nur noch, mein Ziel zu erreichen. In deinem Tagebuch hast du am 1. Februar geschrieben, dass ich ein Gelehrter sei. Ja, das stimmt. Ich suche und forsche. Ich suche nach einer Methode, die es ermöglicht, ohne Gedächtnisverlust zwischen den beiden Welten pendeln zu können.«
»Mithilfe eines anderen Wortes?«, fragte ich und bereute sofort, das Wort »Wort« ausgesprochen zu haben. Aber dann fiel mir plötzlich etwas ein.
Das WORT darf nicht aufgeschrieben werden und Herr Alva erinnert sich noch weniger als ich.
Er *kann* es also gar nicht wissen! Darum fragte ich ihn: »Sagen Sie mir mal ganz ehrlich: Erinnern Sie sich an das WORT?«
Er sah mich lange an. »Nein.« Und dann fuhr er fort: »Aber ich weiß es trotzdem. Oder zumindest ungefähr … *Du* hast es mir verraten.«
Ich stand da wie versteinert; wir unterhielten uns jedoch nicht weiter darüber, weil in diesem Augenblick Herr Vaal anklopfte.

*Jetzt muss ich zuerst aufschreiben, was gestern Abend (25. März) noch weiter geschah. Über die Herren Avla/Alva und Vaal und noch anderes.**

Ich schlief ein. Herr Alva sagt, dass ich betrunken gewesen sei; aber das glaube ich nicht. Er weckte mich, und einen Moment lang glaubte ich, doppelt zu sehen, aber das stimmte nicht: Herr Vaal war inzwischen gekommen.
Während ich aß, saßen mir die beiden alten Männer gegenüber und schauten mich an.
Sie ähneln sich sehr stark, sind aber nicht dieselben. Herr Vaal ist hier geboren; er ist während der ganzen acht Jahre Turmwächter gewesen und hat sich mit Herrn Avla/Alva angefreundet. Es hätte auch schwerlich anders kommen können, sagten sie; denn sie sind außerdem gleichaltrig, heißen beide Thomas (Tom) mit Vornamen und ihre Nachnamen bestehen aus denselben Buchstaben. Herr Alva nennt dies nicht Zufall, sondern Prädestination, Vorherbestimmung.
»Letztes Mal, als ich hier war ...«, sagte Herr Alva.
»Während der längsten Zeit, die er hier je verbrachte – beinahe vier Jahre ...«, sagte Herr Vaal.
»... da haben wir ausgemacht, dass wir beide uns als eine einzige Person ausgeben würden, wenn ich wieder zurückkäme«, sagte Herr Alva.
»Kein Mensch sollte uns je zusammen sehen«, sagte der

---

* Fortsetzung der Ereignisse von Donnerstagabend: Herr A. hat sich offensichtlich bemüht, Toms Bericht über diesen Abend zu korrigieren; er hat Verschiedenes hinzugefügt beziehungsweise verändert.

Turmwächter. »Auf diese Art und Weise würde niemand dahinter kommen, dass er wieder hier ist.«

»Aber jetzt wissen sie es doch«, sagte Herr Alva.

»Und zwar durch dich«, sagte Herr Vaal zu mir.

»Weshalb darf es denn niemand wissen?«, fragte ich.

Die beiden alten Männer sahen mich an; hinter ihnen an der Wand zeichneten sich ihre Schatten ab. Das Zimmer war klein und sicher; draußen aber drohte Gefahr.

»Personen aus anderen Welten sind hier unerwünscht«, erklärte Herr Vaal. »Was wir von eurer Welt wissen, gefällt uns nicht. Und während der letzten Schaltjahre habt ihr immer mehr Dinge mitgebracht – völlig unsinniges Zeug.«

»Das war ein unglücklicher Zufall«, murmelte Herr Alva.

»Bist du da ganz sicher? Zufall oder nicht – einige Leute haben sich darüber gründlich geärgert. Diese beiden Türme ließen das Maß überlaufen … Für mich persönlich übrigens nicht; im Gegenteil – ich finde sie interessant und deshalb bin ich auch Turmwächter geworden. Ich finde es nur schade, dass ich bei den Führungen so tun muss, als seien sie mir genauso ein Rätsel wie den meisten Leuten hier … Na ja, ich darf sie eben nicht auf merkwürdige und gefährliche Gedanken bringen. Und ich muss zugeben: Die Idee, dass in diesen Türmen jemand wohnen könnte, scheint auch mir absurd. Es ist nur deinetwegen, Tom (Herr Vaal wandte sich nun zu Herrn Alva) – sonst würde ich dies Gebäude nach Sonnenuntergang nicht mehr betreten. Ich habe auch keinerlei Lust dazu, in eure Welt zu reisen.«

»Es gibt nicht viele Menschen, Tom, die unsere Reise unternommen haben«, sagte Herr Alva zu mir, »aber es scheint, dass wir weder die Einzigen noch die Ersten sind …«
»Man erkennt sie alle an ihrem Gedächtnisverlust«, sagte Herr Vaal.
»Also darum …«, begann ich.
»Ich habe nicht versucht, dich durch Lügen abzuschrecken«, sagte Herr Alva und legte ein Stück Käse auf mein Butterbrot.
Aber der Appetit war mir vergangen. »Werden wir deshalb verfolgt und gefangen genommen?«, fragte ich. »Weil wir unerwünschte Fremde sind?«
»*Du* bist nicht gefangen«, sagte Herr Alva. »Du hast hier sogar Freunde gewonnen.«
»Ich würde ihnen nicht allzu schnell vertrauen«, brummelte Herr Vaal. »Ich weiß noch sehr gut, wie du eines Tages mit diesem rotbraunen Hund hierher gekommen bist.«
»Sie waren sehr nett zu mir«, flüsterte ich.
»Trotzdem werden sie dich zurückschicken, sobald es ihnen möglich ist.«
»Das haben sie nie gesagt.«
»Was haben sie denn sonst gesagt?«
»Dass ich hier bleiben soll, dass ich mein Tagebuch vergessen und vernichten soll. Dass ich nicht weiter suchen soll.«
Herr Alva runzelte die Stirn.
Herr Vaal nickte und sagte: »Dann ist es Jan Davit also ernst mit dem, was er immer behauptet. Er gehört zu

den Leuten, die nichts dagegen haben, wenn die Fremden bleiben, wenn sie nur ihrer eigenen Welt völlig abschwören … ja, sie dürften seiner Meinung nach nicht einmal mehr wissen, dass es noch eine andere Welt außer dieser gibt.«

»Eine ganze Menge Menschen – oder sogar die meisten – wissen das tatsächlich nicht«, sagte Herr Alva. »Sowohl hier als auch zu Hause.« Er steckte sich den Käse von meinem Brot in den Mund. »Mit ›zu Hause‹ meine ich nicht *hier*, Tom.«

»Es ist komisch – die meisten Leute haben etwas dagegen, ihr Gedächtnis zu verlieren«, sagte Herr Vaal. »Sie sind ständig auf der Suche danach oder jammern über den Verlust … Worüber sprachen wir eben? Ach ja … Es gibt hier auch Leute, die eine andere Meinung vertreten als Jan Davit. Sie halten *sämtliche* Fremden für unerwünscht. Einige stehen sogar auf dem Standpunkt, dass es *gegen jedes Naturgesetz* verstößt, wenn irgendjemand aus einer anderen Welt hierher kommt …«

»Was natürlich purer Unsinn ist«, unterbrach ihn Herr Alva. »Wenn auch nur ein einziger Mensch es fertig bringt, von der einen Welt zur anderen zu reisen, so hat er bewiesen, dass ein solches Naturgesetz nicht existiert.«

»Ich sage ja nur das, was andere behaupten«, sagte Herr Vaal. »Sie sind der Ansicht, dass es nicht der Sinn der Sache sein kann …«

»Welcher Sache?«, fragte ich.

»Es kann nie und nimmer so vorgesehen sein«, sagte Herr Vaal, »und zwar deshalb nicht, weil die Reisenden aus anderen Welten *niemals* vollständig hier ankommen; sie lassen das Wesentlichste zurück: nämlich ihr Gedächtnis.« Er nahm sich das Brot, das ich liegen gelassen hatte, und begann es zu verzehren.

»Das ist tatsächlich ein großes Problem«, sagte Herr Alva mit einem tiefen Seufzer. »Ich bin mit einer Kiste voller Schriftstücke hier angekommen; sie enthalten Notizen darüber, wer ich war und was ich beabsichtigte – aber dies alles ist nicht mehr als ein Surrogat. Selbst dich habe ich nicht erkannt, Tim-Tom; zum Glück hatte ich in meinen Tagebüchern ausführlich über dich geschrieben. Dagegen erkannte ich Tom Vaal sofort, denn ich erinnere mich an alles, was ich während meiner früheren Besuche hier erlebt habe. Und genau *das* versuche ich nun herauszufinden: wie man als kompletter Mensch hierher kommen und ebenso wieder zurückgehen kann.«

Herr Vaal nickte. »Ich unterstütze ihn dabei«, sagte er kauend, »obwohl ich nicht hoffe, dass *alle* Menschen sein Spiel mit Worten lernen werden.«

»Aber wie können Sie jemals zurück, Herr Alva?«, fragte ich. »Wissen Sie denn noch das WORT?«

»Nein. Das WORT war das Einzige, was ich nicht aufschreiben durfte. Aber während der vorigen Besuche hier muss es mir immer im letzten Augenblick wieder eingefallen sein – wenn ich es auch vergaß, sobald ich es ausgesprochen hatte … auch das ist eine merkwürdige Angelegenheit. Ich vertraue einfach darauf, dass es mir in Kürze wieder in den Sinn kommt. Und diesmal kannst du mir helfen, mein Junge. Zwei wissen mehr als einer.«

Mir lief es kalt den Rücken herunter. Ich wollte das WORT ja gar nicht wissen!

Gestern Abend nicht und auch jetzt noch nicht. Und doch …

»Wann ist der 1. April?«, fragte ich.

»Am Tag nach dem 30. März«, sagte Herr Vaal.

»Aber die Daten stimmen doch nicht überein.«

»O doch. Der 1. April hier und der 1. April dort fallen auf den gleichen Tag. Wenigstens in diesem Jahr.«

»Und welches Jahr schreiben wir?«

»1964«, sagte Herr Alva. »Diese Welt hat sehr viele Gemeinsamkeiten mit der unseren. In drei Tagen ist Ostern.«

»Was ist das, Ostern?«, fragte ich.

»Versuch lieber, dich selbst daran zu erinnern«, sagte Herr Vaal. »Diese beiden Welten haben so vieles, was übereinstimmt, dass es meiner Meinung nach kein bloßer Zufall sein kann. Und darum könnte es sehr wohl der Sinn der Sache sein, dass man nach Verbindungsmöglichkeiten zwischen ihnen sucht … oder besser gesagt: nach Verbindungsworten.«

»Der Monat März hat hier 30 Tage, bei uns dagegen 31«, sagte Herr Alva.

Ich fing an, langsam auf den Knöcheln meiner Hand abzuzählen. »Januar, Februar, März, April …«

»Warum tust du das?«, fragte Herr Alva.

»Nur so«, sagte ich. »Weil …« Aber der Grund fiel mir nicht ein.

Herr Alva war enttäuscht. »Immerhin, ich hab das alles schwarz auf weiß«, meinte er. »Weißt du noch, was ich

dir darüber erzählt habe?* Früher war hier die Zeiteinteilung genauso wie bei uns. Der Februar war immer der Schaltmonat. Neuerdings ist das anders.«
»Auch dies ist kein Zufall«, sagte Herr Vaal. »Es handelt sich um einen Test, mit dessen Hilfe man den Verkehr zwischen den beiden Welten in beiden Richtungen erschweren will. Schwieriger zu berechnen, sozusagen.«
»Das WORT«, flüsterte Herr Alva, »muss genau am richtigen Tag ausgesprochen werden.«
»Seit acht Jahren sind hier alle Monate gleich lang und die Schalttage fallen auf andere Daten als bei euch«, sagte Herr Vaal. »So haben es unsere Regierungen beschlossen. Sie sagten, weil es so einfacher sei. In Wirklichkeit geschah es nur deshalb, weil es mehr Welten gibt als diese eine ...«
Allmählich begann sich alles um mich herum zu drehen. Es war, als ob ich träumte: die beiden alten Herren, ins Gespräch vertieft, und hinter ihnen ihre Schatten, die leise hin und her schwankten.
Irgendwo gab es einen Ort, der viel »natürlicher« und gewohnter war – einen Ort, nach dem ich plötzlich ein großes Verlangen spürte. Ein blauer Teppich mit rosa und weißen Mustern, ein halbrundes Zimmer, ein Mädchen mit rotbraunen Haaren, dunklen Augen und weichen Lippen.
Ich zwinkerte mit den Augen. Auch *das* glich auf einmal mehr einem Traum als der Wirklichkeit. *Meine* Wirklich-

---

* Siehe Seite 64/65 und ferner die Beilage II aus Herrn Alvas Schriften auf Seite 214.

keit ist eine Welt, an die ich mich nicht erinnern kann. Es kann doch nicht sein, dass ich dorthin zurückmöchte?

Ich weiß nicht, ob ich wieder eingeschlafen bin und geträumt habe – jedenfalls war ich plötzlich wieder allein mit Herrn Alva, der vor sich hin murmelte: »... bin mal gespannt, ob Thomas zurückkommt und wen er dann bei sich hat.«
»Noch ein Thomas? Welcher denn?«, fragte ich schläfrig. Es roch nach etwas Leckerem. »Haben Sie Kaffee aufgeschüttet?«
»Es ist kein vierter Thomas, glaube ich. Sondern jemand, der schon seit einiger Zeit in diesem Turm herumgeistert ... Wir hörten vorhin Geräusche im Treppenhaus. Thomas schaut gerade nach dem Rechten; ich meine Tom Vaal. Wenn er gleich Besuch mitbringt, bekommst du auch Kaffee. Falls mich nicht alles täuscht, haben wir guten Grund, für einen klaren Kopf zu sorgen.«
Draußen auf der Galerie hörte man Schritte näher kommen. Ihr Klang machte mich sofort hellwach. Herr Alva spähte durch einen Riss in den Tüchern, die vor dem Fenster hingen. »Ein Dünenwächter«, flüsterte er.
Ich dachte an Jan Davit. »Er kommt mich sicher holen, ich darf zurück nach Hause!«
Es war jedoch Wim. Natürlich – wer denn sonst?
Herr Vaal, der ihn hereinführte, sah mich vorwurfsvoll an. Herr Alva tat dies nicht; er legte seine Hand auf meine Schulter und sagte: »Guten Abend, beziehungsweise guten Morgen – denn den haben wir allmählich –, Herr Jansel, falls ich mich nicht irre.«

»Er heißt Wim«, sagte ich.
»Wim Jansel«, sagte der Dünenwächter. Zum ersten Mal klang seine Stimme leise und beherrscht. »Ihr Gedächtnis ist besser, als ich vermutet hatte.«
»Ich habe nichts vergessen, was vor vier Jahren war«, sagte Herr Alva, »auch nicht die Dinge von vor zwölf Jahren, ja selbst die von vor 20 Jahren nicht. Aber da warst du noch nicht älter als dieser Junge hier.«
»Er heißt Tom, wie ich eben hörte«, sagte Wim und blickte mich an.
»Tim«, verbesserte ich.
»Zwölf Etagen und ein Lift«, sagte Wim. »Nirgends auf der ganzen Welt gibt es so etwas: ein Gebäude mit zwölf Stockwerken und einem Lift.«
»Der Lift tut es nicht!«, sagte ich leise.
»Das ist auch ein Glück!«, sagte er. »Gut, dass die Eingangstüren verschlossen sind, sonst …«
»Jetzt versuche bloß nicht, uns Angst einzujagen«, fiel Herr Alva ihm ins Wort. »Weshalb bist du eigentlich gekommen?«
»Siehst du denn nicht«, sagte Herr Vaal, »dass *er* es ist, der Angst hat? Mehr Angst als ihr beiden zusammen.«
»Sie haben hier überhaupt nichts zu suchen, auch wenn Sie Turmwächter sind«, sagte Wim böse. »Die Türme sind nur tagsüber geöffnet, und zwar zur Besichtigung … und selbst das gilt nur für einen von beiden. Ich glaube kaum, dass Sie Ihr Amt als Turmwächter noch lange behalten werden, Herr Vaal. Darf ich Sie höflich bitten, in Ihr eigenes Häuschen zurückzukehren? Ich bin ausschließlich wegen dieser beiden hier gekommen.«

»Du gehörst hier genauso wenig hin«, sagte Herr Vaal, »es sei denn …«

»Es sei denn, dass ich in meiner amtlichen Funktion als Aufseher komme.« Wim schaute wieder zu mir herüber. »Wächter sind da, um Grenzen zu bewachen. Ich kümmere mich weiß Gott nicht um Grünzeug und Blumen! Du und dieser lästige alte Herr, ihr habt dic Grenzen innerhalb des mir zugeteilten Gebietes überschritten …« Er sprach nach wie vor leise, ein bisschen erregt und doch langsam. »Ich teile euch also mit, dass ich euch in Arrest nehmen muss.«

»Versuch es nur, wenn du dich traust«, begann Herr Vaal.

»Ich nehme sie nicht *gefangen*«, sagte Wim. »In meiner Eigenschaft als Dünenwächter dieses Bezirkes und Angestellter der Regierung verordne ich ihnen lediglich *Hausarrest*. Thomas Avla oder Alva und Thomas oder Tim oder Tom Wit haben bis zum 1. April in diesem Turm zu bleiben. Verstanden?«

»Nein«, sagte Herr Alva. »Ich wohne hier schon seit Wochen – genauer ausgedrückt seit dem 1. März, nachdem es mir ratsam erschien, nicht zu sehr aufzufallen. Und der Junge Tom ist freiwillig zu mir gekommen. Dein Befehl ist also völlig überflüssig.«

»Die Anordnung bedeutet auch, dass Sie beide den Turm *nicht verlassen dürfen*«, sagte Wim. (Seine Stimme überschlug sich förmlich und klang fast so wie früher.) »Auch nicht zu einem kleinen Spaziergang in den anderen Turm.«

»Wir sitzen also hier gefangen?«, fragte ich.

»Mein lieber Junge, das hier ist kein Gefängnis«, sagte

Wim. (Ich glaube wahrhaftig, dass er sich Mühe gab, freundlich zu sein.) »Und außerdem ist es einer der wenigen Orte auf der Welt, wo du dich eigentlich so richtig zu Hause fühlen müsstest. Im Übrigen brauchst du auch nicht lange hier zu bleiben. Am 1. April darfst du zurück.«
»Wohin zurück?«
»Dorthin, woher du gekommen bist.«
»Wir wissen aber doch das WORT nicht!«, rief ich.
»Dann könnt ihr für immer bleiben, wo ihr jetzt seid – in diesem Turm, der zu euch gehört wie das Schneckenhaus zur Schnecke, wie die Muschelschale zur Muschel.«
Wim warf Herrn Alva einen wütenden Blick zu. »Sie kommen bereits Jahr für Jahr hierher ...«
»Schaltjahr für Schaltjahr«, verbesserte ihn Herr Alva.
»Jedes Mal sind Sie auch wieder zurückgekehrt. Wie haben Sie es denn da gemacht? Wahrscheinlich doch mithilfe des WORTES! Oder haben sie uns beschwindelt?«

*Jetzt schreibt Herr Alva ein Stück**

Nein, ich habe noch nie jemanden angeschwindelt! Es stimmt, dass ich früher jedes Mal wieder zurückgegangen bin, wenn der richtige Zeitpunkt gekommen war; und zwar *mithilfe* des WORTES, das mir anscheinend immer dann wieder einfiel, wenn ich es nötig hatte. (Ich

* Einige Seiten in der Handschrift des Herrn Alva. Wie schon erwähnt, stammen die Notizen vom 26. März zweifellos von beiden gemeinsam – von Tom und Herrn Alva.

möchte jetzt nicht über die Angst berichten, die ich ausgestanden habe, wenn ich während der Tage davor vergeblich nach dem WORT suchte.) Ich sagte also in freundlichem Ton: »Ich behaupte ja nicht, dass ich mich auf keinen Fall erinnern werde – vielleicht fällt mir das WORT morgen oder übermorgen wieder ein.«
»Das möchte ich Ihnen auch geraten haben«, sagte der Dünenwächter. »Und lassen Sie sich gefälligst auch das Wort einfallen, mit dessen Hilfe Sie diese beiden Türme mitnehmen können; dann sind wir sie los.«
Auf einmal redeten alle durcheinander.
»Dazu hätte ich nicht den Mut«, sagte ich wahrheitsgemäß.
»Die Türme bleiben hier!«, rief Thomas Vaal. »Ihnen verdanke ich meine Stellung und außerdem …«
»Sie sind also hiermit festgenommen«, brüllte Wim Jansel, »und zwar bis zum 1. April! Und dann ist da noch ein Punkt …«
»Ich möchte Jan Davit sprechen!«, rief Tom, der Junge. »Er ist geradeso gut ein Wächter wie Sie.«
»Die Türme bleiben …«
»Die Türme müssen verschwinden.«
Nun war es an der Zeit, die Angelegenheit zu beenden. Es gelang mir, sie alle zu beruhigen, und ich bot ihnen eine Tasse Kaffee an. Zwischendurch redete ich weiter, indem ich versuchte, möglichst lange selbst das Gespräch zu lenken.
»Wir sind also festgenommen, schön und gut. Und wir werden uns ehrlich bemühen, uns an das WORT zu erinnern.« (Ich vermutete da schon, dass es diesmal nicht

allzu schwierig sein würde; Tom, der Junge, besitzt den Schlüssel dazu.) »Setz dich, Wim«, sagte ich, »lass dir den Kaffee schmecken …« (Eigentlich wollte ich gar nicht, dass er noch länger blieb.) »Vielleicht«, so fuhr ich fort, »fallen mir gleich noch viel mehr Worte ein als nur das eine. Außerdem kann man Worte auch konstruieren … Du hast doch wahrscheinlich schon von meinen Theorien gehört? Andernfalls würde ich dir empfehlen, einmal den Bericht zu lesen, den der Gelehrte Denosi vor vier Jahren hier über mich geschrieben hat …«

»Ich gehe nach Hause«, sagte Thomas Vaal. (Recht so, Freund Thomas!)

»Nein, warten Sie einen Moment«, sagte Wim Jansel nervös. »Ich muss auch weg, lassen Sie uns zusammen gehen.« Er schaute mich unaufhörlich an. »Denosi behauptet, dass diese Worte, die Sie meinen, möglicherweise nur auf Suggestion beruhen.«

Das überraschte mich keineswegs. »Ach so?«, sagte ich lachend. »Worte sind also Suggestion und Betrug … oder soll ich es noch anders ausdrücken: Magie. Diese Türme sind also nichts als Einbildung, als Scheingestalten? Ach, wüsste ich doch nur genau das Wort, mit dem ich diese Behauptung testen könnte! Dieser Turm hier gehört Tom und mir, Wim Jansel. Was würde passieren, wenn ich ihn mit einem einzigen Wort fortzaubern könnte, wie du dir das offenbar wünschst? Würde das in der Welt, die ich zurückließ, einen Zusammenstoß oder einen Einsturz von Gebäuden verursachen? Oder würde sich dieser Turm einfach in Luft auflösen, mitsamt Tom und mir selbst? Tom und ich *gehören* aber in dieses Gebäude, Wim; du dagegen bist innerhalb dieser Mauern ein Fremdkörper. Ich könnte mir also eher vorstellen, dass *du* dich in Luft auflösen würdest.«

»Ich gehe nach Hause«, sagte mein Freund Vaal noch einmal. Er ging mit staksigen Schritten auf die Tür zu.

Der Dünenwächter konnte nicht schnell genug von seinem Stuhl aufspringen. »Ich gehe mit. Sie brauchen sich jedoch nicht einzubilden«, sagte er zu mir, »dass Sie mich mit Ihren versteckten Drohungen einschüchtern können!«

»Wieso Drohungen?« Ich lachte. »Wie kann ein Mann ohne Gedächtnis mit irgendetwas drohen? – Komm gut nach Haus, Thomas. Und du, Wim, bist hier ebenfalls bei Tag und Nacht willkommen. Nur noch eins: Der Junge hat Recht – es sind *zwei* Wächter, die in diesem Gebiet die Grenzen bewachen. Wir möchten gerne, dass dein Kollege Jan Davit uns ebenfalls besucht. Ja, wir möchten es nicht nur gern, sondern wir verlangen es sogar – da wir selbst unter Arrest stehen und also nicht in der Lage sind, zu *ihm* zu gehen.«

Der Dünenwächter ging und folgte meinem Freund Vaal. (Allein hätte er sich nicht nach unten getraut.) Aber wir werden ihn bestimmt noch einmal wieder sehen, ihn oder Jan Davit oder sogar beide.

Und dann werden sie nicht vergessen, was Wim Jansel diesmal vergaß. O ja, sie kommen ganz sicher noch einmal wieder, und zwar *vor* dem 1. April.*

---

* Hier endet Herrn Alvas Handschrift in Toms Tagebuch. Die nun folgende Beilage steht auf einem lose eingelegten Blatt.

BEILAGE II: Aus den Schriften des Thomas Alva*

Die Einteilung der Zeit »inter menses februarium et aprilem« ist ein wenig anders als bei uns, und zwar seit Januar 1957. Damals war gerade das Jahr zu Ende gegangen, in dem die Türme von unserer Welt nach hier hinübergewechselt waren und ich, Thomas Alva, vier Jahre lang (minus einen Monat) hier bleiben musste, bevor ich wieder wegkonnte (»inter menses aprilem et februarium«).
Seitdem gibt es hier zwölf Monate à dreißig Tage und im Anschluss daran fünf Feiertage. Mit den *Schaltjahren* ist es so: Der Reihe nach erhält jeder Monat einen zusätzlichen Tag:

1960: Januar	Monat mit 31 Tagen
1964: Februar	
1968: wird es der März sein	

Dieses Jahr (1964) sind die so genannten »Gefährlichen Tage«: der 30. Februar (= der 29. Februar bei uns) und der 1. April (= der 1. April bei uns).
Es erhebt sich allerdings die Frage, ob eine so einfache Veränderung der Zeiteinteilung den Ablauf der Zeit selbst beeinflussen kann. Das klingt zwar verrückt, ist aber doch nicht ganz von der Hand zu weisen: siehe, was diese Angelegenheit betrifft, mein drittes Tagebuch

* Die Überschrift stammt von Tom und trägt das Datum 1964; im Übrigen ist das lose Blatt von Herrn Thomas Alva beschrieben.

von 1960 (von *dort*) sowie die Traktate des Herrn Denosi (von *hier*).
Sind es eigentlich wir Menschen, die diesem Extra-Tag, der alle vier Jahre einmal vorkommt, eine magische Bedeutung geben? Oder liegt diese Magie im Tag selbst, ganz gleich welches Datum man ihm auch gibt?
Noch ein anderer Punkt stimmt nachdenklich: Nämlich die Bedeutung, die der Monat *März* in beiden Welten hat. In unserer Welt (siehe meine diesbezüglichen Notizen von dort aus dem Jahre 1944!) steht dieser Monat seit Jahrhunderten im Zeichen der Katastrophen; unsere Vorfahren hatten ihn dem Kriegsgott Mars geweiht.

MEMORANDUM FÜR 1964

Unsere Welt	*inter menses februarium et aprilem*
(Terra, Erde, zurzeit unbekannt, da vergessen)	(Tom Wit nannte diese Welt X, die Unbekannte)
29. Februar entspricht dem (Samstag, Schalttag)	*30. Februar* (Samstag)
1. März (Sonntag)	*31. Februar* (Sonntag, Schalttag)
2. März (Mo)	*1. März* (Mo)
8. März (So)	*7. März* (So)
20./21. März (Frühlingsanfang, 1. Mondviertel)	*19./20. März* (Frühlingsanfang, 1. Mondviertel)
22. März (So) (Tom Wits Geburtstag)	*21. März* (So) (Tims Geburtstag)
28. März (Sa) (Vollmond)	*27. März* (Sa) (Vollmond)
29. März (So) (Ostersonntag)	*28. März* (So) (Ostern)
31. März (Di)	*30. März* (Di)
1. April (Mi)	*1. April* (Mi)

der Tag, an dem wir zurückkönnen –
bei Sonnenaufgang

*Freitagabend (immer noch 26. März)**

»Was hat Wim vergessen?«, fragte ich, nachdem ich Herrn Alvas Bericht gelesen hatte.
»Vielleicht hat er es gar nicht vergessen; er hat ja noch genügend Zeit. Der 1. April ist erst am Mittwoch.«
Nur noch wenige Tage, bis ich hier wegkann – falls ich überhaupt kann, falls ich überhaupt will. Wir sind Gefangene. »Können wir ihnen nicht entwischen?«, fragte ich.
»Ich dachte, du wolltest wissen, was der Dünenwächter vergessen hat! Ich habe mir alle Mühe gegeben zu erreichen, *dass* er es vergaß: nämlich uns die Tagebücher abzunehmen und zu vernichten.«
Er fand es sehr dumm von mir, dass ich nicht sofort den Grund erkannte: »Stell dir vor, dass wir in Kürze, in unserer eigenen Welt, unsere Tagebücher lesen könnten. Wir sind zwar noch nicht in der Lage, unsere Erinnerungen mitzunehmen; solange jedoch unsere Niederschriften existieren, besitzen wir Beweise, dass es diese Welt gibt – inter menses februarium et aprilem beziehungsweise X, wie du sie nennst. Und genau das wollen die Leute hier nicht; das werden sie uns nie und nimmer zugestehen. Sie möchten die beiden Welten so voneinander abkapseln, dass keine von der anderen weiß.«

Er hat die Tücher, die vor dem Fenster hingen, heruntergenommen; und während wir schrieben und lasen, ist

* Fortsetzung von Toms Tagebuch (im Anschluss an Herrn Alvas Bericht auf Seite 213)

er immer wieder zwischendurch auf die Galerie hinausgegangen, um Ausschau zu halten. Ich selbst sollte aufpassen, ob sich jemand von der anderen Seite näherte. Ich sitze also jetzt auf dem Balkon und habe mir gegen die Kälte eine Decke umgehängt.
Heute bleibt auch der andere Turm für Besichtigungen geschlossen; das hörten wir von Herrn Vaal, der uns etwas zu essen brachte und mit uns Kaffee trank. Er hatte in der Umgebung niemanden gesehen, außer ein paar Hunden. Ein rotbrauner sei nicht dabei gewesen.
Später bin ich zu ihm nach Hause gegangen, um Wasser zu holen. Kein Mensch hinderte mich daran, den Turm zu verlassen! Als ich wieder oben war, erkundigte ich mich nochmals, warum wir eigentlich nicht flüchten können.
»Wohin denn?«, fragte Herr Alva. »Doch nicht etwa zu dem anderen Wächter? Jan Davit ist schließlich *auch* ein Wächter …«
Es beginnt allmählich zu dämmern. Wir sitzen jetzt hier drinnen. Der Wind ist aufgefrischt und wir hören das Meer hinter den Dünen toben. Wir haben uns alle möglichen Stellen überlegt, wo wir unsere Aufzeichnungen verstecken könnten. Für Herrn Alva ist dies erheblich schwieriger als für mich: Ich habe ja nur mein kleines Büchlein. Es ist nun schon ganz schön voll geschrieben; Herr Alva sagt jedoch, dass er noch eine Menge Papier vorrätig hat.
Bis jetzt haben wir – abgesehen von unserem Freund, dem Turmwächter – keinen einzigen Wächter zu sehen bekommen.

Herr Alva sitzt da und murmelt lauter sonderbare Worte vor sich hin. Ich glaube, ich lege jetzt auch mein Tagebuch weg und gehe ins Bett.

Samstag, 27. März

Er weckte mich mitten in der Nacht.
»Sei mir nicht böse«, bat er, »ich muss es dir sofort sagen; ich traue mich nicht, länger damit zu warten ... Wo hast du dein Tagebuch?«
Ich musste es holen; zitternd vor Kälte und vor mich hin schimpfend, lief ich über die Galerie zu der Stelle, wo ich es versteckt hatte. Der Wind kam von der See her, aber es regnete zum Glück nicht. Herr Alva hatte keine Lampe angezündet, weil die Tücher vom Fenster weggenommen waren. In dem Zimmer, das nach hinten hinaus liegt, war es jedoch hell genug zum Lesen: Ein riesengroßer Mond stand am Himmel und goss sein Licht über die schnell dahinziehenden Wolken.
»Vollmond«, sagte ich.
»Erst morgen ist er ganz voll.« Herr Alva nahm mein Tagebuch, blätterte darin und fragte: »Hast du es auch ganz durchgelesen?«
»Ich glaube schon ... Auf jeden Fall erinnere ich mich an alles seit dem 30. Februar ...«
»Dann lies diese Seite bitte noch einmal, und auch diese, und diese ...«* Er zählte noch ein paar andere auf.

* Auf diese Stelle komme ich noch einmal zurück.

Ich hielt sie ins Licht des Mondes und tat, worum er mich gebeten hatte; ich konnte jedoch den roten Faden, der offensichtlich durch diese Seiten lief, nicht entdecken.
»Kommst du denn wirklich nicht dahinter?«, fragte er. In der bläulich-weißen Beleuchtung sah er aus, als könne er jeden Augenblick verschwinden – auch ohne ein bestimmtes Wort auszusprechen. »Bitte, lies es noch einmal aufmerksam durch«, flüsterte er. Anschließend erklärte er es mir. Ich hätte zwar das WORT vergessen, aber irgendwo tief in mir verborgen – im Unterbewusstsein – sei es trotzdem hängen geblieben. Und so hatte ich es aufgeschrieben; natürlich nicht richtig, sondern sozusagen »übersetzt« beziehungsweise etwas verdreht. »In deiner Geschichte taucht immer wieder eine Spur des Wortes auf«, sagte Herr Alva. »Ein geschickter Leser würde es finden können, wenn er sich etwas Mühe gäbe. Ich meine nicht das WORT selbst, sondern die Richtung, in der er suchen müsste. *Ich* habe es gefunden und nun weißt du es auch.«
»Nein«, flüsterte ich.
»Aber natürlich! Überleg mal einen Augenblick ... Na, welches Wort ist es? Lies doch nur ...«*
Ich wollte es eigentlich nicht, tat es dann aber doch. Ich musste einfach darüber nachdenken, während ich zum Mond hinaufschaute, der immer wieder ganz knapp den Wolken entglitt, die ihn bedecken wollten.
»Gibt es dort auch einen Mond?«, fragte ich.

---

* An dieser Stelle sind einige Zeilen weggelassen.

»Du meinst, in unserer eigenen Welt? Ja – ja sicher. Man arbeitet sogar schon an Plänen, um dorthin zu gelangen.«

Das klingt genauso seltsam und unsinnig wie meine Reise nach hier und zurück. *Ich kann nämlich zurück, denn ich weiß das* WORT.

Das war Freitagnacht. Jetzt scheint die Sonne auf die Türme, auf das Land in der Umgebung, auf die Dünen und die See. Immer noch weht ein kräftiger Wind. Ich habe nach einem Schiff Ausschau gehalten. Keins zu sehen.

Was würde wohl passieren, wenn man das WORT auf einem Schiff ausspräche? Würde das Schiff unter einem verschwinden? Würde dieses Meer in ein anderes Meer übergehen, in dem man ertrinken müsste?

Unten spazieren Leute herum; Herr Vaal führt sie in den anderen Turm zur Besichtigung. Jetzt ruft mich Herr Alva; er hält es nicht für gut, dass ich draußen auf der Galerie stehe, wo mich jeder sehen kann. Warum eigentlich nicht? Man hat uns ja doch entdeckt und unter Arrest gestellt. Und man kann uns schließlich nicht zwingen zurückzugehen – selbst nicht unter der Voraussetzung, dass uns das WORT bekannt ist. Im Übrigen ist es noch fraglich, um welches Wort es sich handelt. Herr Alva und ich sind uns nicht einig, an welcher Stelle ein bestimmter Buchstabe stehen muss. Ich weiß jedoch genau, dass ich Recht habe …

Er ist der Meinung, ich *müsse* zurückkehren. »Dein Tagebuch wimmelt ja nur so von der Frage ›Wer bin ich?‹«,

sagt er. »Erst an dem Ort, wo du herkommst, wirst du wissen, wer du bist oder wer du warst. Deshalb musst du zurück.«
Nein, nein und nochmals nein – ich tue es nicht!
Ich muss mein Tagebuch unbedingt vervollständigen; ich habe viel zu wenig aufgeschrieben, wie es hier ist. Denn das, was ich niederschreibe, wird mir bleiben – auch dann, wenn ich es selbst nicht mehr weiß.

*Um es nicht zu vergessen: Ergänzungen**

Wie ist es möglich, dass Gras grüner ist als grün, wie ich am 4. März aufschrieb? Und doch, es war tatsächlich so; es war nass und von einer außergewöhnlich leuchtenden Farbe, fast *zu* intensiv, während sonst alles regengrau aussah. Auch das Geäst der Sträucher war grau und die kahlen Zweige der Bäume machten einen grauen und traurigen Eindruck. Nur die ganz niedrigen Sträucher saßen schon voller Knospen; einige blühten sogar schon – sie hatten lauter gelbe Glöckchen, die am schönsten in der Sonne aussahen. Heute wirkt das Grün wieder ganz anders; es sind viel mehr Blätter zum Vorschein gekommen seit den ersten Tagen, die ich hier verbrachte. (Ich habe den Turm vorhin doch für kurze Zeit verlassen; dann meinte ich, einen der Wächter zu sehen, und bin schnell wieder hineingeflüchtet.) Einige Baumstäm-

* Von Tom auf losen Blättern notiert, ohne Datum, vermutlich in Eile geschrieben.

me sind graubraun mit grünen Streifen oder fast ganz grün, wieder andere sind braun mit einer rauen Rinde. Über die blauen Blumen habe ich schon am 16. März geschrieben. An jenem Tag war es viel zu schön, um zur Schule zu gehen. Die Zeichnung ist übrigens nicht gut geraten.*

Ich müsste eigentlich viel mehr Zeichnungen anfertigen, aber das ist so schwierig und mir bleibt nur noch so wenig Zeit!

Wenn ich über Téja schreiben will, kann ich einfach nicht weiter.

»Meine Tochter«, sagte Jan Davit am 1. März. Und da saß sie, mir gegenüber am Tisch; sie lachte ein wenig und schaute mich an … nein, nicht neugierig … auch

* Die zum Text gehörende Skizze erinnert ein wenig an eine Sternhyazinthe (Scilla).

»interessiert« ist nicht richtig, es klingt zu schwach ... Wie könnte ich sie je vergessen? Aber ich habe ja auch 15 Jahre meines Lebens vergessen, meine Eltern und alles andere.
Ich möchte mich an die Kokardenblumen erinnern, die nur am Gefährlichen Pfad blühen. O ja, sie wachsen hier überall – aber sie blühen sonst nie im März. Haben sich die Blumen dort vor Schreck vorzeitig geöffnet, als das fensterlose Häuschen aus unserer Welt herabgepurzelt kam?
Aber auch ich selbst kann die Ursache gewesen sein, oder Herr Alva: Wenn das WORT ausgesprochen wird, kann das Zeitgefüge einen Augenblick lang durcheinander geraten.
Ich habe keine Ahnung, wer das Häuschen dorthin gebracht hat; *ich* war es jedenfalls nicht. Herr Alva sagt, er sei es auch nicht gewesen; ganz sicher weiß er es jedoch nicht. Es kann auch durch einen unglücklichen Zufall passiert sein. Er und ich sind nicht die Einzigen, die aus unserer Welt hier herübergekommen sind. Wo aber stecken die anderen, wo könnte man sie finden? Oder sind sie schon seit vier Jahren wieder weg?*

---

* Hier ist eine Notiz in Herrn Alvas Schrift beigefügt:
»Es gibt eine interessante Theorie: Weshalb sollte es nicht möglich sein, dass jemand in unserer eigenen Welt zufällig ein Wort ausspricht, durch das er die Dinge, die sich in seiner Nähe befinden oder an die er gerade denkt, in eine andere Welt befördert? Man erinnere sich an die Redewendung »jemanden auf den Mond wünschen«; man sollte auch bedenken, dass es mehr als nur das eine WORT gibt. Ich glaube, es gibt eine ganze Menge davon ... (glaube oder fürchte ich es?)
Anhand dieser Theorie könnte man jedenfalls viele bisher unerklärliche Erscheinungen und manches rätselhafte Verschwinden erklären.«

Eigentlich müsste ich eine Landkarte zeichnen und dort alles eintragen. Am Sonntag vor dem 16. März sind Téja und ich landeinwärts spaziert, an einem Wasserlauf entlang. Und am 17. März sind wir zum Hafen gegangen. Dort ist eine Landebrücke, die weit hinaus in die See ragt; auch ein Leuchtturm ist da. Viele Schiffe liegen dort vor Anker, andere fahren ein oder aus. Manchmal habe ich vor –*

Ich werde jetzt mein Tagebuch in einer sehr übersichtlichen Form – und zwar von Anfang an – mit Ergänzungen versehen.**

Auch Herr Alva schreibt und schreibt.
Ich habe ihn gefragt, ob es wahr ist, dass man sich in ein Tier verwandeln kann. Er sagt, er vermute es zwar, habe aber keine Beweise. Er hat noch niemals gesehen, wie es jemand tat. Er selbst kann es nicht. Und in unserer eigenen Welt kann es kein Mensch. Und was ist mit mir?

---

* abgebrochener Satz

** Den größten Teil dieser Ergänzungen, jeweils auf losen Blättern notiert, habe ich in das Tagebuch selbst eingefügt, um den Bericht möglichst übersichtlich zu gestalten – jedenfalls soweit dies möglich war. Sie sind nämlich nicht ganz fertig geworden, unvollständig, ziemlich unübersichtlich und oft auch recht undeutlich – sowohl im Hinblick auf die Schrift als auch auf den Sinngehalt.

Ich muss an Folgendes denken:
die Muscheln auf dem Basalt,
die Schwäne*
die Frösche
(ich weiß genau, dass ich sie vorher noch nie gesehen hatte, obwohl ich mir das jetzt kaum mehr vorstellen kann). Margret setzte mir einmal einen auf meine Hand xxx**
den Abend, an dem wir gesungen haben,
das Feuerchen, das wir am Strand machten.
Téja – Wenn es Sommer gewesen wäre, sagte sie einmal, hätten wir unsere Kleider ausgezogen und wären schwimmen gegangen.
Wenn es kalt war, machte Jan Feuer im Kamin.
Der Teppich. Schnuras Streifen –***

*Sonntag, 28. März*****

Und wenn ich nun plötzlich *doch* mein Gedächtnis zurückbekommen würde? Das würde dann wahrscheinlich bedeuten, dass ich demnächst, dort drüben bei uns, nichts von meinen Erlebnissen hier vergessen hätte. Es

---

* Beginn eines Satzes; der Rest ist jedoch unlesbar.
Diese losen Notizen »Muscheln, Schwäne, Frösche« usw. hätte ich nirgends im Text unterbringen können, ohne meinem Vorsatz untreu zu werden, auf keinen Fall etwas dazuzuphantasieren.

** unlesbar

*** Auf diese Art und Weise geht es noch weiter. Ich verweise hier noch einmal auf das, was ich bereits in der vorigen und vorvorigen Fußnote gesagt habe.

**** Fortsetzung der normalen Tagebuchaufzeichnungen

soll zwar kein Kontakt zwischen den beiden Welten bestehen; ich bin aber nun mal hier und habe viel mehr Erinnerungen als am ersten Sonntag. Auch Herr Alva ist hier und andere Leute sind hier gewesen; außerdem stehen die Türme hier und das fensterlose Häuschen.
Vielleicht sind die Türme tatsächlich aus einer Scheinmaterie, meint der Universitätsprofessor Denosi. Aber das will mir nicht in den Kopf. Nur gestern Abend, als der Vollmond ins Zimmer und später auf den zweiten Turm schien, konnte ich diese Theorie verstehen. Das heißt, ich hielt es für möglich, dass Denosi unter Umständen Recht haben könnte.
Herr Alva und ich hatten keine Lust, hier noch länger zu bleiben – zu zweit in einem Turm, der tausend Zimmer hat. So sind wir zu Herrn Vaal gegangen, in sein kleines, windschiefes Haus. Niemand hinderte uns daran.
Später träumte ich, dass ich im Mondschein über den Strand lief. Téja ging neben mir her. Ganz still. Keinerlei Geräusche außer der See. Und da wollte ich plötzlich das WORT aussprechen. Das heißt, ich wollte es eigentlich nicht, sondern ich *musste* es – ich konnte nicht anders. Zum Glück erwachte ich, es war noch nicht der 1. April. Aber Téja war verschwunden.
Ich höre mit der elenden Schreiberei auf. Es macht mich ganz krank; ich wünschte, ich hätte nie mit diesem Tagebuch angefangen. Von mir aus können sie es mir abnehmen. Sollen sie doch allesamt verrecken!

ERGÄNZENDE BEILAGE:

Von Thomas Alva an Thomas Wit über die Theorien des Herrn Denosi*

»In dieser spiegelbildlichen Welt können die Türme als echte Materie nicht bestehen.« Die Tatsache, dass wir beide, du und ich, hier existieren können, liegt nur an unserem geistigen Ich. Das beseelte Wort bringt uns hierher und unser Geist schafft uns den passenden Körper dazu. All die leblosen Dinge, die wir mitbringen, können nur deshalb hier sein, weil sie in unserer Vorstellung existieren: also Dinge, die wir kennen, an die wir uns erinnern, die wir uns gut vorstellen können. Mithilfe unseres Geistes und durch das Aussprechen eines bestimmten Wortes werden sie hier erneut in Materie verwandelt – ob es sich nun um Türme handelt oder um Kugelschreiber.

Sobald alle Menschen aus unserer Welt wieder von hier weggegangen sind, werden – so behauptet Denosi – auch die Türme und alle anderen Dinge, die wir mitgebracht haben, sich verflüchtigen und verschwinden, weil sie nur dank unserer Geistigkeit greifbar sind (beziehungsweise scheinen).

Als ich am 29. oder 30. Februar hierher kam, war ich vier Jahre lang weg gewesen. Während dieser Zeit sind die Türme nicht verschwunden. Das bedeutet, dass Denosi sich geirrt hat – oder aber, dass während der ver-

* Von dieser Stelle an schreibt wieder Herr Alva, und zwar nicht nur Theorien und eigene Überlegungen, sondern auch ein Stück »Tagebuch«; zuerst in Toms Büchlein und später auf anderes Papier.

gangenen Jahre andere Menschen aus unserer Welt hier geblieben sind.
Für die zuletzt genannte Theorie scheint es ziemlich viele Beweise zu geben (meint mein Freund Vaal). Wahrscheinlich halten sich diese Leute jedoch verborgen, denn Fremde wie wir werden ja immer häufiger verfolgt und gefangen genommen oder aber zur Rückkehr gezwungen.
Wenn wir nun alle fortgingen und unsere Tagebücher hier zurückließen, was würde dann damit passieren? Sie sind sowohl ein Teil von hier als auch von dort; und in den Worten, die wir darin niedergeschrieben haben, steckt eine gute Portion von unserem Geist …

Ich schreibe dies für Tim auf – ich meine natürlich Tom –, und zwar am 28. Tag des Monats März.

Der Junge hat das Verbot missachtet und ist weggegangen, in die Dünen hinein. Ich könnte mir vorstellen, dass er sogar zum Gefährlichen Pfad gegangen ist … der meiner Meinung nach nur in den Augen der Wächter gefährlich ist: Das Transformatorenhäuschen könnte ja eventuell unerwünschte Erinnerungen und Gedanken wachrufen. Aber selbst die Türme haben das nicht fertig gebracht, also … Trotzdem, Tom hat sein Gedächtnis nicht völlig verloren; immer wieder kommt ein Stück Erinnerung zurück. Sein altes Tagebuch hat eher dazu beigetragen als ihn daran gehindert; manchmal tut es mir Leid, dass ich es ihm damals weggenommen habe. *Und ich finde es außerdem bedauerlich, dass er nicht mehr*

lange bleiben kann, denn wer weiß – vielleicht würde er dann …!
Aber ich muss dafür sorgen, dass er nach Hause zurückkehrt; ich bin schuld daran, dass er hier ist. Meine Schuld ist es auch, dass er sich demnächst hin- und hergezerrt fühlen wird zwischen zwei verschiedenen Welten – es sei denn, er ließe sein Tagebuch hier zurück. Ja, es wäre besser, wenn er es nicht mitnähme; er ist noch so jung und kennt noch kaum seine eigene Welt. Andererseits ist gerade seine Jugend auch ein Vorteil …
Er spricht das WORT ein bisschen anders aus als ich; zwei Buchstaben sind vertauscht. Ob ich wirklich zwei Buchstaben an eine andere Stelle setzen muss? Welches Wort erhalten wir dann?
Nein – nicht mit dem Jungen experimentieren, Thomas Alva! Du bist für ihn verantwortlich. Vielleicht wäre es am besten, wenn du sein Tagebuch – da du es nun einmal in Händen hast – zurückbehalten und ihm nicht wiedergeben würdest.
Und wenn er nicht nach Hause will, so musst du ihn schicken beziehungsweise mit ihm gehen; ja, wir werden gemeinsam gehen. Und er braucht dann niemals zu erfahren, was geschehen ist, *inter menses februarium et aprilem*; so werden ihm Unruhe und Verdruss erspart bleiben. (Und falls er sich dann überraschenderweise *doch* erinnern sollte, dann ist mein Ziel, auf das ich hinarbeite, erreicht: eine offene Verbindung zwischen zwei Welten.)

Später

Tom ist wieder hier; er sieht viel besser aus. Er hat einen großen Strauß von den gelb-roten Blumen gepflückt – unverschämt groß, meiner Meinung nach. Es ist hier nicht üblich, so viel abzupflücken, und ganz gewiss nicht so schöne Blumen wie diese; sowohl mein Glas als auch der Wasserkrug sind damit gefüllt. Sie sind tatsächlich wunderschön, wie kleine Sonnen; schließlich haben wir auch hier heute Feiertag*! Aber er hätte doch besser normale Frühlingsblumen gepflückt.

Ich weiß nicht, wie diese hier heißen; ja, ich kann nicht einmal sagen, ob sie eigentlich *hier* oder *dort* zu Hause sind. Tom nennt sie »Kokardenblumen«.

Er sagt, sie seien für das Mädchen Téja bestimmt; er will sie ihr persönlich bringen. Auf meine Einwände hört er nicht. Du liebe Güte, ich habe keine Ahnung, wie groß oder wie ernst seine Verliebtheit ist – aber eines steht fest: Sie macht die Situation ganz besonders kompliziert.

Er hat nicht nach seinem Tagebuch gefragt; ja, er hat nicht einmal gemerkt, dass ich es habe und darin schreibe. Ich glaube, ich werde es behalten (das ist auch günstig für die Dokumentation).

Was nun? Noch drei Tage lang muss ich den Jungen an der Kandare halten. Ich habe ihn überredet, heute hier zu bleiben; es ist schon spät am Nachmittag, und draußen sieht es so aus, als ob das Wetter umschlüge (bis jetzt war es strahlend schön). Außerdem muss er unten

* Ostern

bei Tom Vaal noch einmal Wasser und Lebensmittel holen (ich als alter Mann kann nicht noch mal all die Treppen hinunter und wieder herauf). Morgen will Tom dann zu Téja gehen.
Aber: Kommt Zeit, kommt Rat!

Sonntagabend

Habe die Lampe angemacht, obwohl ich das Fenster nicht verhangen hatte. Vielleicht ebenfalls eine Herausforderung, genauso wie Toms Spaziergang: Jawohl, wir sind da – in einem der unbewohnbaren und verbotenen Türme; soll es doch ruhig jeder sehen, dass wir uns hier aufhalten, und zwar unter Arrest!
Ab und zu überlege ich, ob mein Wortschatz groß genug ist, um mich ein wenig zu rächen – um die Menschen hier (die vielen, die von unserer Existenz gar nichts wissen und freundlich und friedlich sind, und die anderen, die uns verfolgen, weil sie sich selbstsicher fühlen und überzeugt davon sind, dass sie Recht haben), um all diese Menschen einmal aufzuschrecken und ihnen Angst einzujagen:

Jawohl, es gibt noch andere Welten als diese!

Diejenigen, die das nur allzu gut wissen, wie zum Beispiel die beiden Wächter Jansel und Davit, versuchen inzwischen immer intensiver, ihre eigene Welt vor der unsrigen zu verschließen.
Vor langer, langer Zeit scheint der Verkehr zwischen

den beiden Welten erheblich reger gewesen zu sein*, aber das hat sich nun geändert. Wir sollen weg von hier und unsere Tagebücher zurücklassen, damit wir zu Hause niemals erfahren, dass wir schon einmal hier gewesen sind – damit wir nicht erzählen können, was wir entdeckt haben. Denn sonst könnten unsere Mitmenschen auf den Gedanken kommen, auch einmal hierher zu reisen (hatte ich nicht selbst diesen Wunsch, einmal für eine Zeit lang meiner eigenen Welt zu entfliehen?). Und gerade das möchten sie hier nicht. Wir sind unerwünscht, unwillkommen; wir sollen dort bleiben, wo wir geboren sind.

»Ihr wollt auf zwei Hochzeiten gleichzeitig tanzen«, sagte Jan Davit vor vier Jahren zu mir. »Wenn es euch hier besser gefällt, dann macht es gefälligst dort droben bei euch genauso!« (Er konnte jedoch ebenso wenig wie ich sagen, wie wir das anstellen sollen.)

»Du kannst auch für immer hier bleiben, nur müsstest du dann deine Vergangenheit endgültig begraben ...« Also der eigenen Welt abschwören und so werden wie die anderen hier. Diesen Weg hat er bei Tom probiert. Ich möchte jedoch *beide* Welten mein Eigen nennen!

Keiner der Leute hier hat mehr den Wunsch, unsere Erde zu besuchen – keiner außer Denosi. Aber der ist Wissenschaftler und Forscher. Trotzdem scheint man ihm nun die Reise verboten zu haben.

Tom Vaal behauptet, dass früher doch ab und zu Reisen-

* Hierüber habe ich leider nur wenig erfahren können. Wie stand es damals zum Beispiel mit dem Problem Gedächtnisverlust? (Anmerkung von Thomas Alva)

de von hier aus gestartet seien; ich kann mir jedoch nicht vorstellen, dass sie mir jemals begegnet wären, und ich wüsste auch nicht, was aus ihnen geworden wäre.
Was übrigens diese Welt hier betrifft, so ist ihre Ähnlichkeit mit der unseren (soweit ich das feststellen kann) so groß, dass ich zu der Ansicht neige, dass sie früher einmal völlig gleich gewesen sind und sich erst von einem bestimmten Zeitpunkt an verschieden entwickelt haben. Aber dann –*

Tom sitzt mir gegenüber und liest in meinen Notizen. Ab und zu fragt er mich etwas: nur über *diese* Welt hier, und zwar sehr konkrete Fragen.
Ich traue ihm nicht so ganz; er führt irgendetwas im Schilde.
Hab ich Recht, Tom?
Fußtritte auf der Galerie –**

---

* abgebrochener Satz
** Hier bricht Herrn Alvas Bericht in Toms Tagebuch ab.

*Aus Herrn Alvas Tagebuch gerissene Seiten, um mein eigenes zu ergänzen. Th. W.**

Montag, 29. März

Gestern Abend: Tom und ich im Turm; unser Fenster als einziger erleuchteter Fleck wahrscheinlich meilenweit zu sehen. Fußtritte auf der Galerie. Besuch. Von wem? Wir versteckten rasch meine Bücher, Schriften und Papierrollen. Ich hatte noch Toms Tagebuch in Händen und stopfte es in meine Hosentasche.
(Inzwischen haben wir uns ein besseres Versteck für meine Notizen ausgedacht – eigentlich war es Tom, der darauf gekommen ist; es hat allerdings den Nachteil, dass man die Papiere, die man dort versteckt, nur unter größten Schwierigkeiten wieder herausholen kann. Aber zurzeit habe ich sie noch bei mir.)
Zum Glück war es Jan Davit und nicht Wim Jansel.
Er kam »nur mal eben nachschauen, wie es uns ging«; außerdem brachte er Toms alte Sachen und ein Paar Schuhe mit. Dann fiel sein Blick auf die Kokardenblumensträuße und das gefiel ihm nicht; er fing heftig an zu schimpfen.
Tom ist gewachsen, er ist reifer geworden; er ließ Davit einfach ausreden und sagte nach einer Weile ganz ruhig, dass er diese Blumen liebe, weil sie ihn an Téja erinner-

* Überschrift von Tom Wit. Danach weiter die Handschrift des Thomas Alva, diesmal jedoch auf losen Blättern (insgesamt fünf).

ten. Er sagte, dass er sie ihr schenken wolle, und ob er sie noch einmal sehen dürfe, denn er habe sie doch lieb. »Dafür kann ich ja schließlich nichts!«, sagte er. »Es ist vielmehr deine Schuld, Jan, denn durch dich haben wir uns kennen gelernt.«

»Ja und nein«, sagte Davit, nun ebenfalls in ruhigem Ton und ein wenig traurig, wie mir schien. »Warum willst du meine Tochter sehen?«, fragte er. »Zum Abschiednehmen? Was hat es denn für einen Sinn, dich zu verabschieden, wenn du doch weißt, dass du sie in Kürze – wenn du am 1. April nach Hause kommst – vergessen haben wirst?« Er setzte sich hin, ohne seine Augen von dem Jungen abzuwenden.

»Wer sagt denn, dass ich nach Hause gehen werde?«, sagte Tom.

»Das musst du wohl oder übel; es bleibt dir gar keine andere Wahl. Du weißt zu viel von dort, um hier zu bleiben; du würdest nie voll und ganz bei uns sein können ...«

»Jan Davit hat Recht«, sagte ich, obwohl es mir wehtat, ihm beipflichten zu müssen. »Und du weißt auch das WORT.«

Der Junge warf mir einen kurzen Blick zu. Wird er mich einen Verräter schimpfen oder wird er es verstehen?

Ich sah, dass Jan Davit erleichtert war. Er sagte: »Mein lieber Tim ... ja, für mich bist du Tim – aber dein richtiger Name ist Tom. Bald wird dir das WORT den größten Teil deines Lebens zurückgeben – vielleicht sogar den wichtigsten Teil.«

»Aber ist es auch der beste Teil?«, murmelte der Junge. »Früher hast du anders darüber gesprochen.«

Der Mann ließ sich nicht unterbrechen. »Deine Eltern, deinen Bruder … die willst du doch bestimmt wieder sehen? Deinen Vater, deine Mutter …«
»Ja, das möchte ich gern«, flüsterte Tom. Dann fragte er plötzlich: »Wo ist eigentlich Téjas Mutter?«
Jan Davit erstarrte. Er antwortete: »Nicht hier. Sie ist in einer anderen Welt.«
»In einer anderen … in unserer, in m-meiner Welt?«, stammelte Tom.
Auch ich war verblüfft. Über Jan Davits Frau hatte ich mir noch nie Gedanken gemacht.
Jan Davits nächste Antwort überraschte mich noch mehr: »Nicht in meiner und auch nicht in deiner. In einer *anderen* Welt, habe ich gesagt. Du hast doch selbst das Axiom aufgeschrieben: ›Es gibt andere Welten als diese.‹ Welt*en*. Mehrzahl. Unzählbare Welten. Die meisten wissen nichts voneinander. Viele verschließen sich voreinander. Wenn zwei einander begegnen, folgt fast unabwendbar ein Abschied – und wenn man noch so viele Worte aussprechen würde. Ich erinnere mich sehr wohl an meine Frau, an Téjas Mutter. Ich glaube jedoch nicht, dass sie sich an mich erinnert. Mehr möchte ich über diesen Punkt nicht sagen.«
Wir schwiegen einen Augenblick. Dann sagte Jan Davit leise: »In deinem Fall ist es so, dass Téja sich bestimmt an dich erinnern wird. Muss es ihr durch einen Abschied noch schwerer gemacht werden?«
»Es braucht ja kein t-trauriger Abschied zu sein.« Tom begann zu stottern. »Ich …« Er hielt einen Augenblick inne. »Ich möchte nur … Ich werde ihr bestimmt das

Herz nicht schwer machen. Ich …« Er war aufgestanden. »Ich möchte sie einfach noch einmal sehen und mit ihr durch die Dünen spazieren, über den verbotenen Pfad, oder zum Strand, oder wohin auch immer. Nur nicht hier im Turm!«
Auch Davit erhob sich. »Also gut. Du darfst dich mit Téja treffen – morgen, egal wann. Allerdings unter einer Bedingung: dass du mir jetzt dein Tagebuch gibst.«
»Mein Tagebuch? Und wirst du es dann …?«
»Ich will nicht, dass du es am Mittwoch mitnimmst.« Davit wandte sich nun zu mir. »Das gilt auch für Sie. Sie gehen doch hoffentlich ebenfalls weg?«
»Ja sicher, ich werde selbstverständlich mit ihm gehen.« Ich versuchte, den Jungen auf mich aufmerksam zu machen. »Gemeinsam gefangen, gemeinsam gehangen, nicht wahr, Tom?« Aber der Junge achtete überhaupt nicht auf meine Worte; er starrte immer noch Jan Davit an und schien nachzudenken.
»*Meine* Tagebücher bekommen Sie aber nicht«, sagte ich. »Es steckt jahrelange wissenschaftliche Arbeit darin und die können Sie nicht einfach vernichten.«
»Ich werde sie auch nicht vernichten«, sagte der Wächter.
»Sie werden sie irgendwo verschwinden lassen, damit kein Mensch sie jemals lesen kann.«
»Darüber entscheide ich nicht allein. Aber es ist möglich, dass es so ähnlich kommen wird. Und zwar im Interesse *unserer* Welt.«
»Ich weiß noch nicht genau, was ich tun werde«, sagte ich, »sie hier lassen oder mitnehmen.«

»Mitnehmen ist verboten.«
»Ich glaube, in den fünfmal vier Jahren hat sich hier allerhand geändert«, sagte ich. »Damals war hier nichts verboten.«
»Möglich«, antwortete Davit in scharfem Ton. »Aber würden Sie bitte in diesem Zusammenhang bedenken, dass ›verbieten‹ und ›verboten‹ Wörter sind, die erst durch Ihr Zutun hier in Gebrauch kamen? Vielleicht lesen Sie die Tagebücher aus Ihrer eigenen Welt daraufhin noch einmal durch.«
»Herrn Alvas Tagebücher gehen mich nichts an!«, rief Tom dazwischen. »Aber mein eigenes kannst du haben, Jan – hörst du? Du kannst es von mir bekommen. Aber ich gebe es nur unter einer Bedingung heraus.«
Jan Davit wandte sich von mir ab. »Und die wäre?«
»Dass du es vorher Téja zu lesen gibst, ehe du es versteckst oder verbrennst oder zerreißt. Erst soll Téja es lesen.«
Jetzt war es Jan Davit, der zögerte. »Und weshalb?«
»Das brauche ich nicht zu erklären … Du bekommst es jedenfalls nur unter dieser Bedingung. Ich habe es nämlich ganz besonders gut versteckt.«
»Aber Téja hat es doch schon gelesen!«
»Nein, nicht alles. Nichts, was die letzten Tage betrifft. Sie muss es noch einmal lesen … Ich habe nichts dagegen, dass du es ebenfalls liest – aber erst nach ihr.«
Jan Davit fasste einen Entschluss. »In Ordnung. Téja wird es lesen.«
»Ehrenwort?«
»Ehrenwort. Es sei denn, dass sie selbst keine Lust dazu hat.«

»Und wann kann ich sie sehen?«
»Das habe ich dir doch schon gesagt: morgen. Du kannst am Tor auf sie warten. Nur noch eins: bitte ab sofort keine Spaziergänge mehr außerhalb des Turmes – beziehungsweise nur mit ausdrücklicher Genehmigung von Wim oder mir. Also abgesehen von morgen nur noch am 1. April den Turm verlassen. Die Zahl der Wächter hier in der Gegend wird noch verstärkt werden ...« Davit seufzte. »Und jetzt gib mir bitte dein Tagebuch.«
»Ich hole es eben.«
»Nicht nötig«, sagte ich. »Ich habe es hier, Tom. Ich hoffe, du nimmst es mir nicht übel, dass ich das eine oder andere hineingeschrieben habe.«
»Nein«, sagte er, während ich es ihm überreichte. »Nur schade, dass ich das jetzt nicht mehr lesen kann ...« Er fragte Davit: »Darf ich noch ein paar Zeilen hineinschreiben? Eine Art Schluss?«
Jan Davit machte ein Gesicht, als ob ihn sein Versprechen schon wieder reute. Doch er sagte: »Gut. Aber mach bitte nicht zu lang.« Der Junge setzte sich hin und begann hastig zu schreiben.
Davit wandte sich nun wieder zu mir. »Am liebsten würde ich Ihre Tagebücher auch sofort mitnehmen.«
»Du kriegst sie aber nicht«, sagte ich, doch plötzlich fühlte ich, wie die Angst in mir emporkroch. Er ist ein stämmiger, kräftiger Typ. Tom schrieb noch; ich merkte, wie wichtig ihm das war.
»Du bekommst sie nicht! Ich bin alt und Tom ist noch ein Junge – aber dieser Turm hier gehört *uns*! Ich würde das mit einkalkulieren, Jan Davit. Ich kenne mehr als

nur das eine Wort …« Das war natürlich Bluff und Davit hat bei weitem nicht so viel Angst vor dem Unbekannten wie Jansel. Ich sagte: »Meine Tagebücher betrachte ich als mein Lebenswerk. Ich persönlich glaube nicht, dass unsere Welten voreinander verschlossen werden müssen. Und ich scheue mich auch nicht, in einem Akt der Verzweiflung ein Wort auszusprechen, dessen Folgen ich nicht übersehen könnte …«

»Wir haben noch nicht den 1. April«, sagte er ruhig.

»Ich rede ja auch nicht von einer ›Verschickung‹ in meine Welt. Du hast es selbst gesagt: Es gibt unendlich viele Welten. Eine davon ist …« (Mir lief ein Schauer über den Rücken, denn ich wusste plötzlich, dass dies keine wilde Drohung, sondern die Wahrheit war. Über dieses Thema jedoch später.)

»Schluss jetzt«, sagte er. »Sie sind immer noch derselbe lästige alte Herr – zum Glück stehen Sie in Ihrem eigenen und in unserem Interesse unter Arrest.« Dann fügte er in freundlicherem Ton hinzu: »Passen Sie nur gut auf den Jungen auf. *Sie* haben ihn hierher gebracht.«

»Ich bin fertig«, sagte Tom. Er klappte das Büchlein zu, stand auf und überreichte es Davit. »Hier, bitte sehr.«

Davit blätterte flüchtig darin; er nickte und sagte: »Dankeschön.« Der Junge zog plötzlich die Blumen aus dem Wasser. Ein Glas kippte dabei um. »Nimm sie mit«, sagte er, »für Téja.«

Jan Davit bekam sie einfach in die Hände gedrückt; er betrachtete sie stirnrunzelnd. »Wir bekommen schlechtes Wetter«, brummte er. »Aber diese Blumen sind ein Stückchen Sommer.« Er nickte uns ein wenig unbehol-

fen zu und ging weg (Tom ließ ihn hinaus), mit den Blumen und dem Büchlein – über die kalte, zugige Galerie. Wir horchten, bis seine Schritte immer leiser wurden und schließlich erstarben.
»Vielleicht hätte ich ihn begleiten sollen?«, meinte Tom flüsternd. »Er ist die vielen Treppen nicht gewöhnt, und dann auch noch im Dunkeln.«
»Ja, vielleicht hättest du das tun sollen«, sagte ich.
Er tat es jedoch nicht. Wir unterhielten uns auch nicht mehr. Ebenso wenig hatte ich den Mut zu fragen, was Tom (Thomas) Wit als Abschluss in sein Tagebuch geschrieben hat.
Inzwischen ist Toms Morgen angebrochen, mit Regen, Sturm und wässrigem Schnee. Er läuft nun irgendwo draußen herum – mit dem Mädchen Téja. Was bedeutet so ein Märzwetter schon, wenn man verliebt ist?
Es war doch gut, dass er die Blumen gepflückt hat; bei diesem Wetter wäre nichts von ihnen übrig geblieben.*

Sonntagabend, 28. März

Liebe Téja, ich nehme lieber in Kauf, traurig zu sein, weil ich dich nicht vergessen kann, als dass ich dich *doch* vergesse. Ich möchte wissen, dass du existierst, auch wenn ich dich nie mehr wieder sehe.

Tim

---

* Fortsetzung des Tagebuches von Thomas Alva auf Seite 243; dazwischen folgen zuerst die Zeilen, die Tom-Tim in sein Tagebuch schrieb.

*Montagabend (immer noch 29. März)**

Tom ist wieder da; nass, mit roten Wangen und keineswegs so traurig, wie ich erwartet hatte – eher in recht guter Stimmung. Ich vermute immer noch – ja, ich fürchte es sogar –, dass er einen bestimmten Plan hat. Er ist dazu imstande; ist er nicht auch gegen meinen Rat und für mich ganz unerwartet hierher gekommen? Ich fragte ihn ein wenig aus, aber anstatt zu antworten, erkundigte er sich nach meinen eigenen Plänen. Ich sagte, wir würden gemeinsam zurückkehren, und flüsterte ihm zur Sicherheit noch einmal das WORT zu; aber jetzt scheint es, als sei er nicht mehr damit einverstanden. Er hält es für unmöglich, dass ich alle meine Schriften mitnehmen kann (die erheblich umfangreicher und vollständiger sind als seine eigenen, obwohl ich zum Beispiel kaum etwas über das hiesige Schulwesen notiert habe). Er meint, es sei eine Sünde und Schande, sie zurückzulassen, selbst wenn man sie hier wahrscheinlich nie finden würde. Denn die Stelle, an der wir sie verstecken würden, könnte nur bei genauer Kenntnis solcher Wohnhochhäuser, und zwar im Hinblick auf deren Architektur und Zweckmäßigkeit, entdeckt werden. Tom ist der Ansicht, ich müsse hier bleiben – jedenfalls wenn dies mein geheimer Wunsch sei. Schließlich könne man mich nicht *zwingen*, das WORT auszusprechen.

Ich behaupte ihm gegenüber, dass ich es für meine *Pflicht* halte, ihn zu begleiten.

---

* Fortsetzung von Herrn Alvas Tagebuch

Er dagegen sagt, dass er kein Kind mehr sei und außerdem nicht einmal sicher wisse, ob er selbst zurückgehen solle.
In diesem Punkt sind wir uns nicht einig; jetzt zum Schluss bittet er mich um Papier. Er sagt, er müsse weiter Tagebuch schreiben, diesmal nur für Téja. Aber das glaube ich ihm nicht. Soll ich –*

~

*Montag, 29. März***

Man kann durch den Regen laufen, ohne nass zu werden; man kann auch nass werden und das nicht weiter schlimm, sondern sogar schön finden. Mit Téja zusammen kann man schwimmen, laufen, rennen, fliegen – einfach alles! Aber die Kokardenblumen waren vom Sturm geknickt und ganz zerzaust und vor dem fensterlosen Häuschen hatte sie Angst. Ich nicht – nun nicht mehr.
Wir mussten miteinander sprechen, aber wir hatten keine Lust dazu. Wir wanderten kreuz und quer durch die wilde Dünenlandschaft; aber schließlich wurde es uns doch zu kalt. Und so führte sie mich irgendwo ins Warme, wo wir etwas trinken konnten. Wir saßen an einem

---

* An dieser Stelle bricht Thomas Alvas Tagebuch ab (auf dem fünften losen Blatt), mitten in einem begonnenen Satz.
** Fortsetzung des Tagebuchs von Tom-Tim Wit, auf losen Blättern notiert.

Fenster, von dem aus unser Blick über die graue See schweifte, und ich erzählte ihr von meinem Plan.
Sie aber sagte, so wie es auch ihr Vater getan hatte, dass ich gehen müsse. Wir setzten uns auf einen anderen Platz, so dass ich die See nicht dauernd vor Augen hatte; wir spielten mit unseren Händen, und ich sagte, dass ich nicht fortwolle. *»Du weißt auch, warum!«*
Sie sagte: »Hier und jetzt lieben wir einander. Und wenn du mich vergisst – was ich mir beinahe nicht vorstellen kann –, dann muss es eben so sein.«
»Aber weshalb muss es so sein? Ich will einfach nicht glauben, dass es so kommen wird – so, als ob es ein Naturgesetz wäre. Und trotzdem habe ich Angst, dass es geschehen wird. Aber wie wäre es denn, wenn du mit mir gehen würdest?«
Das hätte ich nicht sagen sollen. Ich wusste doch sowieso, dass sie nicht mitgehen will oder nicht mitgehen kann. Und trotzdem machte ich ihr im Stillen Vorwürfe. Ihre Augen standen plötzlich voller Tränen, aber sonst änderte sich ihr Ausdruck nicht. »Ich bin von hier – hier ist mein Zuhause; hier ist für mich alles genau richtig und gut. Irgendwo anders könnte ich nicht leben. Ich würde dort unglücklich sein und es *dir* vorwerfen. Ich will Jan behalten, dies alles hier, heute, gestern … Ich möchte es nicht verlieren, nein, ich möchte das alles behalten. Auch dich, Tim, auch dich, aber ich sehe jetzt ein, dass das nicht möglich ist. Du kannst auch nichts daran ändern; erst jetzt verstehe ich, warum du immer weitergesucht hast – auch wenn dieses Suchen uns jetzt zu diesem Punkt gebracht hat … Tim, ich will nicht *verges-*

sen; wenn es stimmt, was sie hier alle sagen, dann werde ich aber doch alles vergessen, wenn ich mitgehe. Selbst an dich würde ich mich nicht erinnern; wir würden uns in deiner Welt wie Fremde gegenüberstehen …«

»Und uns von neuem ineinander verlieben!«

»Wieso bist du da so sicher? Deine Welt ist nicht die meine. Vielleicht bist du dort ganz anders als hier …«

Ich sagte: »O nein, bestimmt nicht«, aber sie schüttelte den Kopf und entzog mir ihre Hände. »Mein lieber, lieber Tim, es gibt für dich nur eine einzige Möglichkeit: Du musst gehen. Höre auf mich, ich bin älter als du.«

»Du bist nicht älter!«

»Ich meine nicht älter an Jahren – das wäre mir völlig egal.«*

Später schlenderten wir langsam zurück.

»Wenn ich bestimmt wüsste, dass ich dich *nicht* vergessen würde«, sagte ich, »dann würde ich vielleicht doch gehen; denn dann könnte ich ja jederzeit hierher zurückkehren. Aber du hast sicher keine Lust, vier Jahre auf mich zu warten.«

Sie entgegnete, dass sie in diesem Augenblick durchaus bereit sei, vier Jahre zu warten; aber wer kann mit Sicherheit wissen, so fragte sie, wie man in vier Jahren denken und empfinden wird?

»Ich habe mein Tagebuch aus der Hand gegeben als Tauschobjekt für dieses Zusammensein mit dir!«

»Ich weiß.«

---

* Diese Seiten sind mit Flecken übersät und nur mühsam zu entziffern.

Ich kann nicht beschreiben, wie sie aussah; sie war noch immer nass, und traurig und hübsch zugleich.
Der Gedanke an meinen Plan nahm mich immer stärker gefangen. Ich könnte so tun, als ob ich gehen würde, als ob ich das WORT an einer ruhigen Stelle am Strand aussprechen würde; stattdessen würde ich flüchten und gleichzeitig hier bleiben: indem ich mich auf einem Frachter versteckte, auf einem Schiff mit Kurs auf England ... dort würde ich eine Zeit lang bleiben oder vielleicht auch noch weiterreisen, um dann lange nach dem 1. April zurückzukommen, als jemand von *dieser* Welt – als Téjas Vetter Tom aus Atlantis. Sie nennt mich Tim, immer nur Tim. Ihr Vetter aus Atlantis heißt aber Tom ... Ist das nicht sehr merkwürdig?
Sie wollte mir jedoch auf meine Fragen und Pläne nicht mehr antworten; sie wollte nur noch, dass ich sie küsste. Und dann sagte sie, dass sie in mein Tagebuch einen Schluss geschrieben habe, oder besser ausgedrückt eine Antwort, und dass ich sie erfahren soll, bevor ich weggehe.

30. März

Herr Alva und ich haben seine Papiere an der Stelle versteckt, die wir uns überlegt hatten, und jetzt ist er zu Besuch bei Herrn Vaal (mit Genehmigung der Wächter).
In zwölf Stunden beginnt der 1. April.
Ich habe heimlich den 29. März aus Herrn Alvas Tagebuch gerissen, weil das zu *meiner* Geschichte gehört. Er

wird sich auch ohne Notizen daran erinnern, weil er nicht von hier weggehen wird. Ich weiß mit absoluter Sicherheit, dass er es eigentlich nicht möchte; und ich finde, dann soll er es auch nicht tun. Ich wollte nur, dass ich selbst wüsste, was ich tun soll!
Falls ich morgen weggehe, nehme ich auf jeden Fall diese losen Blätter mit (versteckt in meinen Schuhen). Möglicherweise werden sie trotzdem entdeckt und mir abgenommen – na ja, dann kann ich es auch nicht ändern.

Ich weiß nicht genau, was Téja meinte.
Doch eines weiß ich: dass ich mich am 1. April *allein* auf den Weg machen werde, und zwar schon zeitig in der Nacht, obwohl ich erst bei Sonnenaufgang am Strand sein muss. Sie werden mir folgen, aber nicht bis zum Schluss; denn wer das WORT ausspricht, muss allein sein.
Ob sie wohl auch – so wie ich es getan habe – meinen Fußspuren auf dem Strand nachgehen werden, bis diese plötzlich irgendwo verschwinden?
Ich könnte noch immer meinen Plan ausführen; ich bin genügend informiert, um eine echte Chance zu haben, dass es mir glückt: Engelland zu erreichen, und zwar über dieses Meer.
Aber ich habe Angst.
Dass ich das WORT *doch* aussprechen werde.
Weil ich darauf brenne, zu erfahren, wer ich früher war.
Und ist es nicht so, dass derjenige, der ich jetzt bin, aus demjenigen entstanden ist, der ich einmal war?
Weil ich wissen will, mit Sicherheit wissen will, ob diese

andere Welt existiert und zu welchen Menschen ich dort gehöre – wen ich dort gern hatte und wer mich gern hatte.
Weil ich wahrscheinlich der Versuchung nicht widerstehen kann, wie schon in den Träumen der vergangenen Nächte. Es war eine Macht, die stärker war als ich – oder es war Téja, die mich das WORT aussprechen ließ. Vielleicht habe ich es sogar laut gerufen, aber es war ja noch nicht der 1. April.

Später

Nichts von Téja gehört.
Gestern stand ich mit ihr zusammen oben auf einer Düne. Es war fast trocken geworden; es nieselte nur noch ein wenig und die Sonne spähte durch den Dunst. Wir hielten uns fest umschlungen und es roch nach feuchter Erde. Wir blickten zu den Türmen hinüber. Sie schienen mächtig und groß und geheimnisvoll – mit ihren vielen hundert Fenstern, die sich als blasse Lichtpunkte abhoben –, gebieterisch in den grauen, verregneten Himmel emporragend; ein Mittelding zwischen Schein und Wirklichkeit.
Téja flüsterte mir zu: »Was ist das nur für eine Welt, wo man Städte baut mit solch hohen, seltsamen, unmenschlichen Türmen wie diese hier? Nein, da kann ich nicht hingehen.«
Mich hat das Bild jedoch stark beeindruckt und neugierig gemacht.

Mittwoch, 1. April (nachts)

Herr Alva schläft noch. Der Wecker, den er sich von Herrn Vaal geliehen hat, tickt; er hat keine Ahnung, dass ich ihn um eine ganze Stunde zurückgestellt habe.
Im rückwärtigen Zimmer habe ich ihm beim blassen Licht des Mondes einen Brief geschrieben, auf einem der leeren Blätter, die noch übrig geblieben sind. Ich gehe, und zwar allein.
Aber Téja hat gesagt, sie habe einen Schluss für mein Tagebuch geschrieben, für das Tagebuch, das ich immer wieder von neuem begonnen habe.

MOIXA Es gibt noch andere Welten als diese.
(Ich habe bewiesen, dass diese Behauptung wahr ist, zwischen dem 30. Februar und dem 1. April.)*

---

* Hier enden Toms Notizen, die er auf einzelne lose Blätter geschrieben hat. Ich habe den Text einer Seite weggelassen; sie enthält neben dem Axiom einige verschwommene Bemerkungen bezüglich der Periode zwischen dem 30. Februar und dem 29. März; diese Periode ist ja in seinem Tagebuch ausführlich beschrieben. Was nun folgt, steht wieder in diesem Tagebuch.

Téjas Antwort an Tim*

Lieber Tim, ich hoffe und wünsche, dass du mich nicht vergisst und dass du weißt, dass ich existiere.

Nimm dein Tagebuch mit

1. April, kurz vor Sonnenaufgang

Dies also hat sie für mich aufgeschrieben. Sie hat ihrem Vater mein Tagebuch gestohlen (ich hatte im Stillen darauf gehofft), so dass ich später immer wieder lesen kann, was zwischen uns war. Mitten darin liegt eine Kokardenblume.

Der Hund hat es mir gebracht, als ich leise durch die Dünen schlich; er tauchte plötzlich auf wie ein Schatten, legte das Büchlein zu meinen Füßen nieder und war auch schon wieder verschwunden. Ich habe noch nach ihm gesucht, jedoch nicht lange; dann bin ich weggerannt. Ich weiß bestimmt, dass ich verfolgt wurde, von Wächtern oder anderen Leuten; sie müssen auch jetzt hier in der Nähe sein.

---

* Sie steht in Tims/Toms eigenem Tagebuch.

Als ich mich nach den Türmen umschaute, waren beide dunkel; aber jetzt kann ich sie schon lange nicht mehr sehen. Ich sitze hier fröstelnd am Fuß einer Düne, meine Augen auf Strand und See gerichtet, in der Nähe des Hafens.

Jetzt gleich wird die Sonne aufgehen.

Ganz hinten in der Ferne sehe ich eine winzige Gestalt auf dem Strand – kommt sie näher? Oder nicht? Ein Mensch?

Soll ich das WORT aussprechen – ja oder nein*

---

* Hier endet das Tagebuch »inter menses februarium et aprilem«. Es steht jedoch noch mehr in diesem Notizbuch (siehe Vierter Teil: Epilog).

Vierter Teil

Epilog

Tagebuch-Fragmente:
von Mai 1964 bis 29. Februar 1968,
sowie Zeitungsausschnitte, ein Brief vom
30. April 1972, ein Aufruf und ein Nachwort von
Tonke Dragt von 1973 mit Nachträgen von
1985 und 2000

Zwei Zeitungsausschnitte

Aus dem Stadtanzeiger vom 2. März 1964

Am Samstag, den 29. Februar, hat der 14-jährige Schüler Thomas Wit (Rufname Tom) sein Elternhaus mit unbekanntem Ziel verlassen.
Personenbeschreibung: Der Junge ist für sein Alter ziemlich groß. Er hat dunkelblondes Haar und graublaue Augen. Bekleidet war er vermutlich mit dunkelblauen Jeans, einem grau gemusterten Pullover und blauem Anorak. Hinweise über den Verbleib des Jungen nimmt jede Polizeidienststelle entgegen.

Aus dem Stadtanzeiger vom 2. April 1964

Gestern wurde der inzwischen 15-jährige Tom Wit, über dessen Verschwinden wir in unserer Ausgabe vom 2. März berichteten, wiedergefunden. Nachdem er etwa einen Monat lang spurlos verschwunden war, wurde er gestern Nachmittag zufällig von einem Nachbarn der Familie Wit gesehen und erkannt. Der Junge irrte durch das Dünengebiet, das in der Nähe des Hafens liegt. Während sein Gesundheitszustand nichts zu wünschen übrig lässt, macht er in geistiger Hinsicht einen ziemlich verwirrten Eindruck. Wie er sagt, kann er sich beim besten Willen nicht daran erinnern, was er während des verflossenen Monats getan und wo er sich aufgehalten hat. Er konnte lediglich angeben, dass er sich plötzlich am Strand befunden habe, und zwar in der irrigen Meinung, es sei erst der 29. Februar …

*Mai 1964**

Erst jetzt habe ich alles gelesen, was die Zeit zwischen dem 30. Februar und dem 1. April in X betrifft. Ich weiß überhaupt nicht, was ich davon halten soll; ich bin völlig durcheinander.

27. Mai 1964

Ich habe dieses Tagebuch sorgfältig versteckt; der Arzt weiß jedoch davon und möchte gerne, dass ich es ihm zu lesen gebe. Ich bin doch nicht verrückt! Aber vielleicht bin ich tatsächlich verrückt. Ich bin gerade dabei, es noch einmal durchzulesen (was ziemlich lästig ist, weil ich einen Spiegel dazu benutzen muss), und – *ich erinnere mich an nichts*, an gar nichts.

Und doch muss ich es selbst geschrieben haben; ich bin sicher, dass es *meine* Handschrift ist (nur unordentlicher). Ich habe es mir auf keinen Fall nur ausgedacht, das weiß ich bestimmt. Wenn ich es also nicht ausgedacht, aber trotzdem niedergeschrieben habe, muss ich es erlebt haben. Wie schrecklich, so etwas zu erleben und sich dann nicht mehr daran zu erinnern!

O nein, ich bin nicht übergeschnappt. Ich habe nur meine Erinnerung an diese Monate verloren, und das ist ganz normal – zumindest dann, wenn ich wirklich dort

---

* Fortsetzung von Tom Wits Tagebuch, und zwar beginnend auf der ersten Seite nach dem 29. Februar 1964. (Der Bericht vom 30. Februar bis zum 1. April steht, selbstverständlich in Spiegelschrift, am anderen Ende.)

war. Ich war im März dort und bin im April zurückgekommen; und jedes Mal wenn ich versuche, die Erinnerung heraufzubeschwören, sage ich zu mir selbst: die Türme des Februar.

28. Mai

Die beiden anderen Handschriften in meinem Tagebuch sind doch ebenfalls Beweise dafür, dass es tatsächlich passiert ist. Herr Alva (Avla) und Téja. Ich habe Téja vergessen! Ich wünschte, ich würde sie kennen.

30. Mai

Ich erinnere mich gut an alles, was vor dem 29. Februar war. Selbst daran, dass ich am 29. ganz frühmorgens unser Hochhaus verlassen habe und zum Strand gegangen bin. Es dämmerte gerade, als ich am Rand der Wellen stand. Ich habe jedoch keine Erinnerung an das WORT.
Herrn Alva habe ich an jenem Morgen nicht gesehen.
Gestern bin ich zu seiner Wohnung hinaufgegangen – nicht mit dem Lift, sondern zu Fuß über die Treppe. Alles war abgeschlossen; man sagte mir, er sei verreist. Ich habe eine Zeit lang draußen auf der Galerie gestanden. Überall ringsum sind Wohntürme, viel mehr als nur zwei. Auch das Meer konnte ich sehen.
Eines weiß ich ganz sicher: Habe ich dort damals das WORT ausgesprochen? *Ja!*

3. Juni 1964

Der Arzt sagt, ich solle mir keine Sorgen machen. Ich würde es zu gegebener Zeit sicher wiedererlangen (das Gedächtnis). Und sollte es nicht zurückkommen, so sei auch das keine Tragödie, sagt er. Der hat gut reden – er hat ja überhaupt keine Ahnung!
Weshalb erinnere ich mich eigentlich nicht an das WORT? Im Februar wusste ich es doch. Ich muss es herausfinden können; ich habe noch mal durchgelesen, was ich am 27. März in mein Spiegeltagebuch geschrieben habe – dort muss es zu finden sein. Wäre nur Herr Alva hier! Er ist nicht verreist, weder nach England noch nach Amerika. Er ist noch *dort*! Ob er wohl immer noch im Turm gefangen sitzt?

*1967**

Dies hier entdeckte ich – und es gab mir fast einen Schock – in einem Gedicht von Lewis Carroll, dem Dichter und Mathematiker. Es stand in der Erzählung *Through the Lookingglass*, die ebenfalls in einer anderen Welt spielt, selbst wenn der Dichter sagt, es sei nur ein Traum.

---

* Ohne Datum; die Jahreszahl ist später hinzugefügt worden. Dies ist der Anfang eines neuen Tagebuchs, allerdings immer noch im gleichen Notizbuch. Während der Jahre 1965 und 1966 hat Tom offensichtlich nichts geschrieben.

And now if e'er by chance I put
  my fingers into glue,
Or madly squeeze a righthand foot
  into a lefthand shoe,
Or if I drop upon my toe
  a very heavy weight,
I weep, for it reminds me so
of that old man I used to know –
Whose hair was whiter than the snow …

It reminds me so of my Tagebuch (mir fällt im Augenblick nicht das englische Wort für Tagebuch ein). Es erinnert mich an Herrn Alva beziehungsweise an Thomas Alva, den Wissenschaftler und Erfinder. Und an die Spiegel. Ich habe vor, aus meinem Tagebuch ein richtiges Buch zu machen. Und dann soll dieses Gedicht auf der ersten Seite stehen.
to remind – sich erinnern. Ich kann mich noch immer nicht an das WORT erinnern. Aber ich habe zumindest eine Vermutung, wie es ungefähr heißen könnte. Diese Vermutung tauchte auf, als ich mein Tagebuch von dort noch einmal las.

Dienstag, 28. Februar 1967

Nach dem 28. Februar folgt der 1. März. Im nächsten Jahr wird es hier jedoch wieder einen 29. Februar geben. Dann würde ich wieder die Möglichkeit haben, nach *dort* zu gehen, falls man den Theorien des Herrn Alva

Glauben schenken darf. Als ich 14 war, glaubte ich daran; jetzt scheinen sie mir an den Haaren herbeigezogen und unglaubwürdig. Schaltsekunde und Schalttag!
Aber andererseits: Herr Alva ist noch immer nicht wiedergekommen.
Und da ist ja auch mein Tagebuch. Seine Existenz lässt sich nach wie vor nicht erklären. Einen ganzen Monat lang hat man mich überall gesucht, ohne mich zu finden. Während dieses Monats habe ich den überwiegenden Teil der Tagebuchnotizen geschrieben. Und zwar in Spiegelschrift.
Befand ich mich in einem Trance-Zustand, als ich dies alles schrieb? Oder habe ich es geträumt? Aber man träumt doch keinen ganzen Monat lang! Und wo war ich, als ich es schrieb? Ich befand mich in einer Welt, die in mancherlei Hinsicht ein Spiegelbild (verzerrt? verbessert?) dieser Welt war. So etwas ist doch, vom wissenschaftlichen Standpunkt aus gesehen, unmöglich? Etwa in der Richtung von Materie und Antimaterie, die einander aufheben. Nein, es muss anders gewesen sein: Ich selbst verwandelte mich in mein eigenes Spiegelbild. Nicht dagegen das Tagebuch, die (Wohn-)Türme und andere unbeseelte Gegenstände. Es ist jammerschade, dass ich nicht noch mehr Seiten aus Herrn Alvas Tagebuch besitze – vor allem jene, auf denen die Theorien dieses »Denosi« erörtert werden. (Anagramm* von Edison!) Schade auch, dass ich nicht mehr

* Anagramm (griech.): Wortumbildung durch Buchstabenversetzung, z. B. Beil, lieb, Leib, Blei (Der Große Herder)

über die Gespräche mit ihm und den Wächtern aufgeschrieben habe.
Es macht mich fast wahnsinnig, dass das Tagebuch so unvollständig ist. Ich kann zwar etwas dazuphantasieren, aber was nutzt mir das? Selbst die einfachsten Dinge muss ich raten. Nun gut, die Türme sind ganz normale (??) Wohnhäuser, und die mit einem Blitz gezeichnete Tür an dem fensterlosen Häuschen weist auf die GEW hin, die städtischen Gas-, Elektrizitäts- und Wasserwerke. Wer jedoch sollte Interesse daran haben, ein Transformatorenhäuschen hinüberzubefördern? So was geschieht doch nicht versehentlich! Gab es dort elektrisches Licht? Ich lese nur von »Lampen«. Und was war es zum Beispiel für ein Fahrzeug, mit dem »meine Verfolger« am Abend des 20. März wegfuhren? Wie sah die »fröhliche« Stadt aus, in der ich über drei Wochen wohnte, in einem Haus voll unvermuteter Ecken? Die Stadt, in der es mir sogar *Spaß* machte, zur Schule zu gehen?
Und ferner: Atlantis. Befand ich mich in einer »alternativen« Welt, in der jener Kontinent noch nicht versunken ist? Zurzeit lese ich wieder Bücher über Atlantis, eins nach dem andern, aber klüger bin ich dadurch nicht geworden.

Ich habe bis jetzt nur eine einzige Sache ganz konkret überprüft: die Kokardenblume gibt es auch hier – eher bekannt unter dem Namen »Gaillardia«*. Sie blüht mit-

* Gaillardia: Kokardenblume, Stauden mit großen braunen oder gelben Blüten (Der Große Herder)

ten im Sommer, auf keinen Fall im März. Eine herrliche Blume!
Ich möchte nicht über Téja schreiben. Ich habe eine bestimmte Vorstellung von ihr, aber es kann sein, dass sie total verkehrt ist. Ich habe sie vergessen. Wenn sie so war (oder ist), wie ich meine, kann es doch eigentlich gar nicht möglich sein, dass ich sie vergessen konnte?!
Früher hatte ich niemals irgendwelche Phantasien, die Ähnlichkeit mit meinen Tagebuch-Aufzeichnungen gehabt hätten. Jetzt habe ich sie – aber erst seitdem ich die Aufzeichnungen gelesen habe.

Kein Mensch fragt mich je nach dem Monat, in dem ich mein Gedächtnis verloren hatte; aber ich vermeide es auch, darüber zu sprechen. Mein Tagebuch hat man bis heute nicht entdeckt; vielleicht haben sie es inzwischen vergessen, oder aber sie glauben, dass es überhaupt nicht existiert hat. Ich selbst denke sehr oft daran, ja, ich kenne es fast auswendig.
Ab und zu sehe oder höre ich etwas, was mir das Gefühl gibt, die Erinnerung greifbar nahe zu haben. Zum Beispiel ein Gesicht, das ich noch nie gesehen habe und das mir doch vertraut vorkommt, oder ein Ort, an dem ich noch nie war und den ich doch zu kennen meine. Allerdings ist dies eine Erfahrung, die jeder von uns schon mal macht.
Ein anderes Gefühl ist viel unangenehmer. Dann scheint plötzlich alles und jedes unbekannt zu werden, alles wird mir plötzlich fremd – so als ob ich hier nicht mehr hingehörte.

1. März 1967

So als ob ich hier und jetzt nicht mehr zu Hause sei. »Anpassungsschwierigkeiten« nennen das die anderen. Was würden sie wohl sagen, wenn sie mein Spiegeltagebuch lesen würden, inter menses februarium et aprilem?

Mittwoch, 8. März 1967

Gestern während der Physikstunde fuhr ich plötzlich zusammen: Ein Transformatorenhaus aus *dieser* Welt hier ist eigentlich etwas ganz Besonderes. Diejenigen, die seine Funktion kennen, könnten ohne weiteres auf alle möglichen philosophischen Gedanken kommen. Das gilt vor allem für solche Leute, die über das Axiom Bescheid wissen. Denn was tut ein Transformator? *Umsetzen.** In gewisser Weise ist auch das WORT ein Transformator, zumindest für beseelte Lebewesen.

Donnerstag, 1. Februar 1968

Heute sind es genau vier Jahre her, seit ich anfing, in dieses Büchlein zu schreiben.
Voriges Jahr, 1967, habe ich aufs Neue begonnen, Tage-

* Transformator (Lat. = Umwandler): elektrotechnische Vorrichtung zur Umwandlung von Wechselstrom in einen solchen anderer Spannung (Der Große Herder)

buchaufzeichnungen zu machen; am 22. März habe ich eine neue Kladde dazu genommen.
Den Anfang aus der Kladde übertrage ich jetzt in dieses Büchlein; es sind noch ein paar Seiten frei, die ich dazu benutzen möchte, alles ein wenig abzurunden und zu vervollständigen.

*22. März 1967 (Mittwoch)**

Ich bin in den Dünen gewesen. Es regnete und gleichzeitig schien die Sonne. Die Beleuchtung war eigenartig – sie wirkte unwirklich und sehr aufregend. Ich schaute mich nach unseren Hochhäusern um und sah sie plötzlich ganz anders als sonst ... so, wie ich sie am 30. Februar gesehen haben muss: als ob sie *nicht hierher gehörten*, in trügerischem Gelb glänzend, hoch aufragend vor den dunklen Wolken.
Danach ging ich den Strand entlang; ich begegnete einem braunen Hund (keinem rotbraunen), der mit einem Stock spielte, den ich immer wieder wegwarf. Als der Hund dann verschwunden war (er wurde von seinem »Herrchen« gerufen), war ich mutterseelenallein. Und in diesem Augenblick fiel mir das WORT wieder ein – haargenau, Buchstabe für Buchstabe.

---

* Toms Geburtstag (Er wurde an diesem Tag 18 Jahre alt.)

23. März 1967

Ich habe mein Spiegeltagebuch noch einmal durchgelesen (ich kann jetzt die einigermaßen ordentlich geschriebenen Passagen ohne Spiegel lesen), und jetzt verstehe ich nicht mehr, weshalb ich nicht schon eher auf das WORT gekommen bin.
Im Übrigen habe ich nach wie vor keinerlei Erinnerungen an den März 1964.
Was für ein Mann war (ist) Jan Davit? Wusste er, dass Téja mein Tagebuch stehlen würde, um es mir zurückzugeben? Er wusste sicher erheblich mehr über andere Welten, als er zugegeben hat (beziehungsweise mehr, als ich aufgeschrieben habe).
Ob er wohl *hier* gewesen ist?
Jan, ein ganz alltäglicher Name. Der Bruder meines Vaters heißt Jan, oder richtig Johann; Hans ist nach ihm benannt. Er (Hans, mein Bruder) weiß inzwischen, dass ich ein Tagebuch führe. Ich lasse es ihn aber nicht lesen. Wohl habe ich ihm ab und zu etwas erzählt … aber so als ob es reine Phantasie sei, eine von mir erfundene Geschichte.

Fortsetzung vom 1. Februar 1968

Ich habe einen Entschluss gefasst. Jetzt bald, am 29. Februar, werde ich meine Reise von damals wiederholen. Diesmal allerdings besser vorbereitet. Ich werde mich nicht an dieses Leben hier gewöhnen können, ehe ich das nicht getan habe! Vielleicht glückt es mir auch nicht, fortzukommen; aber dann weiß ich wenigstens, dass die Erlebnisse, die ich aufgeschrieben habe, gar nicht geschehen sein können – und dann werde ich mich hier richtig anpassen können.

Ich versuche es weiß Gott immer wieder; doch immer häufiger verfolgen mich die seltsamsten Gedanken. Dann denke ich zum Beispiel: Warum sollte ich nicht eines Tages wie eine Möwe fliegen können? Oder wie ein Schwan schwimmen, oder mich mit einem Hund unterhalten? Und immer wieder stelle ich mir die Frage, ob nicht eine andere Welt existiert, dicht vor unserer Nase, die besser ist als diese hier.

Trotzdem ist mir klar, dass es vernünftiger wäre, hier zu bleiben – denn hier bin ich nun einmal zu Hause. *Dorthin* kann ich nicht mal mein Gedächtnis mitnehmen; ich kann also nie richtig vergleichen zwischen dort und hier. Aber hier habe ich vergebens nach Téja gesucht; ich habe sie nicht gefunden. Sie hatte einen richtigen Vetter aus Atlantis, der »Tim« hieß oder Tom wie ich. Gibt es hier ein Mädchen, das ungefähr »Téja« heißt? Wenn dies der Fall wäre, würde sie mir doch sicher bekannt vorkommen ...

Im April muss ich mein Abitur machen (verspätet, weil ich 1964 sitzen geblieben bin). Ich weiß genau, dass ich es nicht bestehen werde, wenn ich jetzt einen ganzen Monat lang wegbleibe. Aber noch mal vier Jahre lang warten, nein, das halte ich nicht aus!

Ich glaube, dass meine Angehörigen sich Sorgen um mich machen. Deshalb werde ich dieses Tagebuch hier

lassen, wenn ich weggehe – und zwar an einem Ort, wo sie es finden werden …
Ihr werdet es dann lesen und vielleicht verstehen.

An meinen Bruder Hans:

Ich habe dir manchmal Geschichten erzählt, sozusagen eigene Phantasien. Jetzt sollst du wissen, dass es keine Phantasien waren.

Samstag, 3. Februar 1968

Jeden Tag wiederhole ich im Stillen das Wort. Ich darf es ja nicht aufschreiben.
Werde ich dort wohl Herrn Alva wieder sehen? Oder wird er genau in dem Augenblick weggehen, in dem ich ankomme? Hier vermutet man, dass er sich noch immer auf einer Weltreise befindet. Ich habe mir einmal Zutritt zu seiner Wohnung verschafft, konnte dort aber keine Beweisstücke entdecken. Ich fand nur metallbeschlagene Bücherkisten, die sich nicht öffnen ließen. Ich hoffe sehr, dass er noch dort sein wird – dann werde ich zumindest *einen* alten Bekannten antreffen – einen, der in beiden Welten gelebt hat.
Und werde ich Téja wieder sehen? Und sie auch erkennen? Sie erneut lieben?

11. Februar

FRAGE: Weshalb verliert man in dieser Welt die Erinnerung an die andere und in der anderen Welt alle Erinnerungen an diese hier?
Ob es tatsächlich verboten ist, echten Kontakt miteinander aufzunehmen?
Wer jedoch sollte das verbieten?

AXIOM: Es gibt andere Welten als diese hier, aber sie sind uns unbekannt.

Stimmt das tatsächlich? Ist es ein Naturgesetz oder steckt hinter diesem Axiom irgendein geheimnisvoller Sinn?

12. Februar

Wenn man sich aber ab und zu *doch* an etwas erinnert – wenn auch nur schemenhaft –, dann geht die Rechnung nicht auf.
Wir werden wahrscheinlich lernen müssen (durch die Anwendung neuer Worte? durch Übung?), unser Gedächtnis mitzunehmen und auch wieder zurückzubringen. Auch ich möchte, wie Herr Alva, *beide* Welten mein Eigen nennen!

Donnerstag, 22. Februar 1968

Früher habe ich nie Gedichte gelesen. Jetzt tue ich es. Verse machen kann ich jedoch nicht. Während der letzten Tage spukt mir dauernd ein alter Reim im Kopf herum – alt und neu; ich habe ihn ein wenig abgeändert:

Zogen einst fünf wilde Schwäne,
Schwäne leuchtend weiß und schön.
Sing, sing, was geschah?
Keiner ward mehr gesehn.

Zog einmal ein junger Bursche
stolz und kühn zum Tor hinaus.
Sing, sing, was geschah?
Bald kehrt er nach Haus …

Noch eine Woche und dann ist es so weit. Oft kommen mir Zweifel, ob ich wirklich *nach Hause* kehre – und ob mein WORT tatsächlich der Schlüssel ist. Wird überhaupt etwas passieren, wenn ich es ausspreche? Und wenn ja … dann habe ich Angst. Wie wird es dort jetzt sein, nach vier langen Jahren? Ich habe außerdem Angst, dass sich die vergessenen und verwirrenden Empfindungen wiederholen werden, über die ich zu Beginn in meinem Spiegeltagebuch berichtet habe … Habe ich sie wirklich vergessen? Ich träume manchmal davon: ein Alptraum zwischen zwei Welten. Wenn ich nun Pech hätte und in diesem Zustand verharren müsste?

28. Februar 1968

Ich habe versucht, einen Brief zu schreiben, aber es ging nicht – Also nehme ich mein Tagebuch:

Lieber Hans,
ich verreise morgen und bleibe einen Monat lang weg. Falls ich nicht zurückkomme, brauchst du dir keine Sorgen zu machen; ich komme dann in vier Jahren wieder. Ich verspreche es dir!
Es könnte jedoch etwas dazwischenkommen, was die Sache verändert. Darum möchte ich dich um einen Gefallen bitten:
Wenn ich im April 1972 noch nicht wieder hier sein sollte, würdest du dich dann bitte darum bemühen, dass dieses Tagebuch als *Buch* herausgegeben wird? Und zwar in Form einer Erzählung – so, als habe es jemand anderes geschrieben. Vielleicht gibt es Leute, die über das Axiom genau informiert sind und die über die Welt »inter menses februarium et aprilem«, die ich früher »X« nannte, Bescheid wissen. Diese Leute sollen erfahren, dass es sich *nicht* um eine erfundene Geschichte handelt. Allen anderen sage ich nur, dass es keine Phantastereien sind und dass ich absolut sicher bin, dass es mehr Welten gibt als nur diese eine.
Wenn ich zurückkomme – und ich werde bestimmt zurückkommen, wenn es vielleicht auch 4 × 4 Jahre dauern wird –, werde ich mehr darüber berichten können. Ich glaube jedoch, dass die Fakten, die ich jetzt schon weiß

(aber doch nicht so richtig weiß), nicht zu lange verborgen bleiben sollten. Du bist bis jetzt der Einzige, dem ich etwas darüber erzählt habe; jetzt weißt du alles.
Der Verleger darf nichts hinzufügen und nichts verändern, außer Rechtschreibefehlern und dergleichen. Und dann noch etwas Wichtiges: Sollte dieses Tagebuch zu einem Buch werden, dann muss der Titel lauten:

Die Türme des Februar

Für mich gibt es keine andere Möglichkeit, obwohl die Geschichte ja im März spielt.

Dein Bruder *Tom*

Donnerstag, 29. Februar 1968
(Draußen ist es winterlich kalt und grau, aber die Schneeglöckchen blühen schon.)

Dies ist die letzte leere Seite; ich will sie noch voll schreiben und damit meine Geschichte abschließen. Ich lasse dieses Tagebuch auf meinem Schreibtisch liegen – dann könnt ihr es lesen und werdet verstehen, dass mir keine andere Wahl blieb, als wieder wegzugehen – um zumindest den Versuch zu machen, die andere Welt zu erreichen. Erst dann werde ich mit Sicherheit wissen, dass das Geschriebene wahr ist – das, was ich zwischen dem 30. Februar und dem 1. April erlebt habe … Aber: Werde ich es überhaupt je mit Sicherheit wissen? Nun ja …

Ich habe dieses Tagebuch nicht mehr nötig, denn wenn ich erst wieder dort bin, werde ich mich an alles erinnern, von meinem ersten Aufenthalt her. Allerdings nehme ich diesmal zwei Notizbücher mit. Eins ist noch leer; in dem anderen habe ich seit 1967 so viel wie möglich über mich selbst und über die Welt, in der ich lebe, notiert. Ich habe auch das Schreiben und Lesen der Spiegelschrift geübt. Mehr bleibt nun nicht zu tun; ich bin reisefertig.

Und wie fühle ich mich in diesem Augenblick? Voller Erwartung und doch ungläubig, voll Verlangen und Angst. Eigentlich weiß ich es nicht so recht … ich fühle mich trotzdem ausgezeichnet.

Ob mich Téja immer noch gern hat? Ob die Türme des Februar noch dort stehen?

Ich hoffe, dass ich am 1. April zurück sein werde.*

---

* Hier endet das Tagebuch des Tom (Thomas) Wit. Auf den folgenden Seiten wird nur noch berichtet, was in einem Zeitungsartikel vom 1. März 1968 zu lesen war und was im April 1972 geschah.

Aus dem Stadtanzeiger:

Freitag, 1. März 1968

Seit gestern, dem 29. Februar, wird der junge Thomas (Tom) Wit vermisst, der am 22. März 19 Jahre alt wird. In einem Brief, den er zu Hause hinterließ, teilte er mit, dass er eine Reise unternehmen wolle; über das Ziel machte er jedoch keine Angaben. Es wird vermutet, dass er sich irgendwo am Strand oder im Dünengebiet aufhält; möglicherweise hat er sein Gedächtnis verloren. Jeder, der …

(Fragment eines Zeitungsausschnittes)

Kopie eines Briefes

30. April 1972

Sehr geehrte Frau Dragt!

Ich bin so frei, Ihnen eine Bitte vorzutragen: Würden Sie so freundlich sein und das Tagebuch lesen, das mein Bruder Tom in der Zeit von 1964 bis 1968 geführt hat, zwischen seinem 14. und 18. Lebensjahr? Es geht vor allem um den Monat März, der nicht mit einer Jahreszahl versehen ist.
Ich schicke es noch nicht sofort mit; erstens, weil es auf gar keinen Fall wegkommen darf, und zweitens, weil ich ja noch nicht weiß, ob Sie bereit sind, es durchzulesen. Es ist nämlich nicht ganz einfach zu lesen; außerdem ist eine weitere Bitte damit verbunden.
Die Frage ist, ob Sie es als *Buch* bearbeiten könnten, so dass es gedruckt und herausgegeben werden könnte. Ich glaube, Sie werden das Tagebuch für etwas eigenartig halten; andererseits nehme ich an, dass es Sie sicher interessieren wird. Ich vermute, dass Sie die Geschichte sehr spannend finden werden, und ich hoffe, dass Sie das Erzählte glauben werden.
Wahrscheinlich werden Sie nun fragen, weshalb mein Bruder nicht persönlich Kontakt mit Ihnen aufnimmt oder warum er sein Tagebuch nicht selbst ausarbeitet. Das kann er leider nicht. Er ist verschwunden; ich weiß nicht, wie und wo ich ihn finden könnte. Ebenso wenig kann ich genaue Angaben darüber machen, wann er zu-

rückkommen wird. Auf keinen Fall jedoch vor Ablauf der nächsten vier Jahre. Das klingt geheimnisvoll und es ist auch geheimnisvoll. Ich halte Sie nicht zum Narren! Um dies zu beweisen, füge ich meinem Brief einige Zeitungsausschnitte bei sowie zwei Seiten aus dem Tagebuch (die auf Wunsch meines Bruders die erste und die letzte Buchseite ergeben sollten. Die Geschichte hat auch schon einen Titel).
Falls Sie Interesse daran haben, das gesamte Tagebuch zu lesen, schreiben Sie mir dann bitte? Ich würde es Ihnen gerne persönlich bringen.
Im Voraus besten Dank für Ihre Mühe.
Mit freundlichen Grüßen,

Hans Wit

Aufruf

Sollte jemand nach der Lektüre dieses Buches in der Lage sein, Aufklärung oder Hinweise bezüglich des derzeitigen Aufenthaltes von Tim, Tom beziehungsweise Thomas Wit geben zu können, so wird um schriftliche Kontaktaufnahme mit dem Verlag gebeten.

Nachwort

Aus dem Brief des Hans Wit und dem Aufruf auf der vorigen Seite geht hervor, dass Tom (Thomas) Wit am 1. April 1968 nicht zurückgekehrt ist – ebenso wenig am 29. Februar oder am 1. April 1972, also vier Jahre später.

Im vergangenen Jahr wurde mir sein Tagebuch übergeben und so habe ich nun – unter größtmöglicher Berücksichtigung seiner Wünsche – ein »Buch« daraus gemacht. Vielleicht kommt er im nächsten Schaltjahr zurück; wir haben jedoch in Übereinstimmung mit seinen Eltern und seinem Bruder beschlossen, mit der Veröffentlichung nicht so lange zu warten. Falls Tom – was wir alle hoffen – im Jahre 1976 wieder hierher zurückkehren kann (oder will), wird möglicherweise eine korrigierte und erweiterte Auflage dieses Buches erscheinen.

Nun zu meiner Bearbeitung. Wie schon erwähnt, habe ich dem Original kaum etwas hinzugefügt – außer Satzzeichen und einigen wenigen Worten, die ganz offensichtlich vergessen worden sind. An jenen Stellen, wo der Verfasser in Eile eine Art Telegrammstil benutzt hat, habe ich zur Verdeutlichung einzelne Worte zu Sätzen zusammengefügt. Abkürzungen habe ich fast immer voll ausgeschrieben. Waren einzelne Passagen unlesbar, durchgestrichen oder nicht vollendet, so habe ich dies –

wo es nötig erschien – in den Fußnoten erwähnt; selbst dort, wo ich lieber meine Phantasie hätte spielen lassen. Bei einigen Stellen wird der Sinn nicht recht klar – das bezieht sich vor allem auf die Zeit zwischen dem 7. und 20. März.

Die Tatsache, dass sie in meiner Bearbeitung trotzdem einen gewissen Zusammenhang zeigen, liegt wohl daran, dass Tom begonnen hatte, Ergänzungen zu seinen vorausgegangenen Erlebnissen aufzuschreiben, während er in dem zweiten Turm »unter Arrest« stand (siehe die Seiten 223–226). Leider hatte er nicht genügend Zeit, so dass immer noch viel zu raten übrig bleibt. Außerdem habe ich den Eindruck, dass ein paar lose Blätter weggekommen sind; auch die Aufzeichnungen des Herrn Alva sind unvollständig.

Was die Einteilung der Erzählung betrifft, so habe ich mich ebenfalls an die Empfehlungen des Verfassers gehalten. Sein Wunsch war es, mit dem 30. Februar zu beginnen – also mit dem Anfang des »vergessenen Abenteuers in jener anderen Welt«. Verständlicherweise ist der Text des ersten und dritten Teiles für Leser aus unserer Welt in Spiegelschrift geschrieben. Es steht ohne Zweifel fest, dass das gesamte Tagebuch – außer den von Herrn Alva beigefügten Passagen und den wenigen Zeilen von Téja – aus ein und derselben Feder stammt. Die im Text verstreuten kleinen Zeichnungen sind vom Verfasser selbst angefertigt; ebenso sind die handschriftlich eingefügten Worte Kopien der Originalhandschrift. Die Kokardenblume, die Téja in das Tagebuch gepresst haben muss, wurde nicht mehr gefunden … vielleicht ist

sie verloren gegangen? Oder hat Tom sie auf seine Reise mitgenommen?
Zum Schluss noch eine Bemerkung: Ich habe nichts hinzugefügt und auch nichts weggelassen, abgesehen von einigen wenigen Zeilen aus dem Gespräch, das Tim mit Herrn Alva in der Nacht vom 26. zum 27. März führte (Seite 219).
Solange Tom nicht zurückgekehrt ist, scheint es mir nicht wünschenswert, jedem x-beliebigen Leser das WORT zu verraten. Sollte es allerdings dem einen oder anderen gelingen (so wie es Herrn Alva gelang), aus dem vorliegenden Text auf das WORT zu schließen, so möge er sehr gründlich erwägen, ob er es tatsächlich benutzen soll.
Ganz gleich, ob es sich bei dem WORT nun um »Suggestion« handelt oder um »Magie« (dies zu glauben ist nicht jedermanns Sache) – meiner Meinung nach ist es nicht unbedingt verboten, wohl aber sehr gefährlich, es auszusprechen.

Tonke Dragt
im Juni 1973

Nachtrag

Wie bereits in der ersten Auflage der deutschen Übersetzung mitgeteilt wurde, ist Tom Wit weder 1976 noch 1980 zurückgekehrt. Auch im Jahre 1984 ist er *nicht* wiedergekommen.

Ich habe im vergangenen Jahr, genau wie in den beiden vorangegangenen Schaltjahren, viele Briefe zu den *Türmen des Februar* erhalten – Briefe voller Fragen. Auf einige dieser Briefe möchte ich hier eingehen.

Einige Leser schrieben mir, dass sie davon überzeugt sind, dass Tom 1984 wieder hier gewesen sei, weil da genau 4 × 4 Jahre vergangen waren, seit er 1968 weggegangen war. Sie nehmen an, dass er in jenem Jahr nur *einen* Monat lang in unserer Welt geblieben ist: vom 29. Februar bis zum 1. April.

Meine Antwort hierauf lautet: Nein, nein und nochmals nein – das glaube ich nicht. Obwohl ich zugeben muss, dass diese These nicht ganz unmöglich ist! Allerdings werden wir nie erfahren, ob sie stimmt, denn dann müsste Tom *unbemerkt* zurückgekommen sein. Aber weshalb? Weil er ohne jede Erinnerung hierher kam und von niemandem erkannt wurde? Oder hatte er sein Erinnerungsvermögen doch behalten und *wollte* nur nicht erkannt werden? Aber ... falls er wusste, wer er war und wo er sich befand, warum wollte er dann sein Kommen geheim halten und infolgedessen dieses Tagebuch auch nicht vervollständigen?

Ich habe überlegt, was die Ursache dazu hätte sein können. Nochmals: Ich persönlich halte es für unwahrscheinlich, dass er zurückgekommen ist – aber ich kann mich natürlich irren. Und was wäre wohl passiert, wenn er erzählt hätte, wer er war und woher er gekommen war? Wie viele Fragen hätte man ihm gestellt!

»Ist alles, was in den Türmen des Februar *gedruckt steht, tatsächlich geschehen? Hast du es wirklich nicht nur phantasiert? Handelt es sich bei deinen Erlebnissen nicht um Wahnvorstellungen? Bist du wirklich in einer anderen Welt gewesen? Existiert diese Welt X tatsächlich? Kannst du das beweisen? Wie heißt das WORT?* Wie heißt das *WORT? WIE HEISST DAS WORT?«*

Lauter Fragen, die Tom nach so vielen Jahren vielleicht nicht mehr beantworten konnte oder wollte.

Auch ich werde mit diesen Fragen überhäuft, obwohl ich doch nichts anderes getan habe, als Toms Tagebuch für eine Veröffentlichung vorzubereiten. Meiner Meinung nach sind die einzigen zuverlässigen Antworten auf die meisten Fragen im Tagebuch selbst zu finden, und nirgendwo anders ...

Einige Leser werden nun vielleicht denken: Selbst wenn Tom heimlich hier gewesen ist, wird er doch sicher ein paar Menschen ins Vertrauen gezogen haben? Zum Beispiel seinen Bruder, seine Eltern und ... Tonke Dragt? Mögen sie das ruhig denken – aber sie sollten dann auch überlegen, was »ins Vertrauen ziehen« eigentlich bedeutet.

Ich bleibe bei meiner Erklärung, dass Tom Wit 1984 nicht zurückgekommen ist.

So Leid mir das auch tut, das könnt ihr mir glauben! Deshalb ist auch diese zweite Auflage identisch mit der

ersten – abgesehen von ein paar verbesserten Druck- und redaktionellen Fehlern.
Was das WORT betrifft, so vertrete ich noch immer die Ansicht, dass es gefährlich ist, es auszusprechen. Jedenfalls für den, der es zu finden weiß! Und dass es nicht leicht zu finden ist, wird niemanden verwundern, der die Seite 230 noch einmal aufmerksam liest.

Tonke Dragt
im November 1985

Zweiter Nachtrag

Tom Wit ist auch in den Schaltjahren 1988, 1992, 1996 und 2000 nicht zurückgekehrt.

Tonke Dragt
im April 2000

Tonke Dragt
Das Geheimnis des siebten Weges
Abenteuer-Roman
Aus dem Niederländischen von Liesel Linn
Mit Bildern von Tonke Dragt
Beltz & Gelberg Taschenbuch (78063), 408 Seiten *ab 11*

Und dann? Was passierte dann? Jeweils fünf Minuten vor halb vier beginnt Lehrer Franz seinen Schülern Geschichten zu erzählen: von Kriegern und Krummsäbeln, von einem finsteren Schloss, von Schiffbruch und einer unbewohnten Insel. Kaum zu glauben, dass eine seiner phantastischen Geschichten plötzlich Wirklichkeit wird! Mitsamt seinen Schülern wird er in ein geheimnisvolles Komplott verwickelt. Dabei geht es nicht nur um den zehnjährigen Gerd-Jan, sondern auch um einen verborgenen Schatz. Eine wichtige Rolle spielen dabei das Lied vom Siebensprung und eine Wegkreuzung mit dem gleichen Namen. – Der Roman wurde als 13-teilige Folge für das Fernsehen verfilmt.

www.beltz.de
Beltz & Gelberg, Postfach 10 01 54, 69441 Weinheim

Tonke Dragt
Der Brief für den König
Abenteuer-Roman
Aus dem Niederländischen von
Liesel Linn und Gottfried Bartjes
Beltz & Gelberg Taschenbuch (78457), 464 Seiten *ab 11*
In Holland als »Bestes Buch des Jahres« ausgezeichnet

Tiuri verlässt in der Nacht, bevor er seinen Ritterschlag empfangen soll, seine Heimatstadt und nimmt einen gefährlichen Auftrag an: Er soll einen Brief mit einer geheimen Botschaft in das ferne Königreich Unauwen bringen. Ritter, Reiter und Spione verfolgen ihn, er muss Gefahren bestehen, wird gefangen genommen, aber es gelingt ihm zu flüchten. Doch er findet auch Freunde, die ihm bei seiner schwierigen Aufgabe helfen.

»Die Geschichte vom jungen Ritter Tiuri, der in eine Kette von gefährlichen Abenteuern gerät, so spannend, dass hier keiner freiwillig aufhört zu lesen.«
Hits für Kids

Tonke Dragt
Der Wilde Wald
Abenteuer-Roman
Aus dem Niederländischen von Eleonore Meyer-Grünewald
Beltz & Gelberg Taschenbuch (78056), 416 Seiten *ab 11*

Seltsame Dinge werden über den Wilden Wald erzählt: von Räubern und vergessenen Städten, von Rittern mit roten Schilden, vor denen man auf der Hut sein muss, von geheimnisvollen grünen Wesen … Tiuri, ein junger Ritter, macht sich auf, diese Rätsel zu lösen. Freunde helfen ihm dabei, und doch ist er oft ratlos und verwirrt und weiß nicht, ob er seinem eigenen Urteil noch trauen kann. Er wird dabei in den Kampf der zerstrittenen Söhne von König Unauwen verstrickt, ein Kampf zwischen Gut und Böse, in dem niemand neutral bleiben kann.

»… besser nicht erst abends mit dem Lesen anfangen! Es könnte sonst nämlich passieren, dass man das Buch erst morgens beim Klingeln des Weckers aus der Hand legt.«
RIAS Berlin

Rodney Bennett
Die Kreuze im Nebel
Roman
Aus dem Englischen von Susanne Lenz
Beltz & Gelberg Taschenbuch (78343), 272 Seiten *ab 12*

Mit einem harmlosen Ausflug ins Moor fängt alles an und droht zum Alptraum zu werden. An einem strahlenden Sommertag geraten William und Tom plötzlich in dichten Nebel. Obwohl sie kaum die Hand vor Augen sehen können, entdecken sie einige uralte Granitkreuze, in die lateinische Namen eingemeißelt sind. Und Tom sieht diesen gespenstischen Jungen vorbeilaufen. Als der Spuk vorüber ist, stehen die zwei vor einem Rätsel: Die Kreuze sind unauffindbar. Bei ihren Nachforschungen stoßen die beiden Jungen auf hartnäckiges Schweigen – und auf Angst. Von den Kreuzen und dem, was hier viele Jahrhunderte zuvor geschehen ist, scheint ein unheimlicher Sog auszugehen. Während Tom immer mehr in den unheimlichen Bann gerät, versucht William mit aller Kraft, seinen Freund zu retten.